闘うチベット文学

黒狐の谷

ཝ་ནག་ལུང་བ།

ཚེ་རིང་དོན་གྲུབ།

ツェラン・トンドゥプ 著
海老原志穂・大川謙作・星泉・三浦順子 訳

勉誠出版

目次

闘うチベット文学

黒狐の谷

本文中の〈　〉は訳注を示す。

地獄堕ち

人間の暦でいうと一九九三年の晩秋のとある日のことである。閻魔大王が最後の書類に目を通し、署名し終わってみると、時すでに正午になろうとしていた。大王が頭をあげ、伸びをして満足の溜息をつき、さて休息でもするかと思っているところに、書類を手にしたひとりの獄卒が現れ、恭しく頭を下げ、

大王様、ちょっとお耳を拝借いたします
人の世の中国は
ツェジョン県の県長の
ロブザン・ジャンツォなるものの寿命が尽き
今日十三時に冥界に入ります

疾くご承認いただきたく存じます

と申し述べ、書類を献じて片隅に控えた。閻魔大王はいかなる時も細心の注意をはらって職務を遂行するたちだったので、書類を念入りに調べ、さらには机の上の電卓をたたいてロブザン・ジャンツォの寿命を検《あらた》めた上で、ようやく署名して獄卒に書類を戻した。

ロブザン・ジャンツォが昼飯を終えたのはまさに十三時のことであった。ふとトイレに行きたくなって立ちあがるも、突如目の前が暗転し、気づけば屈強な二人の警官に両腕をがっしとつかまれ、問答無用で引っ立てられて行くところであった。

「おい、これはどういうことだ。お前たち、狂犬にでも咬みつかれて頭がいかれたのか。目ん玉をカラスに抉られでもしたのか。よく見ろ。わしは県長のロブザンだぞ」県長がいくらいきり立とうと、警官二人は意にも介さず、手荒く県長を引っ立てて行った。

「おい、この犬畜生めらが。わしは県長のロブザンだ。公安局長がわしの友達だと知ってるのか。義理の兄が裁判長のシェラブだとわかってるのか。わしを放せ。ふん、いいさ。こうなったら見ているがいい。必ずお前らをクビにして、おまんまの食い上げにしてやるからな……」

「うははは……」二人は吹きだした。「おっさん、かわいそうにな。今となっちゃ、あんたが米国の大統領だろうが、英国の女王様だろうが、知ったこっちゃない。ぐだぐだせずにまっすぐ歩け。これから閻魔大王にお目にかかりに行くんだよ。これまでの人生で善業を積んできたなら今より幸福になれるが、もし悪業を積んできたなら誰もあんたを守っちゃくれない。俺たちは閻魔大王の使者なんだよ」

その時初めてロブザン・ジャンツォは警官二人がこの世のものならず、閻魔の手下にして神話に出てくる角の生えた猪頭と牛頭の獄卒だと悟って震え上がった。足は鉛を流し込んだかのよう、一歩も前に進めない。ロブザンは唇をぶるぶる震わせながら「なぜだ。わしの人生はもう終わってしまったのか。三宝よ、どうかわしをお護りください。人の命はこんなに短いものだったのか。ありえない。ありえない」と嘆いて、かぶりをふった。

牛頭は「なんだ、あんただってもう六十歳だろ。人間の寿命としては短いほうじゃあるまい」と応じた。

「いやいや、わしには子供が二人いてまだ職にもついてないんだ。だから、とっくの昔に定年になっているんだが、まだ退職願は書かずにいる。ああ、うちの子たちは勉強もできないし、このままだとろくな職にもつけないだろう」と恨み節を吐くと、両手を合わせて跪き、雌犬の遠吠えのような情けない声でこう詠じた。

獄卒殿、お願いいたします
わしの話を聞いてくだされ
一年くらい待ってくだされ

子供たちに職を探し
退職金を受け取って
嫁には遺書をしたためて
それさえ済めば戻ります
ご入り用の品があれば
必ず持って参りましょう

そうして、幾度となく五体投地の礼をして懇願したのである。それでも獄卒たちが口を揃えて「無茶なことをいうんじゃない。できるわけないだろう」と引っ立てて行こうとするので、ロブザン・ジャンツォは意気消沈してしまった。ふと煙草を吸いたくなって、ポケットをまさぐったところ、なかなかよい煙草が一箱あった。一本取り出して火をつけ、煙草を吸いながら獄卒たちにも一本ずつ渡し、恭しく火をつけてやった。驚いたことに獄卒は二人ともうまそうに煙草を吸い「うまいな。実にうまい」と満足気の様子であった。彼はすぐさま煙草の箱を牛頭に差し出して（二人の獄卒のうち、牛頭の方が少し格上に見えた）、「それでしたらお二人でお好きなだけどうぞ」と言うと、望みの地位をなんとか手に入れようと画策していた時にはいつもやっていたように、こうべを下げ、顔には笑みを浮かべながら、思いつく限りのおべんちゃらを並べたてた。そして「お二人とも煙草が好きなら、我が家には高級煙草がたんまりありますよ。一旦家に帰らせてもらったら、どっさりお持ちできるんですが」と持ちかけた。

二人の獄卒はしばし考えこんでいたが、「いやいらないな。そもそも地獄の細道には針一本持ち込めないいんだから無理な話だ」と答えた。

「お二人のお心次第なんですから、何を恐れることがありましょうか」

「分かってないな。地獄の細道には関所ごとに番人がいるんだぞ。それに閻魔大王は最近、人間界から大量の電子機器の類を導入したんだが、その中にガラスの箱のようなものがあって、そこに衆生一人ひとりの善業悪業が余すことなく、かつての閻魔大王の鏡よりもはるかにはっきりと映し出される。もしお前を帰らせたら、たちどころに閻魔大王にばれてしまうから駄目だ」

「いやいや、衆生が生まれてから死ぬまでの一切はご覧になるだろうが、死んだ後のことは大して気にされないのではないでしょうか。それに急に死んだもんで、家族には遺書の一つも残してないんです。そこを何とか……」そう言って涙をこぼしてみせた。すると獄卒たちは顔を見合わせて、

「何とも憐れだな。どのみち逃げられるわけじゃないしな」と言ってうなずいた。「じゃあ、お前に二十分だけやる。急いで行って戻ってこいよ。俺たちはここで待ってるから」

たちどころにロブザン・ジャンツォは自宅に戻っていた。妻と次男坊が彼の遺体にすがりついて悲嘆にくれていたが、戻ってきた彼の姿を見ることも、声を聞くこともできないようだったので、彼はがっかりしてしまった。そこへ長男がやってきて、役所の主任に電話をかけ、父親が急に亡くなったので車を出してほしいと頼んだ。すると主任は少し考えてから、自分は副県長と一

緒に車で出かける用事があるし、他の車も使用中だから出せないと断った。長男は怒って、「恥知らずめが！　うちの親父に取り立ててもらった恩義を忘れたのか！」と罵ったが、主任は「ふん」と鼻でせせら笑うと、電話をガチャンと切ってしまった。

長男は次々と知り合いに電話をかけてみた。ロブザン・ジャンツォが死ぬ前なら、その小便でもありがたく押し頂いて飲むような連中が、掌を返したように誰もかれもあれこれ言い逃れをして、関わり合いを避けようとした。

長男がさらに、よその土地にいるロブザン・ジャンツォの弟と妹それぞれに電話して、父が亡くなったことを伝えると、二人とも悲しみにくれるそぶりさえ見せずに「お前の父さんが遺した金や遺品はわれわれ全員に権利があるんだから、お前がひとり占めしてはならんぞ。みなで集まって分け前を決めなくてはならん」と言うのであった。妹まで「兄の金時計があったでしょ。亡くなる前にあれをうちのだんなにくれるって言ってたわ。だから、誰にも渡さないでよ」といちゃもんをつけた（それは真っ赤な嘘だった）。

このような現実を目のあたりにしたロブザン・ジャンツォは浮世にすっかり嫌気がさし、持てる限りの物を持って獄卒たちのところに戻ると、彼らに大盤振る舞いし、関所の番人たちにも心づけを渡した。そのおかげで、彼は地獄への道すがら何の苦労もせずにすみ、難なく閻魔大王の御前へとたどり着いたのである。

ロブザン・ジャンツォはきょろきょろして、閻魔大王以外に誰もいないことを確認すると、笑顔をつくり、「へっへっへ。閻魔大王様、ご機嫌うるわしいことで。お元気でいらっしゃいますか？　へっへっへ。閻魔大王様はけっこうなお年であるのにこんなにお元気だなんて」と言いながら、高級酒と煙草、麝香《じゃこう》と万能薬、バターやトマ〈野生の小芋〉やらを机に置くと「へっへっへ、遠路はるばる歩いてきたので、こんなものしかお持ちできませんでしたが……これはあなた様への私からの心ばかりの品でございまして、どうかお納めください。仏様、ご加護を……」と差し出すと、閻魔大王はそれらの品々を横目に、目をかっと見開き、口を開いたので、ロブザン・ジャンツォはひそかに、「しめしめ、これでうまくいったぞ。死神にも金目とはよく言ったものだ。閻魔は金にがめついに決まっているし、これまで誰もこんな豪華な賄賂を贈った奴などいるまい。これぞ絶好のチャンスだ、なんとかうまく立ち回って、さっさとずらかることにしよう。さもなくば『夜長ければ夢もまた多し』になっちまう」と考えて立ち上がった。「へっへっへ、閻魔大王様、どうかご自愛なさってください。われわれ人間よりもあなた様のお体のほうがよっぽど大事なんですから。それでは私は早々にお暇させていただきます。おっと、そうでした。極楽の場所は前のとおりですよね？」と出て行こうとした。次の瞬間、閻魔大王は眼を赤くぎらつかせ、机をこぶしでドンと叩くと、雷鳴のごとき声で「待て、この野郎！」と言いながら机の上のボタンを押すと、瞬く間に（ロブザン・ジャンツォが外国映画でしか見たことがないような）最新鋭の武器を装備した獄卒が二人、中に飛び込んできた。

「こいつは要注意人物だから、向こうに連れて行って厳重に監視するように」閻魔大王はロブザン・ジャンツォを獄卒二人に引き渡すと、黄色い受話器を手に取り、「特別裁判委員会の委員は至急集合せよ！」と言った。

五人の委員がやって来て着席するや、閻魔大王は歌いはじめた。

ここにお集まりの委員の皆さん、お聞きなさい
本日の午後
一人の人間がやって来た
その名もロブザン・ジャンツォ
目は欺瞞に満ち
口を開けば甘言を弄する
賄賂の品々を手に
私をたぶらかそうとした
私がこの座について以来の
前代未聞のこの事態
この者の積み重ねた悪業を知らずとも
常軌を逸した人物であることは一目瞭然
そのためあなた方を呼んだのだ

私の考えでは
特別裁判委員会にかける案件である
あなた方の意見はいかがなものか

すると委員たちは声をそろえて「大王の仰せの通りに」と同意し、ロブザン・ジャンツォの持ってきた贈り物を見て驚きあきれるのであった。

閻魔大王は再び二人の獄卒に命じてロブザン・ジャンツォを引っ立ててこさせ、「このろくでなし。人間界の中国といえば、かつては帝国主義・封建主義・官僚資本主義の三つの大きな山が各民族の軛《くびき》となってその喉元を押さえつけ、地獄のごとき苦しみを味わわされていたという。だが、毛沢東という偉大な人物がマルクス・レーニン主義をよく学び、中国の現実の状況をも鑑みて、労農の協力を礎に労働者階級を立ちあがらせ、巨大な三つの山を取り除き、貧富・強弱・貴賤の差をなくし、天地を転じて中国を極楽浄土にも等しい地とした。共産党は強きをくじき、弱きを救い、衆生の幸福のみを願い、自らよりも他者のために心を砕き、真理のために命も顧みないと聞いている。お前は共産党員であるだけでなく、その指導的な地位にあり、さらには観音様がお導きになる有雪国チベットに生まれたのだから、慈悲の心に富み、因果応報の理を理解し、恥を知る人間であるはずだろう。さあ、そういうわけでお前に訊いてみたい。これまで公僕として民衆のために何をしてきた？　党の政策を実施する権力を握る者としてこれまで因果の理にかなうどんな行いをしてきた？　人の体をもって生まれるという得難い幸運を手にして、他人のためにどんな利益をなしてきた？　あるいは、反対にこれまでどんな不善を為してきた？　今日この閻魔の特別裁判の場において正直に、洗いざらい白状するがよい」と言った。
ロブザン・ジャンツォは、六十年の人生の中で、とりたててこれといったこともした覚えがないため、顔を赤らめ、こいつは俺が共産党員であることも先刻ご承知のようだ、ならば共産党が無神論であることも承知の上だろうし、まずいことになったなと思って震えあがった。だが、自分もかつて多少なりとも仏教と関わっていたことを思い出し、もう一度勇気を振り絞って、嘘八百の歌を歌いはじめた。

ここにお集まりの委員の皆様方
とりわけ閻魔大王様よ、お聞きください
私は表向きこそ唯物論者ではありますが
本当のことを申せば一心に仏教を信じてきました
まずは十歳の時
信心ゆえに僧となりました
故郷が解放されると
泣く泣く還俗したのです

根が正直なもので会計係に任命され
一銭たりとも着服したことなどありません
そのため出世し
さらには入党せよと言われたのです
共産党は無神論ですから
入党するなど論外
それでも上部の組織の命令で
ある日無理矢理入党させられたのです
県長の地位を与えられ
善良な心でひたすら民衆のため奉仕してまいりました
文化大革命が終わり
宗教の自由が復活すると
衆生のために
できるだけ多くの高僧《ラマ》を
自分の県にお招きし
宗教活動に励み
民衆の願いをあますところなく満たしてやりました

聖地ラサに三度も巡礼し
チョカン寺のありがたい釈迦牟尼像には九度もお参りしました
五体投地でお寺を巡礼したことは数知れず
他にも漢地・チベット・モンゴルの
大小のお寺の多くをまわり
カター〈儀礼用スカーフ〉やお布施を捧げて
法縁を結ばなかったところはありません
こうした行いにご利益はあったでしょうか
もしそうならば極楽浄土へ
すぐにも赴きたく存じます

と申し述べると閻魔大王はこう答えた。「よろしい、お前の話によると、これまで善業ばかり行って、何ひとつ悪いことはしてこなかったというわけだな。だがお前の国チベットの諺に『自らの欠点を知ってこそ仏なり』とあるように、自らの欠点を自覚している者は少なく、わざわざ口にする者にいたってはほとんどおらん。ならばお前の善業の証人の倶生神《くしょうじん》と、悪業の証人の常随《じょうずい》魔《ま》に証言させてみることにしよう」するとたちまちロブザン・ジャンツォの右肩から善業の証人たる白い童子がもじもじしながら下りて、右手の「弁護人」と記された席につき、うなだれつつ、口ごもりながらこう証言した。

閻魔大王様をはじめ
委員の皆様方、どうか私の話をお聞きください
わたくしめの主人ロブザンが
語ったことは、まあ真実
ひとつ、ラサの釈迦牟尼像に参拝し
ふたつ、五体投地してお経を唱え
みっつ、宗教活動を大いに行いました
善業をことごとく記しましたので
法廷で詳しくご覧になって
極楽浄土に赴く許可を賜りたく存じます
ひとたびラサの釈迦牟尼像に参拝すれば
七生悪趣に生まれ変わらぬといいます
ロブザンは九度も参拝しているのですから
楽々極楽浄土に行けて
当然と申せましょう

こう言うや、閻魔大王の机の上に金属製の白い箱を置いて、もといた場所に戻っていった。
次にロブザン・ジャンツォの左肩から悪業の証人たる黒い常随魔が下りてきて、こうべをあげ、堂々たる足取りで右側にある「告訴人」と記された席につき、あたりを見渡してこう証言した。

ご来臨の閻魔大王様、委員の方々、どうかお聞きください
この男のことはよく存じております
生まれてすぐに父母に死なれ
孤児になって、野良犬も同然
親切な人が養母となって
食べ物が手に入れば、彼の口に
服が手に入れば、着せてあげるありがたさ
十歳になったころ
坊さんになったほうが
よいものを食えると知って
剃髪して袈裟をまとい
戒を受けてめでたく出家

たかだか三帰依文〈仏法僧の三宝に帰依を誓う文言〉を習ったくらいで
村々に出歩いて托鉢三昧
思春期到来とともに
破戒して坊さん返上
嫁さんもらって俗世三昧
恩あるはずの育ての母を
扉の外にうち捨てて
あわれ養母は五八年の飢饉の年〈一九五八年からの大躍進政策の失敗で、青海省の広範囲の地域で餓死者が発生した〉に飢え死に
恥をも知らぬとはまさにこの男のこと
折も折、中国に解放の時代が到来
貧民が主人に早変わり
この男も坊さん時代に
文字を多少学んでいたので
生産隊〈人民公社の下部組織〉の会計係となり
毛皮も革もほしいまま
バターもチーズも懐に入れて私腹を肥やし
「文革」〈文化大革命。資本主義の復活阻止を謳った改革運動だったが、実際は毛沢東復権のための大掛かりな権力闘争で、一九六六年から一九七七年まで続いた〉の嵐が巻き起こると

やれあいつが真言を唱えただの
やれこいつがデマを流しただのと
他人に罪を着せまくり
ついには生産隊の隊長に
以後はやりたい放題で
あまたの僧院を焼きつくし
仏像も経典も川に捨て
仏画は敷物、尻に敷き
マニ車にはヤクのようにまたがり
ラマや坊主を乗り馬扱い
年寄り僧侶を荷駄獣扱い
大勢の人間をこき使い
高僧アラク・ドンには小便まで飲ませ
暇さえあれば暴言を雨と降らせ
手が空けば雷のような平手打ち
そんな仕打ちに耐えられず
故郷を捨てて逃げる者や

命を断ってしまう者もいた
こうして役人に成り上がり
今度は党の中で悪巧み
県長ペマの子分となり
ペマのおかげで
長のつく地位を得た
あるときペマがしくじると
はなから非難の急先鋒
思いつくまま気の向くまま
謂れのない罪を着せまくり
ロブザン・ジャンツォの派閥は
須弥山よりもゆるぎなく
名声は雷のごとく轟き
一足飛びで天まで上り
ペマの地位を奪取した
それから今に至るまで
俺が俺がと傲岸不遜

人々を遠ざけて
民衆の意見には耳も貸さず
態度は王様よりも偉そうだった
最高の馬にうちまたがり
最高の車を乗り回し
最高の銃を担ぎ
貴重な麝香鹿や鹿などの
野生動物をあまた殺した
親戚や友人を取り立てて
意見する者は押さえつけ
仲違いさせるのが大好きで
派閥づくりをとりわけ好む
楽な仕事しかしないくせに
うまくいけば大自慢
面倒な仕事は他人任せで
問題が起これば知らんぷり
知識人には恨みを抱き

自分と同じ愚か者で周りを固め
みなで集まりサイコロ賭博
いつしか欲の皮をつっぱらせ
下の者から搾り取り
お上へは付け届け
賄賂に溺れる日々だった
人事の際には役人たちを
親父、兄貴
姐さんなどと呼び
表では陳情をよそおって
陰では恐喝まがいのことをして
より高い地位にはいのぼり
党の御旗を振りかざし
国家の禄を食みながら
こっそり仏教に肩入れした
これこそまさに面従腹背
民衆からとりたてた税金で

ラマを満足させ
民衆の意志だと偽って
ラマを招いて説法させるが
実際は自分の名誉のため
党と民衆の利益はそっちのけ
仕事のためと言いながら
行きたい場所に巡礼し
政府の金を浪費した
市場の利益にかこつけて
あらゆるところに店をかまえ
親族友人の手にまかせ
利益は自分の懐に
さっきは閻魔の獄卒たちに
煙草をやって賄賂とし
地獄の細道を行く時も
門番にこっそり贈り物
大王よ、あなたにさえも

さまざまな贈り物をし
裏口から極楽に行こうとした
ずる賢さは一目瞭然
この者の来歴を
歌にまとめるとこうなります
仔細に語れば尽きることなく
閻魔大王様が
あますことなくお知りになりたければ
何ヶ月も閉廷し
箱詰めした書類を一つずつご覧ください
全て文書に書いてあります
父の肉に誓って秘するところはありません
母の血に誓って偽りはありません
息子の首に誓って過不足はありません

と誓いながら、ロブザン・ジャンツォの生涯の罪を長々と書きつらねた書類入りの黒い鉄箱十八箱を閻魔の前の机に積み上げると、閻魔の威風堂々たる巨体も隠れるほどであった。

二人の獄卒が机から鉄箱を下ろしていくと、閻魔の体が再び見えてきた。閻魔大王は顔に噴き出た大粒の汗を白いハンカチで拭きながら、悲壮感たっぷりに「おやおや、なんということだ」と言い、コーヒーを一口飲んで気を落ち着け、「それでは、そこの口先男よ。ただ今、告訴人が申し述べた内容は正しいか？　地獄界刑法の第八条、三款の規定に則り、被告人が自らの無実を証明したいなら弁明を」と言った。しかし、ロブザン・ジャンツォは口をつぐんだままだった。獄卒がちょっと揺さぶると、そのまま椅子から崩れおち、そこでようやくみなはロブザン・ジャンツォが気を失っていたことに気づいたのであった。閻魔の医者がやってきて彼の口の中に丸薬を一つ放り込むと、体が小刻みに震えだし、次第に正気をとりもどしたので、裁判は続けられることとなった。

閻魔大王はさきほどの文句を繰り返し述べたが、ロブザン・ジャンツォが返事をしようとしないので、「弁護人の意見は？」と促した。

すると倶生神が手を挙げて「ただいまの告訴人の陳述にあったとおり、わたくしめの主人が『文革』の時にラマや僧侶を苦しめ、無実のものに濡れ衣を着せ、僧院を破壊したことは事実であります。ではありますが、抗いがたい時代の趨勢の中、当時そうせざるをえなかった人はたくさんおりましたし、果ては自らの両親さえも血祭りにあげた輩も無数にいるのです。つまるところ、これは歴史のなせるわざであり、すべての罪を一概にわたくしめの主人に負わせることはできないと思います。

「さらに、近年わたくしめの主人が横領や収賄を働いていたことについてですが、これまた現代社会の悪しき風潮のせいであって、わたくしめの主人に限ったことではなく、みながこのような悪弊に毒されているのです。果てはこの地獄界にすらこうした悪習は広まっており、その意味でこれは社会の問題であり、主人だけにこの罪を負わせることはやはりできないのであります。

「最後に申し上げたいことですが、いずれにせよ、わたくしめの主人は上述の通りの多くの善業も積んできましたので、どうか罪を問うことのないようにお願いいたします。またもし罰を受けることになっても軽微なもので済むことになるかと思います」と述べた。

倶生神の陳述が終わるや否や、常随魔が手をぴんと挙げ、「先ほど被告人は自ら『私は表向きこそ唯物論者ではありますが、本当のことを申せば一心に仏教を信じてきました』と証言しました。みなさまご承知の通り、地獄界刑法によれば、閻魔の法廷においてはどの宗教を信じているのか信じていないか、あるいはどの政党の党員であるかについて干渉することはないのです。むしろ大切なことは、自らの宗教なり思想信条なりに対して忠実であったかどうかなのです。さて被告のロブザン・ジャンツォは一切の宗教を信じない共産党員でありながら密かに宗教活動を行っており、これぞまさに党に対する面従腹背であります。このことからも、この男が信頼の置けない罪人であることがはっきりわかるというものです。

「またこの男が申していた『故郷が解放されると泣く泣く還俗した』とやらも嘘八百で、この男が戒律を破って還俗したのは人間界の数え方で言えば一九四八年、だが被告人の故郷が解放されたのは一九五〇年になってからなのであります。

『上部の組織の命令で、ある日無理矢理入党させられた』というのもこれまた嘘で、この男は権力と地位のために自ら望んで前後七度にわたって熱心に入党願いを書いていました。それがこれです」と言って、閻魔大王に何枚もの書類を手渡した。「入党したこと自体が罪だなどとは申しません。入党しながら、共産党が無神論を奉じていることをよくないと思い、ここぞという時に党を裏切っていたのが問題なのです。

「さらに、被告人が『文革』時代にはやりたい放題で、近年になっては汚職まみれだったことを弁護人が時代と社会のせいと主張していましたが、それが正しいとはとても思えません。もしも心正しき者であるならば、社会がいかに変化しようとも善悪をきちんと区別し、真実のために命を落としても後悔しないことでしょう。被告人のような恥知らずの愚か者は、塀ぎわに生えた草のように、風の吹くまま、ただなびくだけなのです。

「また、被告人が多くの僧院と法縁を結び、多くのラマを招聘して灌頂と説法をしてもらったということ、ラサを訪れて釈迦牟尼像に参拝したことは事実ですが、残念ながらこうしたすべての行為は民衆の血税を用いて行ったことであり、被告人自身が汗水たらして稼いだ金を使ったわけでもなく、しかもこの間にも着服していたわけなので、彼の行為には胡麻粒ほどの功徳もありはしないのです」と言った。

申し開きの言葉を失ったロブザン・ジャンツォが、口もきけずにいると、倶生神が藁にもすがる様子で、「わたくしめの主人が閻魔大王の獄卒に煙草を渡したり、賄賂を持ってきたりしたのも、『水心あれば魚心』というやつでして、賄賂を受け取る者がいなければ、贈る者もいないはずです。とすると悪いのは獄卒と関所の番人であり、わたくしめの主人だけをどうして責めることなどできましょう」と弁護した。

そこで閻魔大王ははっと気づいたように「ふむ、お前はこうした品々をどうやって持ちこんだのだ？」と問うた。

ロブザン・ジャンツォは「どれもこれもこいつらにみなばれているようだから、秘密にしておいても何の役にもたつまい」と考え、牛頭と猪頭の獄卒の二人に煙草を贈ったこと、この二人が彼を一度だけ家に送り返してくれたので、こうした品々を持ってこられたこと、関所の番人それぞれに賄賂を贈ったので、さほど苦労もせずにすんだこと等々を正直に告白した。

ところが驚いたことに、すぐさま常随魔がこう発言した。「みなさん考えてもみてください。まっとうな人間なら、たとえ命を落とそうとも、自分の恩人を売ったりしないもの。だがこの裏切り者ときたら、親切心から一たび家に戻ることを許してくれた獄卒二人を、躊躇もなく売ったのです。このことからもこいつが恩をあだで返す下劣きわまる輩であることは明らかでしょう」

閻魔大王はただちに牛頭と猪頭の二人の獄卒を閻魔の裁きの場に召喚して尋問し、また関所の番人全員に仕事を中断して、証言するように命じた。

次に特別法廷は、ロブザン・ジャンツォの一生涯の善業を記録した二本の白いビデオ・テープと、悪業を記録した七十本の黒いビデオ・テープを一本ずつみなの前で上映していった。閻魔大王が「さて、これで善業悪業みな検めたことになる。ここで閻魔の訴訟法に従い、弁護人と告訴人、最後に発言する権利があるので、申し立てたいことがあるなら申し立てるがよい」と言った。すると倶生神がこう訴えた。

閻魔大王をはじめ
大臣の皆様、どうか私の話をお聞きください
私の主人のロブザンに
あまたの咎があるのは確かですが
前にも述べたように
当時は社会が悪かった
ロブザンのような腐った輩に
それにもまして悪い奴
その数はかりしれぬほど
ロブザンごときの小者を
いちいち地獄に落としていれば
あっというまに十八地獄は満杯に

そんなことになったら
後からきた悪人をいったいどこに落とせばいいのやら
どうか考えなおしてください

すると閻魔大王は眼鏡をとり、眉間に皺をよせて考え込んでいたが、しばらくして長い溜息をつき、かぶりをふりながら、「まさにそのとおりだ。これはまったく大きな問題だな」と言って物思いに沈んだ。

さて、ロブザン・ジャンツォの死の知らせは、追善供養の依頼をかねて馬と馬具一式が僧院に献じられた際〈牧畜民は、家族が亡くなると故人がよりよい世界に転生できるように、追善供養の依頼とともに僧院やラマに馬と馬具一式を寄付する〉、高僧のアラク・ドンの耳にも入った。アラク・ドンは思わず「おや、縁起でもない。よりによってこんなタイミングで死なれるとは」と口走ってしまい、いたく後悔した。そして何度も頬をつねってから、智慧の眼を用いて地獄の様子を見てみたが、閻魔大王はロブザン・ジャンツォにどんな罰を下すべきか未だに決めかねているようだった。それを見たアラク・ドンは、すぐさま洋服を脱いで僧衣をまとうと、車に乗り込んだ。そして真言を唱えながら車を走らせると、あっという間に地獄の国境に着いた。

アラク・ドンの車は国境警備の獄卒に慇懃に呼び止められ、どこから来たのか、どこへ行くのか、用件は何か、通行証を見せろなどと尋問を受けた。そこでアラク・ドンは、左手は頬杖をついたまま、右足でアクセルを踏み、自らを英雄と讃える短い歌を歌った。

国境警備の獄卒よ
目ん玉見開きよくご覧
耳の穴かっぽじってよくお聞き
道なき天空を翔《ひるがえ》るこの乗り物は
飛行機ではなく車である
運転しているこの私は
もともと阿弥陀仏の高弟で
今は人呼んでアラク・ドン
ツェジョン僧院の高僧で
仏陀の教えを護る者
今日も今日とて衆生のため
閻魔大王に面会し
大事な相談をしたいのだ
つべこべ言わずに通すがよい

国境警備の獄卒は、歌の意味こそよく分からなかったものの、空飛ぶ車を運転し、生きたまま死後の世界にやってきたこの人物が只者ではないことはよく分かった。そこで獄卒はこの人物の言う通りにした方がよいと判断し、恭しく「どうぞお通りください」と言って道を開けた。

アラク・ドンは閻魔庁の前に着くとキキーッとブレーキをかけて車を停めた。それから信者からの貰い物のカターとお茶が何包みかあったのを手に持って中に入ろうとした。閻魔庁は透明な水晶でできているので、中の様子が丸見えである。中では閻魔大王をはじめとして特別裁判委員会の委員たちが頭を抱えて考え込んでいる。アラク・ドンは「大勢の前では話しにくい。まずは人のいないところで大王に会うことにしよう」と思ったが、「閻魔大王が判子をついてしまっていたら、手の打ちようがない」と思い直して中に入ろうとした。しかしまたそこで「いやいや、わしは仮にも高僧なのだから、こんなに大勢の前で道理の通らない頼み事をするわけにはいくまい」と躊躇っていた。すると折よく昼休みになり、全員が閻魔庁を出て、各自の部屋に休憩に行ってしまった。

そこでアラク・ドンは車に乗り込んで閻魔大王の後を追い、そのまま部屋に押しかけた。そうして袈裟をきちんと掛け直し、香り高いお茶を何包みかと、真っ白なカターを捧げながら、真言を唱える時の節をつけてこんな歌を朗唱した。

柱もないのにそびえ立つ水晶宮の真ん中に

鎮座まします閻魔大王様
チベットの慣習にしたがって
この純白のカターをお受け取りになり
どうか私の話をお聞きください
来訪の理由を申し上げましょう
私の名はアラク・ドン
ツェジョン僧院の高僧です
献上できる物は多々ありますが
閻魔様は清廉潔白と聞き
あえてカターとお茶以外はお持ちしませんでした
他の品はまたの機会にお持ちしましょう
このお茶はほんの私の気持ちですが
ビタミン豊富との評判です
それはさておき、本題に入りましょう
ここに私が伺った理由を
満月の照らすがごとく詳らかにいたしましょう
役人とはいえ名ばかりで

大変なヘビースモーカー
その俗悪な男こそロブザン・ジャンツォ
今朝まで元気に生きていましたが
このほど死に至りました
死んでもおかしくない年ですが
最近になって仏法に
宵の明星がのぼるがごとく信仰心をおこし
子を思う親のごとく心を砕き
僧院を修復すること数知れず
故郷の人々を仏教に導きました
牛のごとく民に奉仕し
体毛には仏の印さえ現れて
母のごとく敬愛する高僧《ラマ》をお招きし
中央チベットのツァリ聖山に詣でて善業を積みました
聖なる仏画を描かせ
作った塼仏《ツァツァ》や仏塔は数知れず
親族よりも仏法を大事にしていました

暴風の吹き荒れた文革の間
経典が火にくべられる一方で
よくよく思えば笑止千万の時代に
狐のように狡猾な人々が
緑帽に赤い腕章をつけ
黄帽の教え〈仏教〉は間違いだと糾弾しました
今や欲望に満ち満ちた時代となりましたが
人々は足るを知りません
犬畜生のような悪代官たちに比べれば
われらがロブザンなどまだましな方
この虚しい時代に、お上にへつらわなければ
朽ちていく運命にある仏法は
狼に狙われた山羊の群れのごとく救いがたい
山と谷に生息するすべての衆生が
すみやかに仏性を得られるように
ロブザンに慈悲の心をかけ
血肉に命を再び与え、地上に戻して

世の衆生に少しは奉仕させてください
しつこくお願い申しあげましたが
どうかお笑いにならないでください、慈悲深きお方よ
老いぼれ坊主に駄目とはおっしゃらないでください
閻魔大王様、どうかご英断を

こう歌うとアラク・ドンはひざまずいた。すると閻魔大王は「そんなことをするでない。立ち上がって、椅子に座り、わしの歌を聴くがよい」と言って、こんな歌を朗唱した。

この口のうまい坊主め
よく聞け、話せばこういうことになる
わしが閻魔の座についてから
死者を取り戻しに来た者はといえば
まずはケサル王ノルブ・ダンドゥル
今回それに次いだのがそなたアラク・ドン
この二人だけだ
ケサル王は妃を救い出しに来たわけだが

そなたは何のためだかよくわからん
そなたは仏法のためだという
それが本当なら素晴らしいことだが
嘘八百なら恥知らずもよいところ
何にせよこのロブザン・ジャンツォなる人物
ひとつにはすでに天寿を全うしており
ふたつにはなんとも罪深く
地獄の鉄釜に投げこんでしまえとまでは言わないが
蘇らせるなどもってのほか
転輪聖王だろうが
虱だろうが虱の卵だろうが
死して甦るものなど一例もなし
それがこの世の理というもの
そなたもラマであるならば
語らずとも重々承知のはず
それゆえそなたも諦めて戻るがよい
帰って仏法を護持することに専念するがよい

この歌を聴いてアラク・ドンはいたく恥じ入ったが、それでも「虎の尾をつかむことなかれ、一たびつかめば放すことなかれ」という諺の通り、とにかく出来る限りの手は尽くそうと思って、何度も閻魔に平伏して頼み込んだ。閻魔大王としても、袈裟をまとった者にこれほど平伏されては自らの福徳が減ってしまうと思い、「やめなさい。立ち上がりなさい、さあ」と言った。だがアラク・ドンは「そういうわけにはまいりません。追善供養の馬ももらってしまい、わざわざここまで来ておいて、どうしてこのまま手ぶらで帰れましょう。大王様、少しの間でいいですから、ロブザン・ジャンツォを蘇らせてくれませんか。でないと、三宝に誓ってもいい、ここをてこでも動きませんよ」とヤクのようにしつこく粘ったので、閻魔大王もどうしていいかわからなくなって、「やれやれ、なんて困ったお方なんだ」と進退窮まってしまった。

見たところ、アラク・ドンは本当にてこでも動かない様子だったので、閻魔大王も打つ手がなく、「おいおい、まずは立ち上がりなさい。話し合ってみようじゃないか」と口走った。するとその瞬間にアラク・ドンは「おお、大王様ありがとうございます!」と言いながら、雷鳴を聞いた孔雀よろしくぱっと立ち上がった。そこでようやく閻魔大王は人心地がついて、このアラク・ドンとやらは菩提心を備えた人物だな、かつては自らに小便を飲ませたような男にも、恨みの心を抱くことなくこうして救いの手を差し伸べるとは、と思った。他のラマたちならば、追善供養の馬をもらってしまえば死者の魂がどこを彷徨おうと気にも留めないのに、こいつはなかなかの人物だ。ならばロブザン・ジャンツォをしばらくの間だけアラク・ドンに預けて善業を積ませ、罪を浄化させてやっても悪いことはあるまい。閻魔の刑法にも「罰を与えるのは来世で善なる存在となるためである」とあるではないか。「ラマよ。漢人たちの諺に『僧に従うのではない、ラマに従うべきなのだ』とあり、チベットの諺に『馬だけならば売れないが、鞍がつくなら売り物に』とあるとおりだ。ラマのそなたがこうしてここに直談判に来てしまったので、私としてもどうしようもない。しばらくの間、そなたがロブザン・ジャンツォを連れて戻り、罪を悔い改めさせ功徳を積ませるがよい。ただし……」

アラク・ドンは「夜長ければ夢もまた多し」、ここはさっさと退散するにかぎると思い、閻魔大王の言葉が終わりもしないうちに立ち上がって、「はい、受け賜りました、それでは」と返事をしてその場を去ろうとしたが、閻魔大王はアラク・ドンを引き留めて「だがこれはお返ししておかないとな」と持参した贈り物を返してよこした。アラク・ドンがさらに「いやいや、そんな他人行儀なことをなさらないでください。それともなんでしょう、贈り物が足りないとでも?」と言いつのると、閻魔大王もむかっ腹を立て「どうしても引き取れないというなら、ロブザン・ジャンツォを引き渡すこともまかりならぬ」と言い出したので、アラク・ドンも贈り物を持ち帰るほかなかった。

アラク・ドンは地上に戻るやロブザン・ジャンツォの家に駆けつけ、意気揚々と「お前たち悲しむでない。とくと見ているがよい」と遺体にふっと息を吹きかけると、とたんにロブザン・

ジャンツォは甦ったのである。ロブザン・ジャンツォはひどく飢え、渇いていたので、アラク・ドンの制止もふりきって、手あたりしだい食べ物を口に押し込み、とたん、地獄に堕ちていた時の記憶は虹よろしくきれいさっぱり消え失せてしまった。とはいえ、自分が長らく魂の抜けた状態にあったのに、アラク・ドンがふっと息を吹きかけてくれたとたんに甦った経緯を家の者たちから聞かされると、幾度もアラク・ドンをふし拝み、「あなたは、わしを甦らせてくださった恩人、まさにわしの根本のラマです。空にかかる太陽や月、星はさすがに無理ですが、それ以外ご入り用なもの、お役にたてることがあれば遠慮なくおっしゃってください。それができなけりゃ、このロブザン、犬畜生にも劣ります」と言った。

ロブザン・ジャンツォの人となりを知り尽くしていたアラク・ドンは「こいつは人から恩を受けてもすぐ忘れるような輩だから、頼み事はいまのうちに済ませておくに限るな」と思ったが、頭の切れる人物だったので「いつも仏法のために骨を折ってくださっている県長のこと、命をお救いするのは当然のことですよ。どうかお気遣いなく」と答え、関係のない話をして時間をつぶしたあと、ふと頭に浮かんだかのように「ああ、そうだ。私の甥がアラク・ヤクの生まれ変わりであることは疑問の余地もないんですが、なにせ今は末法の時代、ラマの登位にもいちゃもんをつける人がいろいろいるようなので、どうかご用心を」と言った。

ロブザン・ジャンツォは「心配ご無用、甥御さんを化身ラマに認定させられないなら、犬畜生と呼ばれてもかまいません」と答え、アラク・ドンの甥をアラク・ヤクの生まれ変わりとして認定させると請け合った。

数日して、閻魔大王が「ロブザン・ジャンツォの奴、ちゃんと罪を懺悔して、善業を積んでいるのやら」と地上に出て様子を見てみると、おお、なんたること、ロブザン・ジャンツォときたら咬みまくる狂犬も同然、自分が死んだとたんにつれない仕打ちをした役人たちの首をみな飛ばすか、罪をかぶせて投獄し、代わりにろくな教育もうけてない我が子をその地位に据え、親類縁者全員をなにかの役職につけるか昇進させ、はては自分の名前も読めない文盲の妻を文化局長のポストに据えるなど、上から見れば笑止千万、下から見れば片腹痛い所行の数々の最中であった。これを目にした閻魔大王は怒髪天を衝くありさまで、腕をぐいっとのばしてロブザン・ジャンツォの首根っこをひっつかみ、地獄の釜の中に放り込んだ。それを目にした民衆は拍手喝采、かくして幕は閉じられたのであった。

ツェチュ河は密かに微笑む

一

黒土山《ナクマ》の日おもてにある小さな僧院は、数年前まで崩れかけた壁しか残っていなかったが、今では経堂や集会堂、マニ堂や仏塔などが再建され、さらに三十人余りいる僧侶たちも互いに競うように、ひとりまたひとりとそれなりに立派な自分の僧房を建てていた。なかでもひときわ大きく、目立っているのが高僧アラク・ドンの僧房である。アラク・ドンは五十歳に達してもいないのに、頭はすでに禿げ上がり、うなじに毛が残るばかり、そのため彼の頭髪についておべっかを並べたてようにも、とても「御髪《おぐし》」などという単語は使えず、「襟足の御髪」と表現するのがせいぜいのところだった。まんまるな顔に三角眼、聖者のしるしと言い慣わされている肉厚の大きな耳を除けばとりたてていうほどの特徴はない。先代のアラク・ドンは悟りを得た法力あるラマとして名高く、今生でも来世でもお救い下さると地域の人々から篤く信仰されていた。とはいえ常々アラク・ドン自ら民衆に説いていたように、この世に真の幸せなどあるはずもない。実はこ
こデデン僧院には先代のアラク・ドンの転生者を名乗る人物がもうひとりいて、そのため我らがアラク・ドンはいささか心中穏やかならざるものを覚えていたのだが、ありがたいことに去年の秋その人物は亡くなってしまい、今やアラク・ドンの心は晴れ晴れとしていた。

ナクマ山の日陰側にはタクナク生産大隊の家畜の冬営地があった。家畜たちが草を食べつくさなければ、春になってもその地に逗留しつづける。生産大隊の人々はみなとても信心深かったが、中でもきわだっていたのがゴンキとルツォの母娘である。毎年政府の援助をうけざるをえない立場なのに、日々ヨーグルトやミルクを携えてアラク・ドンのもとに通い、誰にもましてその御愛顧にあずかりたいと願っていた。

ツェチュ河はナクマ山の右端をめぐって僧院の足元へゆったりと流れこみ、河岸の氷を溶かしていた。山間では郭公が心地よくさえずり、春の訪れを告げている。

その前の晩、奥歯の痛みに苦しめられたルツォが朝になってそのことを母親に言うと、「それなら何度か五体投地するといいよ」との返事、ルツォは家にあったアラク・ドンの額入り写真を外に持ち出して石に立てかけ、体をまっすぐにのばして合掌し、一気呵成に百回つづけて五体投地を行った。あまりにもせわしく行ったので、すっかり息があがってしまった。

「ルツォや、五体投地が終わったなら、貫主様にヨーグルトを持って行っておくれ」母のゴンキが

ヨーグルト桶を手に扉のところに現れた。「ついでに昨晩の歯の痛みのことも相談してみるといい。なにか祈禱してくださるかもしれないし」

ルツォは皮衣を脱いで、茶色の晴れ着に着替えると、ヨーグルト桶を手にナクマ山の日陰側から日おもてへと続く小道をたどって峠にたどり着いた。空は雲ひとつなく澄みわたり、のんびりと昇ってきた太陽がナクマ山の山頂を照らし出している。ルツォの心も自ずと浮き立ち、山を下って僧院にたどりついた。

アラク・ドンはちょうど寝床から起きだしたところであった。ルツォはアラク・ドンに三回五体投地し、昨晩急に奥歯が痛くなってほとんど眠れなかったと事細かに訴えた。ルツォは今年十七歳、さほどの美人ではないが、すくすくと成長した体に豊満な胸、ぱっちりとした大きな目におちょぼ口は人をくらっとさせるものがあった。

アラク・ドンはブラウスの下からはちきれそうなルツォの胸に目をやりながら、このところ秘密の御業《みわざ》にもとんとご無沙汰だなと舌なめずりし、「ではこちらにおいで。ちょっとみてあげよう」と両の手を彼女の下あごにそえ、そのまま自分の胸に引き寄せて、「口を開いてごらん」と言った。

彼女は体をかたくして、眼をとじ、その小さな唇を開いた。

「加持の息を吹きかけて下さることにしよう」（いつも他人から敬語で話しかけられているので、気のせいている時、慌てている時はつい自分に対しても敬語を使ってしまうのである）

ツェチュ河は秘かに微笑んでいた。

二

アラク・ドンはせわしくツァンパ〈麦こがし〉と揚げパンを何個か口にしたが、まだもの足りなかったのか、ルツォの持ってきたヨーグルトにも手をのばした。そこでふとツェテンジャの母親が今日、亡くなっていたことを思い出し、これは行かなくてはなるまいと、ヨーグルトは諦めて、枕経をいくつか携えて小道を上って行った。

ツェテンジャ家は、タクナク生産大隊の中でも最も裕福な一家で、ツェテンジャ当人はとても実直な人物であった。亡き父親からは常々「お前って奴は、実直というより、愚直だな」と諭されていたが、あいもかわらず唯々諾々と人のいいなりになっていた。

「ありがとうございます。母の存命中にはろくな親孝行もできず、今となっては悔いるばかりです。でもこうして貫主様にお願いできたので、ひと安心です。母が極楽浄土に生まれ変わるだけの福徳がなくても、地獄や餓鬼などの三悪趣に堕ちることなく、人として五体満足の体をもって生まれ変わることができますよう、どうかお願いいたします」アラク・ドンが到着するやいなや、ツェテンジャは前もって準備していた口上をまくしたてた。

「心配するでない」アラク・ドンは弔問のさいの決まり文句を口にした。「安心して待ってなさい」

死者に引導をわたす儀式をとりおこなうラマたちのほとんどがそうであるように、アラク・ドンもごく短時間お経をあげただけで儀式を終え、お礼の馬をもらって引き揚げていった。

今朝、村に死人が出たことも知らぬままルツォが家に戻ってみると、村人はみなツェテンジャの家に集まり、てんやわんやの大騒ぎになっていた。ルツォも自分の歯の痛みも忘れて駆けつけたが、少ししてアラク・ドンが姿をみせたので、彼女は真っ赤になって自分の家に戻ってしまった。とはいえ、みなあわてふためいている最中だったので、たとえ顔が緑色に変わったものがいようと誰も気にとめなかっただろう。

黄昏時、みなが「お山のはぐれっ子」と呼んでいる二、三匹を除いて、家畜たちは家畜追いに追われるままにみな戻ってきて囲いの中におさまった。各々の家が火を焚きはじめると白い煙があがり、冷たい風によって村はずれにゆっくりと運ばれ、霧にまじりこんでいった。

ゴンキとルツォの母娘は家に戻って晩御飯を食べた。食事中にゴンキはふと娘に尋ねた。「ルツォや、歯は痛むかい？　貫主様はなんとおっしゃったのかね？」

「え、歯ですって？　歯ねぇ……」ルツォはしどろもどろになって手にしていた茶碗を床におき、「なんとかなったわ」と言った。

「貫主様はなんとおっしゃったの？」

「貫主様は……息を吹きかけて加持をして下さったの」

その後も、ゴンキはこれまでのようにアラク・ドンのもとに食べ物を運ぶように娘に促したが、そのたびに嫌がるそぶりを見せるので、母親は激怒、「ルツォや、よくお聞き。せっかく今生で貫主様にお食事を捧げるチャンスを得られたというのに、ありがたいとも思わないとはどういうことかい。そんな嫌そうな顔をみせてたら悪業を積むよ。二度とそんな態度をみせるんじゃないよ」

ツェチュ河は密かに微笑んでいた。

三

時の流れは速い。快適な夏も過ぎ去って、すでに秋も間近になっていた。山々の頂がロシア娘の金髪のお下げ髪のように染まり、刈り取られた干し草が風に吹かれて右に左に揺れるころ、タクナク生産大隊は、あるものは羊の群れを、あるものはヤクの群れを、またあるものは馬の群れを、老人や子供は荷駄獣を追って冬営地に移動してきた。

「秋の羊は坊主も屠り、秋のヨーグルトは花嫁も盗る」という牧畜民の諺どおり、僧院の坊主の中には、信者から寄進される脂ののった羊肉と滋養満点のヨーグルトを舌なめずりしながら待ち受けているものもいた。そんな坊主にかぎって峠の小道を誰かが下ってくるのを目にするや、笑みを浮かべていそいそと出迎えにいくが、ほとんどの村人が「貫主様はおいでになりますか?」とアラク・ドンに拝謁しにいってしまうので、出迎えではなくたまたまトイレに出たふりをしてしばらくその場にしゃがみこみ、笑顔も失せてうなだれて自分の僧房に戻っていくのだった。

アラク・ドンはご満悦の日々を送っていた。だがチェーホフの「この世ではしばしば思いもよらぬ出来事に遭遇するものだ」という言葉どおり、アラク・ドンの身にも予想だにしなかった事件がおき、聖者のしるしと言われていた肉厚の大きな耳はぴくりと立ち、「襟足の御髪」は逆立ち、三角眼も見開いたままとなった。それというのも、食事を届けにきたルツォの妊娠を知ったからであった。

「ルツォ……」アラク・ドンはしばらく言葉を失っていたが、ようやく言葉をつづけた。「お前、妊娠しているのか」

ルツォは顔を赤らめ、うなだれてしまった。

「子供の父親は誰かね」

「え、それはもちろん……」

「誰かに打ち明けたかね?」

「いいえ」

「それはよかった。なら問題ない」

だがルツォは、今は計画出産が厳しく求められる時代だし、自分の家は生活が苦しく、母親から「子供の父親は一体誰なんだい？　その人、うちに婿に来る気があるのかい？　もし来ないというなら、子供はそっちの家にやってしまいなさい」と言われていると泣きながら訴えてきた。アラク・ドンは内心冷や汗もので、手にした数珠を弄びながら、「ならお母さんを私のところによこしなさい。私が言い聞かせてあげよう」と言った。

ルツォを見送ったアラク・ドンの顔は蒼白となり、額にしわをぎゅっと寄せて考え込んだ。親愛なる読者の皆さんもよくご存知のように、作家は沈思黙考することでよい作品を書くことができるし、読者も沈思黙考することでその作品の真意を理解することができる。つまり沈思黙考はよい結果をもたらすということで、アラク・ドンもまる一日熟考したあげく、ツェテンジャの母親の魂の行先を委ねられていることにはたと思い当たった。

「これだ、これでうまくいく」アラク・ドンの顔には満面の笑みが浮かび、「これで片付くな」とひとりごちた。


「いやいや、五体投地するでない」アラク・ドンは僧院にやってきたゴンキがすぐさま五体投地をしようとするのを押しとどめた。「娘さんは妊娠しているようだが、あなたはどうするおつもりかな」

「どうしたらよいのか、ご相談しようと思ってました」

「この件がわしの耳にはいって実によかった。子供はとある金持ちの生まれ変わりなので、遠からずきっと養い親が出てきて、あなたがた母娘にも恩恵がもたらされるだろう。今、計画出産なんぞというものがあるようだが、あんなのは仏の教えにも反する糞のような法律だ。子供が成長するまで養うのはあたりまえ、これは喜ぶべき出来事なのだよ。子供の父親が誰なのか娘さんから無理に聞きだそうとしたら、恥ずかしさのあまり自殺してしまうかもしれない。そうしたら娘さんと子供、二人の命を奪った罪を背負い込むことになるんだよ。そんなことになったら来世はどうなるやら」
「貫主様のおっしゃるとおりです。一人娘に自殺でもされたらどうすればいいのか……。二人の命を奪うようなことをしたら、来世はどうなるやら」ゴンキはなんどもアラク・ドンに五体投地を繰り返した。アラク・ドンはこのことは誰にも口外しないように、そうすればもっと事態はうまく行くからと言い含めた。

ツェチュ河は密かに微笑んでいた。

四

去年のように暖かい春がまた巡ってきた。

今日はちょうど母親の一周忌なので、ツェテンジャは僧院にお参りして、僧一人ひとりに五十元布施し、さらにアラク・ドンに五百元献じて、「貫主様、母が亡くなってすでに一年すぎましたが、よく私の夢の中に現れるのです。亡き母は今、六道輪廻のどの世界に転生したんでしょうか？」と尋ねた。

アラク・ドンは手にした数珠をつまぐりながら、目をつむりしばらく黙っていたが、「本当のことをいうと、お前の母親はわしが約束したとおり、人に、それも男子に生まれ変わっておる。それもこの村の中にだ」とご託宣を垂れた。

ツェテンジャは口をぽかんと開けたまま、返事もできずにいたが、しばらくして両手をあわせて合掌した。

「ゴンキ家にチキョンという赤ん坊が生まれただろう、あの子がそうだ」アラク・ドンは畳み掛けるように言った。「間違いない」

二年後のある日のこと、ツェテンジャはゴンキ一家を伴い、僧院にやってきて、五体投地をしながら右遶《うにょう》し、お参りをしていた。アラク・ドンがふとみると、三角眼の、肉厚の耳をした太り肉《じし》の子供が好奇心もあらわに四天王の壁画を眺めているではないか。「こいつはまずいな」とアラク・ドンはひとりごちた。あたりをきょろきょろ見渡し、誰も見ていない時を見計らって、チキョン少年を傍に呼び、こう言い含めた。「いいかい、ツェテンジャおじさんの首にかかっている数珠をつかんで、『これは僕のだ』と言うんだ。そしたらお母さんがいい子だと褒めてくれるからな。言えなかったら、悪い子だと怒られるよ」

「なんということだ。この子はまさに私の母親の生まれ変わりだ。見てくれ、自分の持ち物をちゃんと見分けたぞ」ツェテンジャは自分の首にかけていた亡き母の数珠を外して、チキョン少年に渡し、感極まったのか、しばらくその子をひしと胸に抱きしめていた。

ルツォもすっかり驚いて、「ラマそれぞれに秘密の御業があるというけれど、私のような凡人にはこれっぽっちも理解できないわ」とひとりごち、アラク・ドンが何年か前に口にした言葉を思いだし、ことごとくそれがあたったことに感嘆し、これまであれこれ疑ったのはまことに罪深いことであったと後悔するとともに、このようなラマが自分に特別な御業をほどこしてくださったからには今生も来世も保証されたようなものだと喜びに浸るのであった。

ツェチュ河は密かに微笑んでいた。

黒い疾風《はやて》

一

真夏のある晩のことだった。男がとある古びたテントに近づいて行った。よく通る美しい音色で口笛を吹くと、テントの裾から黒い影が現れた。いつもはテントの裾から待ち人が現れるまで相当待ちぼうけをくらうのだが。そんなとき彼が怒ってみせると、彼女は家族がまだ寝ていないだの、出ようとしたら両親のどちらかが目を醒ましただの何だのと言い訳ばかりして、彼をいらつかせたものだ。しかし今夜は意外にも彼女が早く出てきたので、思わず有頂点になった。ところがいつもと違って掛け布団も敷物も持っていないうえ、顔を手で覆って泣いているではないか。男は驚いて「どうしたんだい」と声をかけた。

彼女が泣きじゃくるばかりで返事をしないので、彼はいらいらして、少し大きな声で「どうしたんだよ」と言った。

彼女はたまらず彼に抱きつくと、しゃくりあげながら「あたし……あたし……お嫁に行くことになっちゃったの」と言った。

「まさか」彼は頭が真っ白になり、「誰のところに嫁に行くんだ?」と訊いた。

「本当のことを言えば、お嫁に行くんじゃなくて、下女として売られたの」

「何だって?」

「父さんが千戸長〈一九五〇年以前の旧社会における千世帯の長〉に雌ヤクと引き換えにあたしを差し出したの」と言ってまた泣き出した。

二人は抱き合ったままその場に座り込んだ。彼女はずっと泣いていた。温かい涙が彼の胸にぽたぽたと落ちて一筋に混じり合い、流れていった。

しばらくしてから彼はゆっくりと手をゆるめ、彼女の手も外すと、懐から煙管《キセル》と火打ち金を取り出して火をつけた。彼女はまだ泣いていた。

彼はしばらく煙草を吸ってから、決然とした調子で言った。「もう泣くな。戻って掛け布団を持っておいで。今夜だけでも二人きりで過ごそう」

「ひどいわ」彼女は驚きのあまり泣くのも忘れて「あなたが一も二もなくあたしを連れて一緒に逃げてくれるって信じてたのよ。なのにあなたったら……さよなら」と言うと泣きながら立ち上がってその場を去ろうとした。

彼は彼女の手をつかんでぐいっと引き寄せると、「確かにそうだけど、きみが千戸長の夫人になれるというなら、邪魔することなどできるもんか。千戸長夫人か。ああ、きみが今生で美貌に恵まれたのは前世で福徳を積んだからだろうね。今後は食べ物にも着る物にも困ることはなくなるから、きみは誰より幸せだよ。俺みたいな乞食にきみをめとる福徳なぞあるわけがない……」彼はなんだか彼女のことがまぶしく思えてきて、涙に濡れた彼女の手をさすった。

「何にも分かってないのね」彼女は彼の長い髪をなでながら、「千戸長はあたしの父とほとんど同い年だし、奥さんが三人もいるのよ。第一夫人以外は夜のお供と飯炊きをさせられるの。噂じゃ、二人とも下女も同然の扱いで、ろくな食事も食べさせてもらえないらしいわ。千戸長はひどいけちだとかで……。ああ、でもこんな話をしても意味ないわね。もしあなたと添い遂げられないなら誰のところにお嫁に行こうが同じだわ。でも……あたしあなたのこと……忘れるなんて無理……」と言うと、彼の胸に顔をうずめて、ますます悲痛な声で泣きじゃくるのだった。

彼女が夜のお供と飯炊きとしてこき使われている姿を思い浮かべるだけで、もう我慢ならなかった。

「金の仏塔のようにありがたい人の体を雌ヤクなんかと交換するなんて。お前の父さんは本当に……」

「父さんだってどうしようもなかったのよ。だってうちは千戸長から借りていた雌ヤクを一頭盗まれてしまったから、父さんは一生かけて千戸長の下働きをすることになったの。父さんはもう年で働けないから、千戸長が雌ヤクを返せないならあたしを嫁によこせと……。父さんに雌ヤクが調達できるわけないじゃない……」

「逃げよう。俺たち今すぐ逃げよう」彼は憤然として立ち上がり、彼女の手を引っ張った。

彼女も立ち上がって言った。「でもいったいどこへ？」

「俺だって分からないさ。きみも知ってる通り、俺には家も家族もないし、帰る村もない。だからどこへ行けばいいかなんて分からない。でもチベットには果てしない草原もあまたの雪山もある。だから俺たちはどこにだって行けるさ。どこかすごく遠いところへ行こう。ラサへ行こう。そうだ、ラサへ行こう」

「ラサですって？」

「そうだよ。ラサへ行こう」彼は感極まって彼女の手を握りしめると、「俺たちラサのありがたいお釈迦様〈ラサのチョカン寺の有名な釈迦牟尼像のこと〉の前で、死ぬまで別れないという誓いを立てよう」と言った。

「分かった。でもラサってすごく遠くて、道はものすごく危険だって言うわ。だから高僧《ラマ》に旅の安全をお祈りしてもらいましょう。ラサに行く人はみんなそうしてるもの」

「そうだな。どうして思いつかなかったんだろう。きみは美人なうえに賢いんだな」

「うふふ……」彼女は泣き止み、二人は再び腰を下ろした。

彼は再び煙管を手に取ると、煙草をふかしながら、「でもこんな夜中にラマのところへどうやって行ったらいいんだ」と言った。

「何が何でも今晩じゃなければならないってことはないわよ。明日ツェジョン僧院に行って、アラク・ドンにお祈りをしてもらってきて。それにあたしたち少しは準備もしなくちゃ。お茶を沸かす道具はあなた持ってたわよね。明日の晩、持ってきて。あたしもこっそり食べ物を持ってくるわ。他に必要なものがあればそれぞれ支度しましょう。アラク・ドンに二人分のお守り紐をもらうのを忘れないでね」

こうして二人は翌日の晩に逃げることにした。二人とも自分たちが決めたこの賢くも大胆な計画に多少の不安を抱きつつも、喜びで舞い上がっていた。そのせいか、二人はそれぞれの家に帰って寝床に潜り込んだ後もまったく寝付けなかった。

翌日、二人はすっかり準備を整えて、日が暮れるのを待ちわびていた。しかし太陽が西の山の端にかかると、貧しいながらも十七歳になるまで自分を育ててくれた両親への思いが募ってきた。この家を出たら、もう愛する両親に二度と会えなくなるかと思うと、悲しくてたまらず、涙がぽろぽろこぼれてくるのだった。そうとは知らない両親は、娘の涙は千戸長との望まない結婚のせいだと思い込んで、慈しみを込めて慰めてくれた。彼女の胸は苦しみで張り裂けそうだった。

「ラサに行ったらチョカン寺のお釈迦様に父さんと母さんのことをお守りくださるよう祈ってきます」彼女は心の中でそうつぶやきながら寝床に入った。

耳慣れた口笛が聞こえた。彼女は頭を起こして、眠っている両親を長いこと見つめた後、慣れた手つきで小さな荷物をテントの裾から外へ出し、自分も外に出た。しかし、彼のもとにたどりつく前に、たまらず突っ伏して泣き出してしまった。彼は慌てて駆け寄り、彼女の肩をつかんで何度も揺すった。それでようやく立ち上がった彼女は、年老いた両親のいるぼろテントに向かって五体投地をすると、再び突っ伏して泣いた。彼は泣きたいなら思う存分泣かせてやるしかないと思って、腰を下ろして待っていた。しばらくすると彼女は不意に立ち上がり、荷物を背負うと、涙ながらに「どっちに行けばいいの」と言った。

それから二人は休むことなく長い間歩き続けた。歩きはじめたときには後ろにあった月も次第に前に移動してきた。まだ疲れてはいなかったが、彼女がずっと泣きじゃくっているので、彼は心配になって休憩をとることにした。荷物を下ろし、煙管を手にとると「疲れたかい」と尋ねた。

「大丈夫」彼女は涙声で答えた。

「もし後悔してるなら、今戻れば夜明け前には家に戻れるぞ。俺には幼い頃から親はいないが、きみの気持ちは分かるよ。無理強いしたらよくないものな。そもそも、こんなことをするのは間違っているのかも……」

「そんなこと言わないで。後悔なんてしてないもの。あなたと一緒なら地獄に堕ちるはめになっても悔いたりしない」

彼女の一途で毅然とした姿に、鼻の奥がつんとして、もう少しで涙がこぼれるところだった。

彼女に何か贈り物をしたくなった。

「残念ながら俺は一文なしだ。あるのは『頭にひと束の髪、首にひと束のお守り紐』だけ」そう思った瞬間、アラク・ドンにもらったお守り紐のことを思い出した。すぐさま彼女の首にその紐をかけて結んでやりながら、「アラク・ドンが何の障害もなく無事に旅ができるだろうと言ってくださったんだ。もう泣くなよ」と言った。

「まあ、なんてありがたいのかしら」彼女は信心を込めて合掌しながら「アラク・ドンには何とお願いしたの?」と訊いた。

「『ツェジョン村の女性と一緒にラサに行くつもりなのですが、道中の運勢を占っていただけないでしょうか』と頼んだんだ。アラク・ドンは占いをして、『摩利支天の真言を唱えなさい。何の障害も危険もない』とおっしゃった。懐にあった二枚の銀貨のうちの一枚を献上したら、お守り紐を二本くれたから、『私たちをいつまでも見守ってください』とお願いしたよ。そうしたら『護法神に頼んでおいてやろう』と言ってくださった」

彼女が泣き止んだので、また二人で歩きはじめた。しかし二人の足取りは重くなるばかりで、足を踏み出すだけでも辛いほどだった。すっかり体力を使い果たし、節々は痛み、歩く速度も遅くなっていった。今日は満月から二日目の十七日だ。月が西の山の端に沈めば、ほどなくして夜が明けるだろう。しかし二人は村からまだ一歩も出ていない有様だったので、そのまま歯を食いしばって先を急いだ。

月が西の山の端に沈みゆくにつれ、彼女の足取りは重くなっていった。突然遠くから狼の遠吠えが聞こえてきたので、何とか遅れを挽回しようと頑張った。足を止めた彼が、彼女の小さな荷物を背負ってくれたので、途端に歩みも軽くなった。しかし、いくらもしないうちに再び彼女の足取りは重くなり、休ませてと言うしかなかった。

腰を下ろして十分休むと、今度は二人とも立てなくなってしまった。彼は煙草を吸いたくてたまらなかったが、煙管を取り出して火打ち石で火をおこすのも辛く感じられるほどだった。

「あたし、こんなに早足で、しかもこんなに遠くまで来たのは初めてよ」

「俺だってそうさ」そう言うのがやっとだった。一匹の狼が遠吠えをあげると、たくさんの狼がそれに応えるように次々と吠え出した。彼女は手足すらも動かすのが億劫で、知らず知らずのうちに彼にもたれかかった。

「狼がたくさんいるってことは、ここは恐らく無人の荒野なんだろう。だから夜が明けても誰かと鉢合わせになる心配はないさ」彼は彼女を安心させるように言った。

「アラク・ドン様、どうかお守りください」

「ラサに向かう旅人のことはお釈迦様がずっと見守ってくださるらしいぞ」

「ラサのありがたいお釈迦様、私たちをどうかお守りください」

月は山の端に沈み、星が輝きを増している。しばらくすると、東の空が何度か色を変え、徐々に白んできた。遠くを見やると狼が何匹か行き交うばかりで、ここには他の生き物は何一ついないようだった。

徐々に夜が明け、日が昇ると、ようやく自分たちの姿がはっきりと見えてきた。彼はチベット高原に住むたいていの人間と同様、日焼けして浅黒く、黒々とした豊かな髪は結って肩甲骨のあたりまである。痩せた下顎には髭がまばらに生えている。彫りの深い顔立ちからのぞく両の眼は、罠にかかった猛獣の目そのものだった。歯並びのよい歯は煙草を吸うにもかかわらず真っ白だ。おそらくツァンパばかり食べてきたためだろう。体全体の中でひときわ目立つのは大きくがっしりとした働き者らしい手だった。

彼女は彼と比べれば少し色白で、頰に赤味がさしている。二昼夜にわたって眠れずにずっと泣いていたので、両の眼は真っ赤に腫れている。しかし、彼女の細い眉に長くくるんとしたまつげ、薄く小さな唇は魅力的で、ラマでも思わず口づけしたくなるほどだった。

二

二人の歩みは遅々たるものだったが、翌日の昼にはかなり遠くまで進むことができた。その辺りは何年もの間、人間や家畜の暮らした気配はなかったし、少なくともまだ銃声が轟《とどろ》いたことはなさそうだった。銃が登場して以降、村の回りではめっきり減ってしまった野生動物たちが、のんびりとした様子で青々とした草の恩恵にあずかっていた。二人ともそんな光景を見るのは子供の頃以来のことだったので、ほっとすると同時に、思わず心浮き立つ気分だった。お茶でも沸かして一休みしようと思ったものの、辺りには燃料となるヤクの糞の一つも落ちていなかったので、少し休んでから、再び出発した。しかしそれからほどなくして、小さな峠を越えたところにテントの跡を見つけた。辺りには乾いたヤクの糞がいくらでもあり、近くに小川も流れていた。さらに好都合なことに、小さなかまどまであった。

彼は荷物の中から、「鍋」と称してはいるが実際には柄《え》の取れてしまった柄杓を出し、それで水を汲んできた。彼女は着物の裾を持ち上げ、拾ってきたヤクの糞をかまどのそばに置いた。彼はまず煙管に火をつけてひとしきり吸った。それから糞の塊と煙管の先端を強くこすりあわせると、青っぽい煙が立ちのぼった。それを彼女に渡すと、彼女はそれを注意深くかまどの中に入れた。その上に糞をいくつか並べ、かまどの口から矢継ぎ早に息を吹き込んだ。

彼は荷物の中からいくつか物を取り出しながら「今後十日間、食べ物を恵んでくれる人に巡り会えなくても心配はいらない」と言った。

「あたしもツァンパを一袋持ってきたの。たくさんは持ってこれなかったけど……」彼女は涙声で「もう……両親の手元にもあまり残ってないのよ」と言うとまた泣いた。

「きみは持ってこなくてもよかったのに。俺がついてる限り飢えることはないさ」そう言いながらも、実際には飢えずにすむかどうかなど彼とて自信はなかった。

彼女は泣き止み、しばし遠くを見つめていたかと思うと茫然とした表情で言った。「見て。ねえ、あれ」

彼女が見つめている方、すなわち自分たちがやってきた道の方を見やると、峠の上で銃を担いで馬に乗った三人組の男がこちらを見ているではないか。彼は呆気に取られていたが、突然何か思いついたかのように「急げ！　顔に灰を塗りたくるんだ！」と言った。

「アラク・ドン様、お助けください。急いで摩利支天の真言を唱えるんだ！　オン・マリシエイソワハー、オン・マリシエイソワハー」

「オン・マリシエイソワハー」

馬に乗った三人組は徐々にこちらに近づいてきた。彼女は急に真っ蒼になって「まずいわ。千戸長よ」と言った。

「……」

二人のもとに現れた千戸長は、彼女の顔をじっくり見やり、ニタニタしながら、「はっはっ。アラク・ドンの占いに間違いがあるはずもないわな。ははは」と言って馬を下りた。

「くそ、アラク・ドンにはすっかり騙されたな」彼はつぶやいた。灰を塗りたくった彼女の顔は今やすっかり蒼ざめており、ラマでも魅了できそうだった愛らしい口はぽかんと開けっ放しで、周囲の言葉も耳に入らない様子だった。

馬から下りた千戸長は真っ先に彼女につかみかかるかと思いきや、二人の荷物のところに駆け寄ると、目を皿のようにして漁り出した。どうやら望みの物が見つからなかったようで、しばし手を止めてがっかりしていたが、今度は男の懐に手を突っ込んで狂ったように引っ掻き回しはじめた。と、急に手を止めて目を見開いたかと思うと、ゆっくりと手を引き出した。その手に握られていたのはすっかり暖かくなった一枚の銀貨だった。千戸長は慣れた手つきで銀貨をつまんで息を吹きかけると耳元で音を確かめ〈良い銀は良い音がするという迷信〉、目を細め、笑みを浮かべて自分の懐にしまうのだった。それからもう一度男の懐に手を突っ込んだが、今度こそ何も出てこなかった。

「もしお前がまだ金を持っているなら、命は助けてやってもいい」すっかり落胆した千戸長は男を追い詰めるように言った。

「アラク・ドンの手元にもう一枚銀貨がある」男は怒りのあまり声を震わせて「だがドンのところに行っても無駄だ。あんたには絶対に渡さない」と言った。

「頑固者の乞食野郎め。わしがあの世送りにしてやる」千戸長も怒って拳銃を抜いた。女は声も上げられないまま千戸長の足をつかんで命乞いをした。

「千戸長殿、この乞食野郎を連れ帰って召使にしたらどうですか」千戸長の家来が口を挟んだ。

「そうだな。この乞食野郎に一発ぶち込むより、うちに連れ帰って召使にしたほうがましだな。こいつだって仔ヤクの放牧くらいはできるだろうからな」千戸長はそう言いながら拳銃をしまうと、今度は男の着物の帯をゆるめて中を漁ったが銅銭一枚見つからなかった。そしてひどくがっかりした様子で、引き返すよう手で合図をした。

「千戸長殿、女はどうします？」

「女も歩かせろ。女ってもんは苦労を知らなければ幸せも分からないのさ」

千戸長たちは彼ら二人を先に歩かせ、馬の歩みに合わせて尻を左右に揺らしつつ、呑気におしゃべりをしたり、ゲラゲラ笑い声をあげたりしながら進んでいった。

彼女は泣き通しで、美しい目は涙に濡れて前も見えず、こけつまろびつ前に進むのがやっとだった。彼は恋人を連れてラサに行くつもりだとアラク・ドンに正直に話してしまったことを後悔する一方、平気で人を騙す無慈悲なアラク・ドンに腹が立ってしかたがなかった。どうやって逃げ出そうかと考えあぐねているうちに、いつの間にか足が止まっていた。突如ビシッという音がして、彼のはだけた右肩にしびれるような激痛が走った。驚いて振り返ると、千戸長の鞭が宙を切っていた。打たれたところはみるみる腫れ上がった。

「乞食野郎、さっさと歩け」千戸長は鞭を振り上げ、家畜を追うように彼をせき立てた。その有様を目にした彼女は、さらに悲嘆に暮れ、涙をこぼすのだった。

「泣くなよ。これできみも両親と永遠の別れをしないですむ」彼はそう囁きながら彼女の袖を引っ張ったが、彼女は全く気づかないようだった。それで彼がもう一度手を握ると、ようやく彼女は顔を上げた。

彼は目配せをしながら、さっきよりもっと低い声で「何とかして逃げ出そう」と囁いた。彼女は雷に打たれたかのように体を震わせると、腫れて小さくなった目を見開いて「どうするつもりなの？　あなたには迷惑をかけてしまったわ。これ以上あなたに迷惑をかけられない。お願いだから、あたしは……」

「怖がらなくていいから。きみは俺が目で合図をするのを見ていればいいんだよ」

「だめよ、だめ」彼女は叫んだ。

「乞食野郎、女に何を話しかけてるんだ。この期に及んでまだ口説くつもりか」千戸長は凄んでみせながら、彼を鞭で打ち、わざと鐙《あぶみ》を踏んで馬身をぶつけ、転ばせた。彼は苦しげな呻き声をあげながら飛び上がった。

「乞食野郎、立て。早く。早く立たないと馬で踏みつけにしてやる」千戸長は馬の手綱を右に左に引きつつ、繰り返し叱咤した。しかし彼はずっと呻き声をあげながらのたうちまわっているばかりで、ちっとも起きあがろうとしない。困った千戸長は二人の家来に馬を下りて見に行くように命じた。二人は彼の体をくまなく見たが、どうしてこんなに苦しんでいるのか皆目分からず、「どうせ芝居に決まってますよ」と千戸長に告げた。

千戸長は怒って「よし。行きたくないというなら、お前はずっとここにいるがいい」と言うと、いきなり拳銃を抜いた。

「待ってくれ。俺は……俺は……腸の持病で激痛が……あううう……」

彼女は驚きのあまり心臓が飛び出そうだった。二人が出会って一年ほどになるけれども、腸の病気で苦しんでいるのを見たこともないし、そんな持病の話は聞いたこともなかったからだ。これはきっと彼が「逃げる策」を講じているのにちがいないと思った。

「死に損ないの乞食野郎め」千戸長は拳銃をしまって馬を下り、「どうにかならんのか」と訊いた。

「ただひたすら……痛みを我慢するしか……どうしようもないんだ」彼はのたうちまわりながらそう答えた。

「どれくらいすればましになるんだ?」

「短ければ……お茶を飲む時間くらいですむが、長ければ……一日」

「この乞食野郎め……」千戸長は立ち上がって太陽を見ると、「ここで少し待とう。ちょうどいいから茶でも沸かして待つとしよう」そう言うと二人の家来は自分の荷物を下ろして中から燃料用の糞と食べ物を取り出した。

「千戸長殿」

「何だ。おや、急に礼儀正しくなって殊勝じゃないか。いいぞ。その調子なら鞭打ちも軽くてすむ」

「はい、千戸長殿」彼は引き続き呻き声をあげながら、「あの……俺たち二人を……本当に連れて行く……つもりですか」と訊いた。

「ははは。それを言わせようというのか。この乞食めが」

「それなら……正直に言います」彼は自分をじっと見つめている彼女に目配せをしてから「俺たちは最初……あなたがたが強盗……団かなと思って……俺の一生かけて貯めたなけなしの金で彼女に……買ってやった……珊瑚の首飾りを……」

「何だ何だ。珊瑚の首飾りだと?」千戸長は彼の言葉を遮って目を丸くして「どこにあるんだ」と言った。

彼女は小さな心臓が口から飛び出るかと思った。喉が今にも詰まりそうだったので、涙を何度も飲み込んだ。心に思い浮かぶ全てのラマや護法神に心の中で祈りを捧げた。

「そうです。珊瑚の首飾りです」彼は呻き声をあげながら、絞り出すように「もし……俺たちを……連れていくというなら……それは打ち捨ててもどうってこと……」と言った。

「うむうむ。どこにあるんだ」

「あなた方を見てすぐ……強盗団だと思って……地中に埋めました」

「おい、さっさと行け。お前たちのうちどちらか一人が行って急いで取ってこい」千戸長は二人の家来に命じた。

「彼らには……見つけられないでしょう。俺も行けません」

「彼女ならどこに埋めたか分かるか?」

「もちろんです」

「それならいい」千戸長は家来の一人を指差して「女を連れていけ」と言ったが考えなおして「いやいや、驕ってはいかんな。わしが行こう。お前たちは茶を沸かして準備して待ってろ」と、彼女を家来の馬に乗せて有無を言わさず連れて行った。

三

彼は相変わらず呻き声をあげながらのたうちまわっている。

真夏の太陽は高く、そのギラギラとした日差しは自然とそこにいる者たちの体力を奪い、眠気を誘った。二人の家来はどちらが水を汲みに行くかでしばらくもめていたが、相撲をとって負けた方が水汲みに行くことになった。二人は立ち上がり、武器を外してお互いの帯をつかんで四つに組んだが、あっという間にへばってしまい、どちらからともなく手をゆるめて座り込んだ。結局「長い草と短い草」で勝ち負けを決めることにした。これは子供の遊びの一つで、両手に長さの違う草を握り、同じ長さだけ見えるようにして、相手にどちらかを選ばせ、長い方を選んだら勝ち、短い方を選んだら負けというルールだ。大人たちも平和的に勝敗を決めるときには幼い頃から慣れ親しんだこのやり方を使うことがある。ほどなくして二人の勝敗が決まり、短い草を選んだ男がふてくされた様子で水汲みに出かけていった。

勝った方の男は嬉しそうな表情を浮かべ、のんびりと火をおこして茶を沸かす準備をはじめた。

彼は呻き声をあげながら注意深くあたりを伺っていた。すると弾帯のついたままの銃が間近に転がっているではないか。このあたりでは「インド製モーズ」と呼ばれているが実際にはドイツ製のモーゼル銃だ。実のところ彼はこの銃を少々扱った経験がある。一年ほど前に、ある裕福な家の雇われ家畜追いとなって生計を立てていたのだが、その家にこの銃があり、好きなだけ使ってよかった。泥棒が入って馬を殺されるという事件があったときにも、彼の活躍で犯人を見事捕らえることができた。一家の恩人となった彼は、危うくその家の次女の婿にされるところだった。しかしすでに彼女とつきあっていたので、その家の仕事を辞することにして、別れ際にもらったのが真新しい着物と銀貨二枚であった。アラク・ドンと千戸長の手もとにある銀貨がそれである。

「うまくあの銃に手が届けば逃げられるかもしれない。だがおちおち弾をこめている暇もあるまい。懐刀《ふところがたな》があれば簡単なんだが。太い棒きれでもいい。銃を棒の代わりにすればいいかもしれない」

彼はそんな風に考えながらいつものように祈りを捧げた後、ひときわ苦しそうな呻き声をあげてのたうちまわりながら、徐々に銃の方へと近づいていった。そしてあと少しで銃に手が届くというところで、もう一度祈りを捧げて心を落ち着かせた。しばらく様子を伺ったあと、彼はやにわに立ち上がり、銃をつかんだ。敵も即座に立ち上がったが、わなわなと体を震わせ、その場にへたり込んでしまった。銃床が敵の頭頂に当たり、鈍い音がした。敵は鼻の穴からふた筋の赤い血を流し、そのままどさっと倒れ込んだ。

一瞬の出来事だったが、長時間かけて大仕事を成し遂げたかのような気がした。全身から力が抜けてしまい、銃を支えにして、深呼吸をしていると、水汲みに行った男が戻ってくるのが見えた。彼は弾倉を回して弾が入っていることを確かめると、男の死体を慎重に動かして、「オンマニペメフン。それにしても人を殺すってのはずいぶん簡単なものだな」とつぶやいた。そして消え入りそうになっている火の上に糞をいくつかくべると、死体を起こして座っているような格好にさせ、水汲みに出かけた男が近づいてくると再び呻き声をあげながら、のたうちまわってみせた。男は戻ってくると歩みを止め、「おい、テンパ！　テンパ！」と何度か声をかけたが返事がないので、鍋を投げ捨て、馬の方に駆け寄った。しかし馬のそばに行き着く前に、銃声が轟き、男はもんどり打って倒れた。

彼は急いで薬莢を取り出すと、再び銃に弾をこめ、近づいて行った。男は仰向けに倒れており、呼吸するたびに、弾の命中した右胸から赤い泡が噴き出したり吸い込まれたりしていた。男は彼を見るとガタガタと震え出し、首をすくめてひくひくと痙攣したかと思うと、白眼を剥いて動かなくなった。

彼は真言を唱えながら、死体を引きずっていき、さっきの死体と向かい合うように座らせたが、どうしたらいいか分からず、頭は真っ白だった。喉はカラカラで、心臓は激しく波打っていた。水と煙草を求めてしばらくうろうろしていたが、何とか気持ちを落ち着かせて腰を下ろし、ゆっくりと煙草を吸いながら、峠の方を見つめていた。

まもなく彼女を連れた千戸長が尾根に姿を現した。彼は急いでうつ伏せになり、モーゼル銃をかまえると、千戸長に照準を定めた。しかし、かなり離れたところで千戸長は馬を停め、「おい、テンパ！　ゴンポ！」と呼びかけはじめた。左手で彼女を乗せた馬の手綱をつかみ、右手で拳銃を抜いて、さらにもう一度甲高い声で「ゴンポ！　テンパ！」と呼びかけた。

「くそっ。どうやらさっきの銃声が聞こえちまったらしい。ということはやつはこちらに近づいては来ないだろう」彼はそう思って頭を上げると、「おい、彼女を寄越せ。そうすれば命は助けてやる。寄越さないならお前の二人の家来と同じことになるぞ」と叫んだ。

千戸長はしばらく口をあんぐりと開けたまま凍りついていたが、今度は銃口を彼女に向けると、「はは、ははは。おい、乞食野郎め、考えてもみろ。この雌犬の命はわしの手の中にある。お前はこの女を愛しているんだよな？　もしこの女をあの世送りにしたくないなら、すぐに銃を二丁とも馬の背中に載せてこっちへ引いてこい。さもなければどうなるか分からないぞ。分かったか」と言った。

千戸長がこれほどの策を弄してくるとは思いもしなかったので、彼は戸惑いつつ、叫んだ。「おい、女にそんなことをして、男として恥ずかしくないのか！」

「はは。もしお前が真の男なら、恋人の目の前であの世送りにされたいか？　銃を馬の背に載せてさっさとこっちに引いてこい」

「まずお前が彼女を解放しろ」

「そんなことほざける立場か」

追い詰められた彼が思わず立ち上がると、彼女が金切り声をあげた。「そんなことしちゃだめ。

そんなことをしたら二人とも逃げられなくなる。あなたはなんて馬鹿なの！　早く逃げて！　お願いだから……」

「雌犬は黙ってろ」千戸長は手綱を離すや、彼女の髪をつかんで思い切り引っ張り上げた。

「まったくだ、俺は本当に馬鹿者だ。ここで彼女を助けられなかったうえ、むざむざ自分まで殺されてどうする」彼はそう思ったけれども、彼女を捨てて立ち去ることはできず、再び腰を下ろして千戸長に照準を定めると叫んだ。「おい、あんたの拳銃ごときがこっちの銃弾の飛距離にかなうわけがないんだぜ。彼女をこっちに寄越せ！」

「わしはお前を撃つつもりはない。だがもしわしに命中したとしても、指一本動かす余裕くらいあるはずだ。そのときには彼女もおしまいだ」

「老いぼれ犬めが。絶対に逃すものか」

「乞食野郎めが。わしだってこの女を手放すものか」

銃の照準器越しに千戸長の胸の仏龕《ぶつがん》をおぼろげながらとらえることができた。手がむず痒くなってくる。しかし千戸長と彼女の距離があまりに近かった。「下手すると彼女に当たってしまうかもしれない。銃の腕前にさほど自信があるわけでもないし」その時ふと、去年狩りをしたときのことを思い出した。それほど遠くないところに雌雄の鹿がおり、雄鹿を狙って撃ったのに、そこから一歩離れたところにいた雌鹿を撃ち殺してしまったのだ。

今回だってあの悪党じゃなくて彼女を撃ち殺してしまう危険がある。そう思って銃を地面に置いた。

「おい、よく考えろ。この女はわしの手中にあり、お前の手中にはない」千戸長は今や自分に分《ぶ》があると分かって彼に告げた。「お前はわしの言うことを聞くしかないんだ」

武器を引き渡してしまえば彼女を救うどころか、自分の命までもが危険にさらされかねないのは彼もよく分かっていた。だから彼は堂々と「俺が燃え盛る火の中にだって平気で飛び込む男だってのはあんただって知ってるだろう。彼女を寄越せ。さもなければあんたを殺す」と言った。

「ははは。そいつはごめんだね。もしわしの言うとおりにしないなら、この雌犬を殺す」

「もし彼女を殺せばお前の人生もそこで終わりだ」彼はそう言いながら目にかかった前髪を耳にかけて、再び照準器を覗き込んでを狙いを定めた。

そうやって押し問答を続けていたが、どちらも相手の仕掛けた罠に落ちない。太陽は西の地平線のあたりで薄くたなびく雲に隠れたかと思うと徐々に日が暮れて、お互いの姿がほとんど見えなくなった。

「おい、老いぼれ犬。もしあんたが少しでも動いたら殺すからな」

「乞食めが。少しでも動いたらこの雌犬を殺す」

このように二人は互いに脅し合ってはいたものの、実のところ相手が動いているのかも分からずにいた。頭を地面につけて振り返ると、黒々とした二つの遺体はなんとか見えるものの、相手の馬が反芻する音が聞こえるだけで、この世が呼吸を止めてしまったかのように何の音も動きもない。

「あの悪党が彼女を連れて村に帰ったら周囲をがっちり固められて、ますます彼女を助け出せなくなる。何とかここで手を打たなければ」そう思った彼は忍び足で移動し、弾帯を二つとも腰に縛りつけると、モーゼル銃を握った。そして音も立てずに馬にまたがり、その場を離れた。

少し進んでから手綱を引いて馬を停めた。顔にかかった髪を耳にかけてから、屈んで地平線の方を見やったが、人影一つなかったので、そのまま前へ進んだ。さっきまで千戸長がいたあたりまで行ってみたものの、人っ子一人おらず、馬が草をはむ音も息遣いも聞こえない。方向を誤ったのではないかと思って辺りをうろうろした。彼は信じられない思いで、鐙を思い切り蹴り、手綱を何度も引いてそこら中を駆けずり回った。馬の呼吸が粗くなり、足取りも重くなってきたころ、東の山の端から半月が上り、白昼のようにあたりが明るく照らしだされた。そこに現れたのは二つの死体とその黒い影だけだった。

彼はなすすべもなく、銃を一発撃った。銃声は荒野に響き渡り、しばらくこだましていた。

四

数日後、彼は「人間の目玉と馬の角以外は何でも揃う」として知られるラブランの町にいた。

恋人を奪われたことで人を殺めてしまった彼は、恋人を取り戻すまでいったい何人を殺さなければならないのか。それは彼自身にも分からなかった。殺しをやってしまったせいで、彼は一日たりとも心穏やかでいられなかった。自分の身の安全のためには、拳銃と長銃一丁ずつと大量の銃弾、最高の馬が必要なので、それを買いに、というより「召し上げに」やってきたのだ。草原の強盗たちは、「強奪する」と言うかわりに、耳障りのいいように「召し上げる」と言うのである。彼は道中、アラク・ドン一行に出くわして、すっかり「召し上げ」、いい馬と大量の銀貨を手に入れたが、あいにく銃は一丁も持っていなかった。一行の馬はいい馬ではあったが、最高の馬ではないようなので、もしもっといい馬を見かけたら買うか、売らないと言われたら「召し上げよう」と思ってここラブランにやってきたのだ。
「アラク・ドンから召し上げるのは気分がいい。実入りはいいし、危険もない」思わずそう漏らして、アラク・ドンの一行から召し上げたときの情景を再び思い浮かべた。

両側に岩山の切り立った渓谷で彼らは鉢合わせになった。彼の方が先にアラク・ドンだと気づいた。もしアラク・ドンに騙されていなければ、今頃彼女といられたはずなのだ。それに罪のない人間を二人も殺すこともなかった。そう思うとどうにもたまらなくなった。しかし、長い間、篤い信仰心を抱いてきたので、心の底ではどこかアラク・ドンへの畏敬の念があり、強盗たちがよく言うように「弾一発で始末する」ようなやり方はできなかった。そうはいっても見逃してやることもできないので、アラク・ドンの前に立ちはだかり、「俺が誰か分かるか」と言った。

アラク・ドンはゆっくりと彼を見やった。「どこかで見たことがあるようだが」

彼は首にアラク・ドンからもらったお守り紐がかかっているのを思い出して、力まかせに引きちぎると「それじゃあ、これは見覚えがあるか。もう一つはある女の首にある」と迫った。

アラク・ドンはようやく目の前の男の正体を、千戸長の一件とからんで思い出し、この男の目的がよからぬものであることに思い至った。しかし顔色一つ変えずにこう言った。「何事だ。奪うなら奪いなさい。殺すなら殺しなさい。どちらでもないなら通しなさい」

「一体この世の中が狭いのか、はたまた因果応報というものなのか。あんたならそう言うところだろ」

「おい、この野蛮人め」若い僧が前に出てきて「口がきけるなら祈れ。足があるなら五体投地をしろ。このお方は六道の衆生を導くアラク・ドンだぞ」と言った。

「ほう。六道の衆生を欺くアラク・ドンかい」彼はだんだん腹立ちが抑えられなくなった。

「なんとまあ、狂っている。観音様、ご加護を」僧たちは震え上がって祈った。

「おい、老いぼれラマさんよ、もう一回占ってくれ。俺の恋人は今どうしてる」

「仏様がご存知だ」アラク・ドンは両目を閉じて合掌した。「濁世《じょくせ》の人々のなんと哀れなことか」

「そうだな。じゃあ、あんたのことは誰が憐れんでくれるのかね」

アラク・ドンは相変わらず堂々とした調子で「さっき言っただろう。奪うなら奪いなさい。殺すなら殺しなさい」と言った。

彼はお守り紐をアラク・ドンに投げつけた。「分かった。まずは俺の銀貨を返せ」と言った。

「やつに銀貨を一枚渡せ」アラク・ドンは一人の僧に命じた。

「いやいや、俺の銀貨じゃなきゃ困る」

「なんだって？　お前の銀貨だと？　ふん。わしのところには千枚も銀貨があるんだ。お前が見て分かるなら持っていけばいい。まったく。おかしなことを言うやつだ」アラク・ドンが一人の僧に唇で合図をすると、僧が馬の背からずっしりと重そうな積み荷を下ろして開けた。

「おいおい、これは全部あんたが他人を騙してせしめたものかい。そういうことならあんたのものにしたらまずいじゃないか」彼が積み荷ごと自分の馬に載せようとしたので、二人の会話を理解できずにいた僧たちもようやく袈裟の下から棍棒を取り出して、アラク・ドンの顔を窺った。しかしアラク・ドンは棍棒では銃にかなわないと思い、「好きにさせるがいい。財産も富も全ては無常だ」と言って大人の威厳を保った。

「おいおい、ずいぶん物分かりがいいじゃないか。それならはなから受け取らなければよかったのに」彼は軽蔑の笑みを浮かべながら銀貨の詰まった積み荷を馬の背に載せると、振り向きざまに、弾倉をカチャカチャいわせ、「じゃあ、あんたも無常ってことだな」と言った。

僧たちは我慢ならなくなって「この大馬鹿者の野蛮人！　いい加減にしろ」と叫んで棍棒を振り上げたものの、心の中ではアラク・ドンに「やめろ」と言われることを望んでいた。しかし残念ながらラマは顔面蒼白、唇の動きを見る限り祈っているだけで、指一本動かす気配もなかった。僧たちも目をつぶってつかみかかるしかなかった。

「やめろ」

それがアラク・ドンの声でないことは明らかだった。それこそ怨霊の声だったのかもしれない。僧たちはみな両目を見開いた。

「死にたくないなら立ち去れ。さもなければ銃で相手をしてやってもいい。ついこの間も俺とは縁もゆかりもなかった二人が、今や儚《はかな》い身の上よ」

「儚いもの」といえば、ラマも僧たちもしょっちゅう耳にしている言葉だ。僧院では「儚いもの」とは食料品や財産を指す言葉である。「儚いもの」とはなんと慈愛に満ちた奥ゆかしくも美しい言葉であったことだろう。もしもこの世の詩という詩の中からその精髄を集めたとしても、「儚いもの」という言葉にはまったく太刀打ちできないだろう。しかし銃をつきつけられた状態で耳にするその言葉はまったく違って聞こえる。恐怖におびえる僧たちの目には銃口がまるで大砲さながらの大きさに見えてくるのだった。

とそのとき、アラク・ドンがどさっと音を立てて地面にひれ伏し、五体投地をしたかと思うと、「命は……命だけは……助けてくれ。うち……うちに来れば銀貨が山ほど……あんたに……やる。この馬も……あんたにくれてやる。この坊主たちも……あんたに引き渡す」と言った。

「坊主なんかいるものか。この馬はあんたが何と言おうが俺のもんだ。それよりあんたの命がほしい」

アラク・ドンは目に涙を浮かべたかと思うと悲痛な声をあげて泣き出し、よだれと鼻水と涙で顔はぐちゃぐちゃになった。

彼はこの様子を目のあたりにして、「まったく、男の風上にも置けないやつだな」と虫酸が走る思いだった。むかっ腹も立ってきたのでもう少しいじめてやろうと思い、アラク・ドンの額に銃口を突きつけて引き金に指をかけると、驚いたふりをして「ずいぶん強情なラマだな。悪いが今まで俺のこの銃が火を噴かなかったことはないんだ」と言った。

それを聞いて卒倒しそうになったアラク・ドンはようやく自身の護法神を思い出して、ひっきりなしに祈りを捧げた。

彼は銃を下ろすと満足気な表情で「おっとしまった。弾をこめるのを忘れちまったよ」と言うと、腰の弾帯から弾を一発取り出した。するとアラク・ドンは祈りを捧げるのを止めて、ぶるぶると震えながらどさっと地面に倒れ込んでしまった。

彼は思い切りくしゃみをしてから、アラク・ドンの馬にまたがり、「ラマを捕まえると楽でいい。実入りは多いし危険もない」と民謡のように朗々と歌いあげた。そして自分の馬を引いて立ち去ろうとしたそのとき、やおら振り返って「おい、あんたと俺の問題はまだ解決していないからな。彼女を取り戻すまで、一日たりとも安心して過ごせると思うなよ」と言い残して立ち去ったのだった。

「ラマを捕まえると楽でいい。実入りは多いし危険もない」とは今や彼の口癖になっている。彼はラブラン大僧院を眺めながら「聞くところによると、この僧院にはラマが五百人もいるらしい。やつらのとてつもない財産をほしいままにできたらどうなるだろう。でもまずはいい拳銃を手に入れたほうがいいな」と思って、市場をうろうろしていると、ほどなくして銃を売っている店を見つけた。そこには彼が見たこともないようなさまざまな種類の長銃や拳銃が並んでいた。

「やあ、猟でもするつもりかい？　それとも殺しか？」店主が単刀直入に話しかけてきた。

「拳銃がほしいんだ」

「あるよ。好きなのを選べよ」主人はさまざまな拳銃を五、六丁並べてみせ「これは日本製。すごい威力だぜ。蝿一匹殺すより簡単に人を殺せるんだ。こっちはイギリス製。軽くて扱い方も簡単。五百発連射できる。他にもこれな。どれもいい拳銃さ。好きなのを選べよ」と言うと背を向けた。

彼は拳銃について何も知らなかったのでなかなか決められなかった。そのとき誰かに袖を引っ張られたので、驚いて振り返った。

「最高の拳銃がほしいなら俺の後についてこいよ」五十歳前後とおぼしき立派な僧衣を身につけた、つややかな黒髪の男が囁いた。

「本当か」彼は驚いた。

「出家した人間が嘘などつくものか。さっさとついてこい」

彼は馬を引いて、行き交う人々でごった返す中を、その僧を見失わないようについていった。僧の方も振り返りながら早足で歩き、とある僧房の入り口に着いたところでようやく立ち止まって彼を待った。

「本当に拳銃を売ってくれるのか？」怪訝に思った彼は尋ねた。

「心配するな。馬も門の中に入れろ。このあたりは泥棒だらけだからな」僧は門をギイっと開けると、彼と馬を中に入れ、盗人よろしく辺りを見回すと急いで門を閉めた。僧は彼にお茶を注いでやり、パンを出すと「ゆっくり食え、さあ」と言ってもてなした。しかし彼が一切口を付けずに「早く拳銃を見せてくれ」と何度もせがむので、僧は彼を別室に連れて行った。そこには大きな箱のようなベッドがあった。僧が布団をめくり、板を何枚か外すと、長いのも短いのも含め、さまざまな銃がお目見えした。

僧は銃を一丁一丁取り出して「これはカナダ製。これは中国製」と言いながら彼に次々と手渡すのだった。

「カナダってのは何だい？」

「ああ、国の名前だよ」僧は拳銃を手に取ると「どうやらお前さんは拳銃のことをろくに知らないようだな。たとえばこれはドイツっていう国の拳銃でな。銃弾を二十発こめて引き金を引くだけで、長銃を一発ぶっぱなしたのと同じ威力なんだ。俺はこれほどすごい拳銃を見たことがない。これはどうだい？」と言って彼に手渡した。それは「二十発」とあだ名される拳銃で、ドイツの女性が開発したという。噂によるとナチスの総統アドルフ・ヒトラーが彼女に感謝をこめて長いキスをしたといういわくつきのものである。

「この拳銃にさらに銃弾十発をこめられる弾倉もつけてやるよ。便利だぜ」僧は小さな弾倉を彼に手渡すと、「普段はこっちの小さい弾倉をつけておけば手軽でいいし、緊急の時は二十発の弾倉をつければいいんだ」と言った。

「あんたはずいぶん詳しいんだな」

「まあな。お前さんの銃も相当いいやつじゃないか」僧は彼のモーゼル銃を指して続けた。「でもな、もっといい長銃もあるぜ」と言いながら、七・六二ミリ口径の銃を取り出すと、「こいつはロシアの白軍の銃なんだ。三千歩先まで銃弾が届くし、一度照準を定めた獲物は決して逃さない。見てみろよ」と言って彼に手渡した。

「いいね。拳銃と長銃が一丁ずつほしいんだ。それと銃弾を一箱分」

「よしきた。ところでお前さん、値段も訊かないってのはどうしてだい？」

「そりゃ、金はいくらでも持ってるからさ。ほしい物は何だって買える。俺のこの銃はあんたにやるよ」

僧はしばし固まっていたが、おもむろに「本当か？」と言った。

「本当だよ」

僧は彼を遠くまで見送りながら、何度も「男の中の男ってのはお前さんみたいなやつのことを言うんだな。いつでも訪ねてきてくれよ」と言った。

「ああ。しょっちゅう来た挙句、いつかあんたのことを蝿みたいに殺すかもしれねえがな。あんたら僧院の連中がどんな人間なのかよく分かっちまったからな。俺の大金はあんたんとこに預けておくから、必要なときには取りに来るよ」

僧は足かせでもはめられたかのように長いこと立ちすくんでいたが、ふと我に返って「ああ、三宝よ。今日俺は悪霊に貢がれちまったんだろうか？」とつぶやいたのだった。

五

数日後、再びツェジョン村のはずれに現れた彼の姿は、以前の彼とはまったく違っていた。黒いマントをはおり、黒い絹のシャツを着こみ、光沢のあるブーツを履いている。さらに長銃用の弾帯を腰に巻き、拳銃用の弾帯を左肩から斜掛けし、件のドイツの女性が開発した傑作、「二十発」として名高い拳銃を懐に入れていた。うちまたがっているのは、あの死んだ男の鹿毛の馬でもなく、アラク・ドンの白い馬でもなく、武器売人の僧の頭髪のように黒くつやつやした毛並みに堂々とした体軀の馬だった。若い騾馬のように長い耳を持ち、恰幅のよい、美しい馬だ。さらに中央チベット製の鞍をつけ、その上に鹿の革を載せ、毛織の腹帯を締め、銀の轡《くつわ》をつけていたので、貴族と見紛うほどだった。

彼はあたりにいた羊飼いに声をかけ、千戸長のテントはどこかと尋ねた。

「ここから遠くない」羊飼いはペコペコしながら、北の方を指さして「この峠を登り切れば見える」と言い、さらにこう付け加えた。「お兄さん、どこか遠いところから来たみたいだね。ちょっと休んでいくかい?」

彼は情報を少し仕入れることができるかもと思って馬を下りた。

「お兄さん、煙草吸うかい? 煙管持ってる?」羊飼いは物欲しそうな笑みを浮かべ、ペコペコと頭を下げた。

「煙草が切れたんだろ?」

「えへへ。正直言えばそんなところで」

彼は羊飼いに煙管を手渡しながら、「千戸長は今どうしてる?」と訊いた。

「ああ、千戸長のじいさんも最近じゃあおちおち寝てられないさ。ある女のために家来を二人殺されて、あやうく千戸長も命を落とすところだったんだ……」

「その女はどうしてる?」

「昼も夜も泣いてばかりで何も口にしないらしい。噂によれば女を千戸長に略奪された恋人が、千戸長を騙して家来を二人殺し、千戸長も殺そうとしたそうだ。なんとそいつはさらにラブラン大僧院に向かっていたアラク・ドン一行の身ぐるみを剝いで馬も奪った挙句、頭に銃を突きつけてもう少しで殺すところだったとか。まさに悪魔の仕業だったらしい。そういうわけで千戸長が中心になって、僧院と村が力を合わせて悪魔退治の準備に大わらわだ。なんてことだ」羊飼いは頷きながら「噂によるとその男は痩せてて長髪で……まさか、あんたが……悪魔か……」ともらすと、彼の顔をじっと見つめ、突然ガタガタと震えだしたかと思うと、煙管も落としてしまった。

彼は羊飼いの様子を見ているうちに笑いがこみ上げてきたが、かわいそうになり、「おいおい、怖がることはないさ。縁もゆかりもないお前を殺すわけないだろ。どうしようもなかったとはいえ、俺はかつて、何の関わりもない人間を二人殺しちまった。そのことはすごく後悔してる」と言うと、煙管を拾い上げ、羊飼いに手渡した。すると羊飼いはようやく少しほっとした様子だったが、震えは止まらず、どうやっても煙管を口に咥えることができなかった。

「ほんとうに怖がることないって。俺はお前を手にかけたりすることは一切ないから」

「あんた……ほんとうに……悪魔……悪魔じゃないってのかい」

彼は長い髪を両耳にかけると、「俺が悪魔みたいに見えるか?」

「いやいや。でもアラク・ドンが……あんたのことを……悪魔だとおっしゃって、僧院と村が一緒になって悪魔退治の儀式をやってるよ」

「死に損ないのハゲじじいめ……」

「あんたが人間でも悪魔でもいいさ。もし俺を殺さないでくれたらいいことを教えてやるよ」

「俺が理由もなくお前さんを殺すなんてありえないさ」

「じゃあ、急いで逃げるんだ。遠ければ遠いほどいい」

「おう、ありがとよ。でも俺はあのハゲじじいを殺すまで逃げないし、彼女を取り戻すまでは絶対に逃げたりしない」

「なんと、悪魔そのものだな。命だけは助けてくれ。頼むから、命……命だけは……」羊飼いは這って逃げ出そうとした。

「おい、なんでそんなに怖がるんだよ。お前さんを殺す理由なんかないってのに」

「じゃあ……あんたがアラク・ドンを……殺そうとする理由は何なんだよ」

「あのハゲじじいは俺たちを騙して売りやがった。だから彼女は千戸長に奪われ、俺は罪もない人間を二人も殺すはめになったんだ」

「俺はもう行く。頼むから命だけは……命だけは助けてくれ……」羊飼いは這うようにしてその場を離れ、しばらくしてようやく立ち上がると、全力で逃げて行った。

この世に欠点が何一つない人間がいないのと同様に、この世には良いところが一つもない人間もいない。生まれてこのかた一銭の布施もしたことがない千戸長にも長所がある。千戸長は生まれてこのかた嘘一つついたことがないのである。だから女を連れて戻ると、男がいかにずる賢く、いかに勇猛果敢であったか、いかにその男に欺かれて危険な目に遭い、恐ろしい思いをしたかを、ありのままに縷々《るる》語った。そしてさらに「きっとやつはまた俺を狙ってくるに違いない」と言うと、大勢の家来に銃を与え、自衛と攻撃の準備をぬかりなく進めていた。ところがアラク・ドンの方はといえば、やつは野蛮な国からやってきた魔物だし、今はまだしかるべき時が来ていないので誰にも調伏できない。だから大仰な悪魔退治の儀式などしたら衆生に害が及ぶ危険がある。あの悪魔めはわしの額に銃を突きつけてぶっ放しやがったが、護法神が現れて銃弾を受け止めてくれて、わしは「穢されることなく白いまま」でいることができたが、他の者たちが同じ目に遭ったらそうはいかないだろう、とのたまったので、村中が人も犬も巻き込んだ大騒動になった。

「それもこれも全てあのハゲじじいのせいだ。俺はあのハゲじじいを楽に死なせもしないし、楽に生かしもしないつもりだ。まずはあのハゲじじいに小便でもちびらせて、犬ころは黙ってろと言ってやるか」男はそう思いながら馬に乗り、ツェジョン僧院へと向かった。

アラク・ドンは大掛かりな悪魔祓いの儀式をやろうと言うわりには「今回は黄帽派〈チベット仏教のゲルク派のこと〉の教えを脅かすことになりかねない」と主張して、千戸長に頼み込み、最高の銃と馬を持った勇猛果敢な十八人の男たちに一日中僧院を警護させることにした。だから彼が僧院の近くまでたどりついたときには、銃を構えた数人の騎馬隊が近づいてきて、どこから来たのか、どこへ行くつもりかと尋問しながら彼のことを舐めるように見るのであった。すると突然誰かが「やつだ」と声をあげた。ある者は祈りながら逃げ、ある者は発砲しながら彼を追ってきた。彼も多勢に無勢だと悟って逃げ出し、追手に向かって拳銃を発砲しながら、前方にそびえる心臓のような形をした山を左側から頂上まで駆け上がっていった。

生まれつきある種の技に秀でた人間というのはいるものだけれども、彼は闘いに秀でた人間だったようだ。初め山頂まで全速力で駆け上がると、すぐさまいい場所に陣取って中腹を登ってくる者たちをめがけて拳銃を連発し、一気に銃弾を二箱使いきった。しかし一発も命中しなかったので、長銃に持ち替えて数発撃ったところでようやく馬を二頭殺すことができた。他の馬たちは驚いていななきながら引き返そうとしたり、騎手を振り落として逃げようとしたりするので、騎手たちは振り落とされた者を引っ張りあげて助けあい、山の斜面を駆け下り、逃げていった。

彼は引き続き騎手たちを銃で狙い続け、僧院の中まで追いかけていった。そしてアラク・ドンの居室に銃弾を撃ち込み、僧も俗人も誰一人として外に出て来られないようにした。僧院の中からも彼を狙った銃弾が飛んできたが、かすりもしなかった。実のところ、彼の撃ち込んだ銃弾がアラク・ドンの居室の床に当たっても、さすがに地中にまでは届かない。噂によればアラク・ドンは周囲の者たちに床板を剥がさせ、床下に隠れていたのだという。後に彼はこの話を耳にすると、「いい気味だ」と言った。そしてつまらなくなるとツェジョン僧院の前の山の頂や中腹まで行って、日が暮れるまでアラク・ドンの居室に銃弾を撃ち込んだ。またあるときにはアラク・ドンの居室の戸口に忽然と姿を現して、動きまわりながら居室に銃弾を撃ち込んだりもした。アラク・ドンはほどなくして体重が半分にまで落ち込み、時おり「この世にはゴマ粒ほどの平安もない」とつぶやくばかりだった。

この闘いの最中に、彼は自分の銃の、とりわけ拳銃の腕前がいかなるものかを図らずも知ってしまった。「こんな腕前では彼女を守ることはおろか、自分の命も守ることは難しいだろう」と思った彼は、しばらくツェジョン草原を離れ、他の土地へ行き、銃の訓練をすることにした。

彼はまず獣を殺すことで銃の腕前を磨いた。長銃でも拳銃でも、照準をしっかり定めたら、敢えて獲物の頭を狙った。もし頭に当たらず、他の場所に当たって殺すことができたとしても、成功とは認めなかった。時には獣を驚かせてわざと逃がしたうえで発砲した。そのうち銀貨を的にして遠くから狙い撃ちするようになった。また、左手で銀貨を放り投げ、右手に構えた拳銃で撃ち落としたり、右手で銀貨を放り投げ、左手に構えた拳銃でそれを撃ち落としたりするようになり、さらには馬で疾走しながら的を撃つことができるようになった。そしてついに盗賊と出くわせば人も馬も瞬殺する殺人鬼と化したのである。

訓練の中で学んだ重要なことは、引き金を引く瞬間に全神経を集中することに加えて、指さばきをできるだけ速くすることだった。銃撃戦を繰り返すうちに、彼はますます勇敢に、そして大胆になっていった。例えば、敵の動きが自分より素早くて、隠れているところを銃撃されたとしよう。そんなとき彼は、弾は当たらなくても倒れたふりをし、おもむろに銃に手を伸ばすと、敵が満足気な様子で近づいてきたところで突如発砲して撃ち殺してしまうのである。

銀貨二枚を宙に放り投げて、連続して撃ち落としたりもした。地面に落ちた銀貨が袁世凱の顔どころか、二つの輪っかだけになっているのを見てとると、満足気な様子で「あの坊主が言ってたのは本当だったな。これほどの拳銃はないぜ」とつぶやくと、長い髪を耳にかけるのである。長い放浪生活で独り言をつぶやくことが多くなっていた彼は「今すぐにでも彼女を救い出しに行かないと」とか、「しかしまずはあの坊主のところに行って銃弾をたっぷり仕入れてこないと。あの坊主のところは銃もいいが銃弾もいいらしい。不発弾は一つもなかった」と、ひとりごちながらラブランへ向かった。

武器を売っていた男の僧房には髪も髭もほら貝のように真っ白な老僧しかいなかった。そして「この僧房は三ヶ月前にわしが買ったのさ。前の主はラブランの付近にはおらん」と言った。

「行方は？」

「知らん。中国へ逃げたという噂もあるし、インドへ逃げたという噂もあるが、いずれにせよここラブランにはいない」

「あの不良坊主が武器の売買をしていたのは知ってるか？」彼は苛立った様子で拳銃を取り出し、「これはあいつから買ったんだ」と言った。

「ああ、三宝よ、ご加護を」

「俺を馬鹿にしてるのか？」

「まさか。噂では今どきの坊主の中には麻薬の売買をしてるやつもいるというからな」

「それじゃあ、あんたら坊さんたちを皆殺しにしてもいいんだな」彼は老僧の額に拳銃を突きつけた。しかし意外なことに老僧は顔色一つ変えずに、むしろ一層強気な態度になって鼻でせせら笑うのだった。彼は驚いて、いつも人を脅す時にするように、弾倉をカチャカチャ言わせて引き金に指をかけると、「ほほう、あんたもずいぶん怖いもの知らずなんだな」と言った。

「さっさとやれ。犬ころめが」

彼は急いで拳銃に銃弾をこめて、再び老僧の額に銃を突きつけた。それでも老僧が一向に動じようとしないので、彼は老僧のことが気に入ってしまい、「あんたがいい坊さんなのかどうかは知らないが、立派な男だってのは間違いないよ」と言って拳銃を懐にしまうと、思わず五体投地をしそうになった。

老僧は彼に唾を吐きかけた。

彼は腹が立ったが、「老僧一人殺したところで無意味だ」と思って市場に向かい、以前銃を売っていた店を探し出した。大金を預けていたあの坊主は行方をくらましてしまったし、さっきの老僧からは謂れもなく恥をかかされたので、彼は怒り狂っていた。その様子を見た店主が「おやおや、この前、銃の値段も訊けなかった御仁じゃないか」と言うや、彼は拳銃に手をかけて言い放った。「値段なんて訊く意味はない。ラブランに俺のほしいものがあれば全て俺のものにするまでだ。銃弾を出せ」

「あはは。笑わせてくれるな」店主も負けじと「あんたに勇気があるなら中に入ってそこに立て」と言いながら銃をつかんだ。しかし銃を構える暇もないうちに一発の銃声が響き、店主は銃を持ったまま地面に崩れ落ちたのである。

あっという間に人だかりができた。彼は堂々とした足取りで店の中に入っていき、銃弾を袋に詰め込めるだけ詰め込んで肩に担ぐと、拳銃の銃口で長い髪を耳にかけ、外に出た。人垣が分かれて彼のための道ができた。彼は馬に乗ると黒い疾風のごとく走り去って行った。ラブランは当時アムドの経済や商売の中心地であり、情報の集まる場所でもあったので、「黒い疾風《はやて》」とか、「黒馬の強盗」という彼のあだ名は瞬く間にアムド中に広まった。だからおそらく彼がツェジョン草原に足を踏み入れる前に「黒い疾風」「黒馬の強盗」の悪名はツェジョン僧院にもツェジョン村に暮らす牧畜民たちの間にも伝わっており、アラク・ドンと千戸長もそれが誰のことなのかはっきり分かっていたことだろう。

六

時はチベット暦の四月になっていた。大草原は、首を絞められて気絶していた美女が息を吹き返したかのように、不穏な空気をたたえながらも、美しく光り輝いていた。鳥たちはひっきりなしにさえずりながら、雛のために餌を探している。生まれたばかりの家畜の子たちはあっちへ行ったりこっちへ行ったりしながら母親のあとをついてまわっている。その様子は無邪気な人間の子供よりもはるかに美しかった。

彼は恋人のことを思いながら馬を駆り、黒い疾風のごとくツェジョン草原を突っ切っていった。青々としたツェチュ河をところどころ渡りながら、かつて羊飼いが彼に教えてくれた峠までたどりついた。そこから見渡すと、人っ子一人いないし、家畜の姿もない。大きなテントの跡からは煙が細く立ち上っており、鷲が何羽か空を旋回していた。

「どうやらさっき引っ越したばかりらしい。やつらの居場所はどこなんだろう」彼はそうつぶやきながら駆け下りていった。春の宿営地の跡は秋の宿営地と同じくうら寂しく、夢も希望も断ち切られたかのようだった。そこに彼女の面影すら見いだせないのは分かっていたけれども、せめて彼女の住んでいたところだけでも見たいと思って、ひときわ大きい千戸長のテントの跡にしばし佇んでいた。

長い間戦い続ける中で彼が学んだことが一つある。それは奇襲をかけるのに一番いい時間帯は人々の警戒が緩む朝だということだ。今はもう正午近いので動かないほうがいい。標的がどこにいるのかは分からないが、少なくとも自分がどんなに努力しているのか彼女に知ってほしいと思うのだった。かまどと燃料糞があるから、ここで朝食と夕食を兼ねて一服することにした。馬の両側にかけた袋から小さい鍋を取り出し、水を汲みに行った。するとそこには川を越えた家畜の足あとが大量にあり、水の滴った跡がずっと先まで続いていた。その先に見えるのは山の陵線ばかりだったが、向こうに彼女がいるかもしれないと思うと居てもたってもいられず、水を汲むのもやめて、さっさと荷物をまとめて出発した。

足が長く体格のよい黒馬は再び疾風のごとく山を駆け上がり、一瞬にして尾根に到達した。すると遠くに白雲のごとき羊の群れと、黒雲のごときヤクの群れが前へ前へと進んでいくのが見えた。そこで彼は馬を下りて長髪を結い、馬の尻尾に結び目を作ると、一気に駆け下りて行き、あっという間に移動中の人々の近くまで追いついた。彼は手綱を引いて馬をゆっくりと歩ませ、何のあてもないふりをして顔を伏せたまま、まつげ越しに人々を見つめていた。しかし、馬はどれほどゆっくり歩んでも歩幅が大きいので、ほどなくして人々に追いついてしまった。と、そのとき、警戒心を強めていた千戸長が彼の姿に気づいて、懐に手を伸ばすや、拳銃を握りしめて彼女にぴたりと寄り添った。時を同じくして彼も千戸長と彼女の姿を認め、突然雄叫びをあげながら拳銃を取り出した。しかし千戸長も彼女の乗った馬の手綱を握るや、臣下の者たちに「撃て！　撃て！」と命じながら自分でも発砲してきた。

ほんの少し後れを取った彼は、いくら自分の腕前に自信があっても、肝心な時になると彼女のいる方に向けて撃つことができず、彼女のいる場所から少し遠いところを移動しながら、発砲してくる輩どもを次々と「眠らせ」ていった。

千戸長は風見鶏よろしく彼が右に行けば彼女の左に隠れ、彼が左に行けば彼女の右に隠れてみせた。大勢が寄ってたかって彼に向かって発砲してくるので、彼は逃げるしかなかった。

生まれてこのかたずっと静かな草原で暮らしてきた家畜たちは、バチバチと炒り豆が弾けるような突然の銃声を聞いて驚き、四方八方に散り散りになって逃げ出した。荷駄獣たちが鞍を腹側に引きずりながら、振り落とした荷物を踏みつけていったので、荷物はぐちゃぐちゃになってしまった。子供や老人の中には馬から振り落とされて引きずられ、怪我をして泣き叫ぶものもいた。血の海の中の怪我人たちは苦しそうな呻き声をあげている。それはまるで大強盗団の襲撃にあったかのようなおぞましい光景だった。千戸長はその様子を見て仰天し、しばらく「ああ三宝よ、わしはもうおしまいだ。おしまいだ……」とつぶやいていた。それから彼女の顔を見ると、「でもわしは後悔はしとらん」と言った。

「私を逃がしてください。さもなければ、あの人はずっと同じことをし続けるし、彼から逃れることはできないでしょう。だから……」

「いやいや、もしお前を逃したらなおのこと逃げられなくなる」

「いいえ。もし私を逃してくれたら、あの人はあなたを攻撃してくることはないでしょう。誓ったっていいわ」

「ははは。誓うだって？　お前が誓って何になるっていうんだ。悪魔に誓いが通用するわけがない」

「彼は悪魔じゃない」

「いい加減に黙れ」千戸長は鞭を振り上げるも、彼女の愛らしい顔立ちと、ラマでも口づけしたくなってしまうような唇を見るとへなへなと腰砕けになってしまうのであった。そして「今はお前と口論している暇はない」と言って、まるで石を投げ込まれたカササギの巣のような阿鼻叫喚の中に飛び込んでいった。

彼はそこから少し離れた山の上で煙草をふかしながら、麓《ふもと》の人々の様子を覗いつつ、これからどうしたらいいだろうと思いあぐねていた。麓の人々は進み続けることもできず、ある者は死者に灯明を捧げ、ある者は自分の荷物を片付け、ある者は怯えた表情のまま逃げ惑う家畜を追い集めていた。しばらくすると、大勢の人々が吉祥模様の描かれた白いテントを張りはじめたので、「あそこに千戸長がいるに違いない。夜が明ける前にまた奇襲をかけよう」と思った。そこで彼は鞍を外し、振り分け荷物の中から茹で肉を取り出してむしゃむしゃ食った。そして二丁の拳銃に弾をこめ、おもむろに白いテントに狙いを定めてみせてから、一旦拳銃をしまった。

春の日は長い。手持ち無沙汰の彼は丑三つ時まで待ちきれず、夜半には山を降りていった。麓にいる犬たちは時おり悲しげな遠吠えをあげている。ひどく恐ろしげに揺れる灯明の明かりはまるで浮遊する蛍のようだった。夕暮れ時には白テントの中で明るく揺れていた灯明や灯火は今やすっかり消えている。しかし近くまで来てみると、大勢の人々が寝ずにそこここに集まって、死者のために真言《マニ》を唱えていた。すすり泣く声もあちこちから聞こえてくる。そこで彼は馬を下り、馬の顔をなでた後、長銃を鞍にかけると、拳銃を手に吉祥模様の白テントに近づいていった。今や忍び足もすっかり得意技になっていた。ゆっくりと呼吸をしながら、抜き足差し足で歩くと、人間どころか犬にさえ気づかれることはなかった。そうしてテントの側まで行くと、息を潜めて耳をそばだてた。しかし息遣いすら聞こえてこない。そこで屈みこんでテントの裾に耳を近づけてみると近くで女のすすり泣く声が聞こえてきた。彼が向きを変えてうつ伏せになった瞬間、何発かの銃声が轟いた。そのまま転がっていき、テントに潜り込むと、何も見えないながらもそこがもぬけの殻だと分かった。慌てて反対側から抜け出し、体を低くして逃げ出した。そしてかつて彼女との逢瀬の合図にしていた口笛を吹くと、彼の馬が低く鼻を鳴らし、そばにやってきた。彼は左足を鐙に乗せながら、右手で鞍にかけた長銃を手に取ると、馬にまたがった。馬は腹を蹴られるのも待たずに矢のごとく一目散に駆け出した。

銃声が止むと、馬は歩みをゆるめた。馬を下りた彼は馬の顔をなでてやり、首を優しくさすってやった。すると馬も彼に頭をこすりつけてきて、何度も鼻を鳴らした。その様子はまるで助かったことを二人で祝福しあっているようだった。

「おいおい、あの犬畜生はずるいな。白テントの中に明かりを灯したのも俺を欺くためだったのか」彼は思った。「女のすすり泣きは恐らく彼女のものだったんだろうが、もしそうなら彼女は俺に合図を送ってきてくれていたんだろう」なお一層彼女が愛おしくなり、何が何でも救い出すんだと決意を新たにした。それと同時に、千戸長が簡単に始末できる相手ではないことも思い知らされたのである。その後も彼は何度となく奇襲を試み、最初のときのように急くことなく、ぐっとこらえてチャンスを窺った。しかし千戸長の方もさるもの、今や彼女こそが自分の守り神と悟ったのか、いつ何時も彼女から離れようとしなかったので、隙を突こうにも一向に好機は巡ってこなかった。

翌日、立派な銃を携えた騎馬隊に守られたアラク・ドンが死者の魂を冥土に導くためにやってきた。アラク・ドンは到着するなり千戸長に「その女を今すぐにでもやつに引き渡さないととんでもないことになるぞ。三宝よ、ご加護を。やつは人間じゃない。悪魔だ」と迫った。頭の回転の速い千戸長は口でこそ「黒い疾風は悪魔だ」とうそぶいていたが、人間であることは先刻承知の上だったので、「もしあれが悪魔なら、阿弥陀如来の化身であり、全アムドの守護者であるあなた様に調伏できないわけがありましょうか。もしあれが人間なら、私がただではおきません。彼女は絶対に渡しません。もし彼女を渡したら、それこそとんでもないことになります」とまくしたてた。

アラク・ドンと千戸長はしばらく言い争っていたが、結局アラク・ドンが根負けし、「あんたは間違ってる」と吐き捨てるように言った。それから急いで死者一人ひとりのもとへ行って、大急ぎで魂送りを済ませた。死者の家族が次々と魂送りの御礼として馬を捧げに来たときは、いつになくがっくりと肩を落とした様子で、「はあ、あの悪魔を退治しない限り、この馬たちも何時やつのものになってしまうか分かったものじゃない」と思いながら、その場を後にしたのだった。

黒い疾風は引き続き山頂からツェジョン村の人々の動向を窺っていた。アラク・ドンが村人たちにもらった馬を引き連れて帰っていくのを見た彼は、いつものように「ラマを捕まえると楽でいい。実入りは多いし危険もない」とうそぶきながら、山の裏側を通ってアラク・ドン一行の前に現れた。

アラク・ドンを見送りに来ていた人々の中には黒い疾風に家族や親戚を殺された者も含まれて

おり、口々に「やつが人間でも悪魔でも構わない。今日という今日はやつの息の根を止めるまでやるしかない」と言って決死の覚悟をみせたが、アラク・ドンは「まだやつを調伏する時ではない。今出て行ったら火に油を注ぐことになる」と制した。

黒い疾風は離れたところから「ラマのおそばで銃声が響いては無粋。銃を捨てよ、危険はない」と節を付けて歌った。

「おい、あれが人間の声だと思うか？　悪魔の歌だぞ。頼むから落ち着いてくれ」アラク・ドンはまわりの者たちに自分の首元を指さすと〈頼み事をする時の仕草〉、ようやくみな地面に銃を置いた。

彼は拳銃を手に近づいてきて、一発もお見舞いすることなく望みのものを全て手に入れ、銅の柄杓のようなアラク・ドンの脳天をなでながら、「ラマを捕まえると楽でいい。実入りは多いし危険もない。今後一切口をつぐめ。あんたに危害は加えない。ラマのおそばで銃声が響いては無粋だろ」と言うと、ゆっくりと後ずさりし、馬にひらりとまたがると、黒い疾風のごとく走り去っていった。

「ああ、リンポチェ〈化身ラマなどの高僧に対する敬称〉、あの悪魔、人殺しだけでは飽きたらず略奪までするとは。ああ、リンポチェ、どうしたら……」

「やつは髪は長いが、人間とまったく変わらない」

「やつの馬は並の生きものとは違う」

「銃を持った悪魔なんて聞いたことないぞ」

「ああ、リンポチェ……」

「行くぞ」深い溜息をついたアラク・ドンはようやく人々の声を遮るようにその場を立ち去った。そして「この世にはゴマ粒ほどの平安もない」とつぶやくと、夜のうちに密かにツェジョン僧院の末寺に向かって逃げ出したのだった。

七

彼はアラク・ドンがよそに行ってしまったのに気付かずに、暇を持て余したときや、彼女が恋しくてたまらないときはいつもツェジョン僧院の前の山の上に登り、馬を下りるとアラク・ドンの私邸に向かって銃を五発撃ち込むのだった。僧たちは猫の鳴き声を耳にしたネズミのように先を争って建物に逃げ込むので、彼はそれを見てほくそ笑んだ。それから馬にかけてあった振り分け荷物を降ろし、馬の轡を外すと、馬には草を食べさせ、自分はひなたぼっこをしながら時おり僧院に銃弾をお見舞いし、アラク・ドンが恐怖に打ち震えている様を思い浮かべていた。しばらくすれば、坊さんたちが用を足しに出てくるだろうから、そいつらがしゃがんだ瞬間に一発ぶち込めば、慌てて立ち上がろうとして裾を踏んですってんころりん。そうなったらもう立ち上がれず這って逃げ出すに違いない。そんな様子を思い浮かべては、こんな痛快なことはこの世にないだろうと長いことにやけていた。

千戸長の方は大量の銃を村人たちに与え、犬も鎖から外し、警戒を強めていたので、急襲をかけようにもチャンスはなかなか巡ってこなかった。彼は彼で、時おりラブランまで銃弾など必要なものを調達しに、いや「召し上げに」行く以外は、ツェジョン僧院と千戸長の宿営地を行ったり来たりしていた。千戸長は武装した村人に護衛を命じると同時に、もし誰かが悪魔の首をとることができたら、高額な報奨金を与えるだけでなく、百戸長の地位も与えると公言していた。しかしそれからずいぶん経っても、悪魔との血みどろの戦いに名乗りをあげる者は誰一人として現れなかった。

「やつが本物の悪魔であるわけがない」困り果てた千戸長は言った。「もし本物の悪魔ならアラク・ドンが調伏してくださるはずじゃないか。人間の中でもクズ中のクズのことを我々は悪魔と呼んでいるんだ。そうだろ？　あの乞食野郎は人間のクズ中のクズさ。やつはうちの村の花のように美しい女たちを殺し、我々の大切なラマに銃口を突きつけ、われらがツェジョン僧院に銃弾を撃ち込み、うちの村の女を奪ったんだぞ。あの乞食野郎は人間のクズ中のクズなんだ。悪魔なんかじゃない。死んでいった者たちの兄弟たちよ、怒りはどこへ行った？」

「悪魔じゃないなら恐れることはない」ある若者が下唇を嚙み締め、目には涙を浮かべながら言った。「兄さんの仇をとらなけりゃ、生きている意味がないんだ」

「それでこそ男だ。それでこそ勇気ある男だ……」千戸長はその若者をおだてて後に引けなくした上で、「しかしな、あの乞食めは悪魔ではないが悪魔よりも狡猾だ。だからよくよく気をつけろよ。慌ててはだめだ。何かほしいものはあるか？」と言った。

「長銃と短銃を二丁ずつ貸してください」

長い間命の危険にさらされているせいか、千戸長は以前と違って気前が良くなっており、すぐさま一番いい銃を二丁若者に渡したうえ、みなの前で駿馬を一頭贈った。

この若者はかつて千戸長と共に追手として現れ、黒い疾風の銃弾に倒れた男の弟だった。千戸長にそこまで目をかけられたことはなかったので、若者はすっかり感激し、嬉しくて矢も盾もたまらず彼を探しに出発した。

相当離れたところに黒い疾風の姿を見つけた若者は、密かに後を追った。しかし若者も不慣れなので、なかなか銃弾の届くところまで近づくことができないうちに、夕闇が迫ってきた。そこで敵が眠りに落ちたところに寝込みを襲おうと思って、寝入るまで見張っていることにした。

空にあまたの星が姿を現すにつれ、漆黒の闇はより深くなり、あたりは何も見えなくなった。しかし若者は敵の眠っている場所はしかと頭に入っていたので、真夜中頃、拳銃に弾をこめ、忍び足で近づいていった。だが聞こえるのは風に揺られた草のかさこそいう音ばかりで、人間や馬の息遣いは何も聞こえない。若者は驚いて、勇気を出してあちこちを探しはじめた。ふとした瞬間に馬の糞の匂いがしたので、地面に手を伸ばしてみたが、そこにはまだ温かい馬の糞が残されているばかりだった。

若者は何日も見張って追い続けていたが、敵は手負いの鹿よろしく、険しい山の上でも大草原の真ん中でも警戒の目をゆるめることはなかった。夕暮れに山の頂で眠っていると思ったら、真夜中には川べりにいる。朝、草原にいたかと思えば、午後は山や谷の中にいる。どうやっても近づくことができずに帰るしかなかった。

しかしそんな若者も重要な事実を手に入れた。彼は僧院と牧畜民の宿営地の間にのびる家畜の通り道を行き来していたのだ。

「くそったれ。拳銃からちっとも手を離さねえな。やつの銃の腕前はいやというほど見せつけられたしな」若者は自分に言い聞かせるようにつぶやいた。

「まあな。やつの馬だって並みの馬じゃねえし」

「もし誰かがやつを馬から引きずり下ろしてくれたら……」

「それには策がある」親戚を殺された、体格のいい色黒の男で、ツェジョン草原一の怪力として有名な男が声をあげた。「あの乞食野郎は煙草を吸うよな。俺が旅人に化けて、煙管をもってやつの通り道で待ってるんだ。それでやつに火を借りれば……ほら、やつは手を差し出してくるから、その手をぐっとつかんで引きずり倒すのさ。しかしうまくいくかどうか分からないがな……」

「わしらは隠れていて、あんたがやつを引きずり倒した瞬間に駆けつけるよ」千戸長は大喜びで言った。「今度あんたを千戸長に……いや違った。百戸長にしてやるから。あんたはやつが銃に手をかけるのを阻止してくれればいい」

「これで復讐ができるなら、俺は百戸長や千戸長の地位などいらん」

「そうだな。大事なのは復讐するってことだ」千戸長はひときわ嬉しそうな笑みを浮かべて「いやあ、それでこそ男だ。それでこそ勇気ある男だ。復讐だ。仇討ちしてやれ」と言って煽った。

「ああ、アラク・ドン・リンポチェ、ご加護を。ロンチェン・タルカルチェン〈山神の名〉よ、どうか見守っていてください」怪力男の目は怒りで充血していた。

千戸長はその日、怪力男を連れてアラク・ドンのもとに相談に行き、山の神に盛大な焚き上げ供養をしてから、翌日の決行に備えるつもりだった。しかし「女連れで復讐に行くわけにもいかないし、もし彼女と離れ離れになったら今度は自分が危険にさらされる」そう思って疑心暗鬼になり、アラク・ヤクのもとを訪れた。アラク・ヤクはアラク・ドンの異母弟であり、千戸長の甥でもある。先代が亡くなった後、次の転生者に誰を認定するか長いこと争いが続き、結局青海省政府主席である馬歩芳〈一九〇三―七五。中華民国時代に青海を支配した回人の軍閥の長〉が、アラク・ドンの弟のソナム・リンチェンをアラク・ヤクの転生者として認定するよう命じたのである。そのときソナム・リンチェンは十七歳で、アラク・ドンが止めるのも聞かずにすでに還俗して結婚してしまっていたので、政府からの命令で再び僧院に連れ戻され、アラク・ヤクの転生者として玉座に就くことになった。ところがそれも形ばかりで、さっさと村に帰ってしまい、俗人として生活をしていた。彼は読み書きも仏教の勉強もろくにできなかったが、頭の回転だけは飛び抜けて速い男だった。千戸長が相談を持ちかけると、占いもせずに目を閉じてしばらくじっとしていた。それからおもむろに口を開き、「数日間は外に出ないほうがいい。村人たちに話してやろう」と言った。

千戸長は重い荷を下ろしたかのようにほっとして、「さすが、わが甥はただものじゃないな」と言って五体投地の礼をした。

ある日、怪力自慢の男の目が彼の姿をとらえた。彼は黒い疾風よろしく一瞬にして眼前に現れた。怪力男は飛び出そうになる心臓をなんとかなだめると、笑みを浮かべ、「どうも。どこから来たんだい？　どこへ行くのかい？　馬を下りて話でもしようや。煙草でもどうだい」と言った。

彼は手を懐に入れたまま怪力男をじろじろと見つめると、「あいにく急いでるもんでね」と言ってその場を離れようとした。

「じゃあ火を貸してくれないか」怪力男が煙管を持った左手を差し出して、「火を貸してくれよ」と言った。

彼は一言も口を利かずに火打ち金を取り出し、指先ほどの火打ち石の上に羊の糞ほどの火口《ほくち》を載せ、左手の人差し指と親指でつまみ、拳銃を持ったまま右手の火打金をこすりつけると、火口から煙が立ち上った。彼はそれを中指の爪に載せて親指で押さえると、ぽんと弾き飛ばした。するとそれは怪力男の懐にすぽっと入った。

怪力男は慌てて火を消し、火口を取り出すと「おい、火が消えてるぞ」と言って彼の顔を見つめた。

彼は少し思案してから、再び火口に火をつけると、今度は拳銃の照準器の上に載せて差し出した。

怪力男は動揺してすっかり蒼ざめてしまい、何か言おうとしていたが、口から一言も出てこなかった。

「おい、何とか言えよ。あんたは何日か前にこっそり俺の後をつけていただろう」

怪力男はありったけの勇気を振り絞ったが、首を振るのがやっとだった。

「結局あんたは火がほしいのか、俺の命がほしいのか、どっちなんだ」

怪力男の手は風に吹かれる草葉のようにぶるぶると震えていた。そして彼の拳銃を指さして、火だと答えた。

「それならさっさと取れ」

怪力男は火を受け取ったらこれで終わりにしようと思ったけれども、全身の力が抜けてしまったのか、身動きすらできなかった。

彼はその様子を見ると、拳銃を懐にしまい、「怖がらなくていい。正直に言ってくれ。千戸長に送り込まれたんじゃないのか」と尋ねた。

怪力男はおずおずと首を振りながら、何とか「違う」という一言を絞り出した。

「じゃあこんなところで何をしてるんだ」

怪力男は突然怒りと勇気が同時にこみ上げてきて、「俺はな、復讐しに来たんだ。でも俺はあんたを殺せなかった。だからあんたの手で俺を殺してくれ。俺はこのままじゃ帰れない」と言って前に進み出た。

「そうか、そういうことならあんたを責められないな。俺はツェジョン村の人々を本当にたくさん殺してしまったからな。人殺しなんてしたくはないんだが、他人に殺されたくもない。人を殺せば償いをしなければならないのはこの世の習いだ」と言いながら、振り分け荷物をごそごそやって、五十両の馬蹄銀を二つ取り出し、地面に放り投げた。そして「この件は千戸長と俺の問題だから、村の人たちが首を突っ込んで無駄死にすることはない。亡くなった人たちの賠償も機会を見つけてするつもりだと村人たちに伝えてくれ」そう言って立ち去ろうとしたが、振り向きざまに「彼女は今どうしてる」と尋ねた。

「彼女は幸せに過ごしているよ」

「それはよかった」彼は馬蹄銀をもう一つ取り出すと、地面に放り投げ、「もし機会があったら、俺が必ず助けにいくと彼女に伝えてくれ」と言いながら長い髪を耳にかけ、黒い疾風のごとく走り去って行った。

怪力男が一つ理解したことは、黒い疾風が闇雲に人殺しをしているわけではないということだった。

八

夏の盛りになって、ツェジョン草原に馬歩芳の軍勢がやってきた。部隊を率いるのは自らの手で喉を切って屠畜した家畜の肉しか食べない、鳶色の目をして白い帽子をかぶった回人〈漢化したムスリム〉だった。彼は配下の者たちに「団長」と呼ばれていた。彼らは商人の一団のように、農民の使うスコップや牧畜民の使う投石紐、男性用の携帯用仏龕、女性用の髪飾り、子供用の靴、老人用の帽子、僧用の袈裟、尼僧用の下衣、金泥の経典、銀の飾りのついた煙管など、僧俗の老若男女に必要なあらゆるものを取り揃えており、それを持って各家庭、僧院を訪ねて回り、時に物腰柔らかに、時に強引に売ったり交換したり、奪い取るなどした。そして最後に千戸長のテントに集まってくる様子はまるで隊商のようだった。

彼らは千戸長をはじめ、アラク・ドンやアラク・ヤクたちが半年ほど前に青海省主席の馬歩芳に要請したのに応じて、黒い疾風退治のために派遣されてきた部隊だったのである。

半年ほど前、黒い疾風の暗殺計画が水泡に帰して以来、人々もみな戦いに嫌気がさし、千戸長の命令に従わなくなっていた。千戸長は黒い疾風が馬やヤクを放牧しているところへ追手を送り込もうとしたが、追手を命じられた者たちは少し行ったところで戻ってきてしまい、「あいつは虎だ。かなうわけがない。あの馬は鳥だ。追いつけやしない」とぼやくのだった。不安にかられ、絶望した千戸長は、性格がますますきつくなり、召使やお側仕えの者たちを犬のように蹴飛ばしたり、顔につばを吐きかけたりするようになった。さらには「ラマが揃いも揃って悪党一人片付けられないというなら、悪魔を退治できるなんてのは嘘八百じゃないか」などと、ぞっとするような罵詈雑言を吐きまくるようになっていた。それを耳にしたアラク・ドンは憤然として千戸長のもとを訪れると、「そもそも女が全ての災厄のもとではないか。それにあんたという人は、鹿みたいに強い欲望のせいで、自ら苦労を背負い込んでいるのが分からんのか」と言った。続いてアラク・ヤクも「人のせいにするのも大概にして、何かいい方法を考えるべきです」と迫った。

「しかしどんな方法が？」

「方法ならあります。お二人は西寧の馬主席と懇意なんでしょう？」

「なんと！」失望の色をたたえていた千戸長の目に希望の光が灯った。「さすが、わが甥はただものじゃない」

「その通り。わが弟はただものではありません」アラク・ドンは満面の笑みを浮かべて言った。「しかし僧衣をまとってこんな事件に関わるのは気が進みませんな」

「兄上はとっくに関わってしまってるじゃありませんか」

アラク・ドンは気まずそうに「うーむ。あのとき二人の行き先をあんたに話したのは失敗だった」と言った。

アラク・ヤクはずけずけと切り込む。「黒い疾風に気付かれないように、アラク・ドンが僧を何人かお供に連れて行くのが安全だと思う」この案にアラク・ドンも千戸長も賛成した。

こうしてアラク・ドンは大金を持って、お付きの僧を何人か連れて馬歩芳に会いに行ったのである。

馬歩芳に派遣された軍勢はツェジョン草原にやってきて、大量のヤクや羊の喉を切って肉にし、盛大な宴会を催した後、「お次は黒い馬に乗った盗賊の首を掻きに行くか」と言って、強盗団よろしく出発した。しかし黒い馬の盗賊がどこにいるのかも分からないので、四手に分かれて東西南北あらゆる方向に探しに行った。

団長は宴会で肉を食べ過ぎてお腹の具合が悪くなってしまい、下痢が治まるまで、自分の代わりに千戸長を行かせることにした。そして鳶色の目で彼女をじっと見つめ、「ほほう、これでは千戸長が惚れるのも仕方があるまい……」と言った。そしてまた催したので用を足しに飛び出し、戻ってくると再び彼女の顔をじっと見つめて「いやあ、黒い馬の盗賊とて惚れるのは仕方あるまい……」と言うと、また飛び出しては戻りを繰り返すのだった。

あだ名を付けるのが巧みな牧畜民たちは、この軍勢に「商兵」と名づけた。商兵がやってくるや、千戸長の命令でしっかりつながれていた番犬たちは、狼の群れでも見たかのように一斉に吠え出し、しまいには声が出なくなってしまった。番犬たちはさらにぐるぐる走り回って鎖を食いちぎろうとし、前足で土を掘り出し、挙句のはてには深い穴を掘ってしまった。

　ちょうどその頃、千戸長の先導で僧院に向かっていた商兵たちのもとに突如黒い疾風が奇襲を仕掛けてきて、かつてないほど大勢の兵士が命を落とした。千戸長は命からがら逃げ戻ってきた。

「悪魔だ。本物の悪魔だ」千戸長は首を横に振りながら、「前から襲撃されたかと思ったら今度は後ろから襲撃される。右からも左からも襲ってくる。でもやつの姿は見えないんだ。悪魔だよ。本物の悪魔だ。この馬がいなかったらとっくに命を落としていたよ。ああ、三宝よ、もう絶対に彼女のもとから離れません」と誓いを立てた。

「おいおい本気かよ……あいたたた……」団長は慌てて外に飛び出し、しゃがんで用を足すと戻ってきて、「困ったもんだなあ……」と言ったきり、口をつぐんでしまった。

　千戸長はなすすべもなく、がっくりと肩を落として彼女のそばに歩み寄ると「これも全てお前のせいだ」と言い、ガタガタと震えながら「しかし後悔はしていない」と続けた。

「なんだって？　後悔していないだと？　じゃあ私は馬主席になんと申し開きをすればいいのか」団長は震えながら言った。「困った。兵士九人は決して少ない人数ではないぞ。ああ……」宿営地跡に残された犬が吠え声をあげている。団長はふと「チベットの盗賊一人に敵わなかったなんて言ったら俺は笑いものだ。よし、行くぞ。あいててて……」と言うとまた外に飛び出してしゃがみこんだ。それから食事係も含めて残りの軍勢を率いて僧院の方へと向かったのである。

黒い疾風はゆっくりとした足取りで、右手に拳銃を持ち、左手で馬の手綱を引き、死体の側に行って、何か必要なものはないか見回していた。今や頬から首は太く黒いもじゃもじゃの髭に覆われ、両の眼は伴侶を失った孤独な肉食獣のように憂いと怒りに満ちていた。

とある兵士の胸ポケットに入っていた紙片が目に留まり、そこに写っていた顔がその兵士にそっくりなので驚いた。これが中国の「写真」というやつか、などと考えていると、突然馬が耳をピンと立て、目を大きく見開き、鼻をぶるんといわせた。遠くを見やると、また商兵の一団が近づいてきていた。

彼はその紙片を投げ捨て、あたりを見回すと、自分の馬を死んだ馬の陰に連れていき、「ここに寝ていろ」と言いながら首を押さえつけた。すると馬は前足と後ろ足をうまく折り畳んで横になった。彼は急いで長銃を担いで別の馬の死体の陰に行き、弾帯を外して側に置くと、商兵たちに照準を合わせた。と同時に商兵たちも歩みを止め、一箇所に集まってしばらく待った後、二手に別れ、彼を囲いこむ作戦に出た。

ざっと見積もって四十人ほどいるようだった。「さっさと手を打たないとまずい」と思って右側の軍勢の先頭を行く男の胸に狙いを定め、引き金を引いた。するとその男は初め馬の首にもたれかかっていたが、しばらくして頭からどさっと落ちた。馬も歩みを止めた。彼は慌ただしく弾倉を回しながら、左側の軍勢の先頭を行く男に向かって発砲した。弾が命中して馬から落ちたとき、馬は驚いて鐙を引きずりながら走り出した。商兵たちはそのまま左右から彼を取り囲もうとして彼に少しずつ迫ってきたので、彼は急いで二丁の拳銃に二十発入りの弾倉を取り付けると、両手で交互に発砲した。弾が命中して死傷者が出た。馬も殺されたり、怪我を負ったりしていた。残った者は自ずと後退りしたり、銃撃したりを繰り返し、彼との距離を広げていった。そこで彼は再び長銃に持ち替えて発砲し、人や馬を撃ち殺していった。残った者たちは負傷者を見捨て、尻尾を切られた泥棒犬よろしく遁走した。

団長は戻ってくると、千戸長のように「悪魔だ。本物の悪魔だ」とつぶやいて、後は口をつぐんでしまった。

「まったくです。あやつは悪魔です。もし悪魔でないならどうして私が大枚を積んであなた方を呼んだりしましょうか」千戸長はそう言うと、彼女の顔をちらりと見て「しかし悔いはない」と続けた。

「なんだって？　悔いはないだと？」団長は両手を宙に振り上げて「おいおい、世の中にはとんでもないお方がいるもんだな。こっちは二十人以上殺されてるってのに、悔いはないってか。まあいいさ。実際に賠償金を請求される段になっても本当に後悔せずにいられるかな」と言った。

「いやいや、馬主席はあんたを盗賊退治に寄越したのであって、賠償金を召し上げるためではあるまい」

「ふん。俺がチベットの盗賊を駆逐せずにおめおめとは帰れないのと同じだ。あんただって二十人以上の兵士の賠償金を払わずに済むと思うなよ」

「払いますとも。まずはおたくがあの乞食野郎の首を持ってきてくださいよ。そうしたら賠償金を二倍にして払いますから」

「よし。目にものを見せてやろうじゃないか」団長は口ではそう言ってみたものの、「目にものを見せる」のが生易しいことではないのはよく分かっていた。しかし「川岸まで来て引き返すわけにはいかない」と思って、逃げ出した兵士たちを呼び戻した。そして少し落ち着いてから、千戸長を呼び出して作戦会議をはじめた。

「正直に言えば、我々は『敵も知らず土地も知らず』に突っ込んで行ったのでこんなに被害が大きくなってしまったんだ」団長は極めて流暢なチベット語で、チベットの諺も織り交ぜながら語り出した。「しかし我々軍民一体になって戦えば『五本指も握れば拳』、はぐれ盗賊を討ち取るのもそれほど大変ではあるまい。こちらからの希望としては、ぜひとも千戸長殿に指揮を取っていただいて、村人たちにも戦闘に参加するように指示していただきたいんだが」と言った。

それを聞いてすっかり不機嫌になった千戸長は「はっはっは。もしもわしが村人たちを思うままに操って戦えるなら、大枚をはたいておたくらを招いたりしませんよ。こちらは何かあったら賠償金を払うまでです。何としてもあの乞食野郎の首を取ってきてください」と返した。

追い詰められた団長はお国言葉〈青海訛りの漢語〉に切り替えて千戸長に思い切り毒づいてから、「みんな気を抜くなよ。もしあの賊に殺させたやつがいれば、俺はそいつを殺す」と言ったので、みな思わず吹き出してしまった。団長はいらいらしながらも、「みんな聞け。もしあの賊を逃したやつがいたら、俺はそいつを殺す」と言い直した。

ちょうど子供たちが乳飲み仔ヤクを追って戻ってきた。乳の張った母ヤクも何頭か鳴き声をあげながら、群れより一足先につなぎ場に戻ってきた。家畜追いたちも遠くから徐々に家畜を追ってこちらに向かってきている。団長は彫金の施された懐中時計を手に取って時間を確認すると、「明朝、夜が明けたらすぐに出発する」と言って千戸長のところに向かった。

千戸長の住まいは一番大きなテントを中心に、様々な大きさのテントがあり、小さいテントにはそれぞれ側室を住まわせていた。彼女が来てからというもの、千戸長がほかの側室のもとを訪れる回数が激減しただけでなく、特に何もなければ大テントにも行かず、新しいテントの中でずっと彼女の側にいるのであった。特に今は彼女が身ごもっていることもあって、彼女と片時も離れずに一緒に過ごしている。以前は馬歩芳の軍勢さえ来てくれれば黒い疾風を退治するなど蝿を殺すよりたやすいに違いないと思っていたが、こうなってみるといくら多勢でも一人ひとりは犬を叩く棒きれほどの力もないので、すっかり落胆していた。団長に対して当初抱いていたような敬意はもはやなく、むしろ皮肉を込めて「本当に黒い馬の盗賊の首を取ってきてくれるんだろうな」と言うのだった。

「明日必ず取ってきますよ。ふん」団長は苛立った様子ですぐさま踵を返して出て行った。そして翌朝、夜明けとともに出発した。団長の作戦はたった一つ、囲い込み作戦だった。黒い疾風をツェジョン僧院前の山の頂まで追い込んだ後、軍勢を二手に分けて山裾をぐるりと取り囲んでから登っていくというものだった。

黒い疾風は昨日、負傷した兵士の頭に拳銃を突きつけて、彼らがアラク・ドンの要請をうけた青海省主席の命で、彼を退治するために派遣されてきた軍であること、まだ七十人あまりの兵士が残っていることを聞き出していた。そこで夜の間に僧院前の山頂に小山を築いて、人と馬が収まる大きさの砦を作った。それから千戸長のテントに近づき、兵士たちが出発するときに敢えて自分の姿を見せ、山頂まで駆け上がった。それから銃弾をいっぱいに詰め込んだ袋の口を開けて自分の側に置き、馬を寝かせて時が来るのを待った。

商兵たちが麓から登ってくると、彼は長銃を構えて五発連射した。それからまた弾を五発充塡した。馬が何頭か死に、兵士たちは引き返そうとしたが、団長が麓を駆けずり回って、逃走しようとする兵士たちに発砲し、一人をその場で殺すと、「逃げるやつはこうだぞ」と言い放ったので、兵士たちは慌てて登りはじめた。黒い疾風は砦から出たり入ったりしながら四方に発砲するので、兵士たちは中腹より先に登ることができない。さらに大勢の兵士と馬が殺され、彼らは再び逃げ出すのだった。麓では団長に追い立てられ、山頂からは黒い疾風に追いやられ、商兵たちはまるで大勢の猟師に取り囲まれた草食動物の群れのようだった。ある者は登ろうとし、ある者は逃げ出そうとしていたが、誰一人として銃を撃てる者はおらず、完全に戦意を喪失していた。その上、死傷者が続出したため、追いつめられた兵士たちは、団長が山の日おもてに走れば、兵士たちは山の日陰に逃げ、団長が日おもてに走れば日陰に逃げる有様だった。結局、最後まで残ったのは負傷者だけになって、このままではまずいと悟った団長はツェジョン僧院に逃げ込んだ。黒い疾風は長い髪を耳にかけ、長銃を背負い、馬の顔をひとなでした。すると馬はすぐさま立ち上がり、鼻をぶるんと言わせると、主人に頭をこすりつけた。彼も馬の首をなでてやりながら、銃弾の詰まった袋を鞍の上にかけ、馬を引いて山を降り、そのまま僧院に乗り込んで行った。見ると団長の馬がアラク・ドンの私邸の入り口に繋がれていたので、自分の馬もそこに繋いだ。そして拳銃を構え、門扉を足で蹴って開けると、窓から銃弾が飛んできた。弾は彼の肩をシュッとかすめ、後方に飛んでいった。彼は照準器も見ずに三発撃ち込んだ。すると敵の拳銃が窓からごとりと落ちた。

九

その部屋はアラク・ドンの仏間だった。一体の仏像の膝の上に、団長の白い帽子が落ちていた。帽子の中には手のひらほどの頭蓋骨のかけらが入っていた。床には団長が仰向けに倒れており、頭蓋骨が割れてむき出しになった脳からは噴火した火山の溶岩のように血が噴き出していた。この男もほんの少し前まで敵をどうやって倒そうか考えていたのだ。

彼は拳銃の先に、頭蓋骨のかけらが貼りついた白い帽子を引っかけ、その場で腰を抜かしてへたり込んでいるアラク・ドンの膝の上に放り投げた。「これもみんな千戸長とあんたが仕組んだんだな。しかしもし彼女を俺のところに連れてきてくれたら、あんたの命だけは助けてやろう」

アラク・ドンは喉に石でも詰まっているかのように声が出ず、何度も唾を飲み込んでからようやっと絞り出すように「分かりました」と言った。

彼は団長の馬にアラク・ドンを乗せ、頭蓋骨入りの白い帽子を持たせると、馬を引いて千戸長のテント近くまで行き、馬を停めた。「俺はもうこれ以上無駄に人を殺したくないからここで待ってる。あんたは急いで彼女を連れてきてくれ」

「はい、承知しました」

「もし俺を騙したりしたら団長と同じ目に遭うぞ」彼はアラク・ドンの手元の頭蓋骨を指さして言った。

「はい、分かっています」

「さっさと行け」

アラク・ドンは団長の頭蓋骨を千戸長に渡すと、「死にたくなければ彼女を引き渡してくれ」と言った。

「三宝よ、ご加護を。やつは悪魔だ」千戸長の唇は紫色になっていたが、下唇を噛み締めて「どんなことになろうとも彼女は悪魔の手には渡さん」と言い張ったその様はまるで頑固なヤクのようだった。アラク・ドンはうろたえて「いやいや、全く困ったお人だ」とでんでん太鼓のように首を振った。

それを見ていたアラク・ヤクは二人に目配せをすると、突然団長の頭蓋骨を彼女に渡し、「もしまだやつが悪魔じゃないと思っているなら今すぐやつのところへ行け。誰も止めやしない」と迫った。

「ターラー菩薩よ、ご加護を」彼女はすぐさま頭蓋骨を投げ捨てたが、気分が悪くなって吐いてしまった。

「あの人は本当に悪魔になってしまったんですか?」

アラク・ドンは「ああ、悪魔だ。悪魔でもなければラマの頭に銃口を突きつけられやしない。悪魔でもなければ僧院を銃撃することなどできるわけがない。悪魔でもなければ馬主席の軍勢と互角に戦えるわけがない。悪魔でもなければ団長の頭蓋骨を剝がせるわけがない。ああ……悪魔でもなければ団長の脳みそを食らえるわけがない……」と言った。

「ターラー菩薩よ、ご加護を。ああ、なんてこと……」彼女は嗚咽を漏らし、失神しそうになりながら嘔吐し続け、今にも窒息してしまいそうだった。

アラク・ヤクは今度は千戸長に目配せをした。すると千戸長は突然頭が回り出したようで、「はっはっは。もし悪魔じゃなけりゃ、生きた人間の頭蓋骨を剝がせるはずがない。悪魔でもなけりゃ死んだ人間の脳みそを食らえるはずがない。お前がやつのことをまだ悪魔じゃないと信じているなら、やつのところへ行けばいい。もう止めないから」

「その通りだ。さっさと行くがいい。まあ、あんたのお腹の子の脳みそを食らおうと手ぐすね引いて待ってるだろうけどな」

「ああ、ドン・リンポチェ、ヤク・リンポチェ、どうかご加護を」彼女は二人のラマの足にすがって「行きません。どうかお助けください」と懇願した。

「あんたを助けられるのはあんただけだ」アラク・ドンはいつも信者たちの質問に答えるときのように目をつぶって言った。「悪魔といえども思いを寄せている相手の言うことは聞くものだ。やつのところへ行って、ついて行くつもりがないと言いなさい。そしてよその土地へ出て行ってほしいと頼むがいい」

「私には無理です」

「いいや、あんたが行かなけりゃ話にならん。あの悪魔の手から人々を守るため、仏教を守るため、そしてあんたのお腹の子を守るために、何としてもあんたが行くしかない」

「承知しました」

「しかし悪魔はとにかくずる賢いから、優しそうな言葉をささやいて誘惑しようとするかもしれない。絶対にそれに乗るでないぞ」

「分かりました」

「決してついて行くつもりがないということをやつに分からせるんだ。いいね。身ごもっていることも伝えなさい。そうすれば無理に連れて行かれることはないだろう」

「はい」

「怖がることはないよ。護法神が見守ってくれているから」

「はい」

「よし。頑張りなさい」

「彼女一人きりでは行かせるわけにはいかない」二人のラマが必死で止めるのも聞かず、懐に拳銃を忍ばせた千戸長が彼女と一緒に行こうとするので、アラク・ヤクが言った。「もしどうしても行くというなら武器は置いて行ってくれ。聞いた話では悪魔も丸腰の敵は殺さないらしい」千戸長は半信半疑ながら拳銃を置いて、彼女の陰に隠れるように付いて行った。そして黒い疾風の近くまで行くと、「おい、わしは引き渡しても構わないんだが、彼女があんたと一緒に行きたくないんだとさ。だから『水を欲していないヤクの頭を押さえつけても無駄』ってやつだ。信じられないなら彼女に聞いてみればいい」と言った。

「ありえない。彼女は脅されてる」

「違うわ」高ぶった様子の彼女は緊張の面持ちで口を開いた。「千戸長は私を脅したことなどないし、今だって脅されてなんかないの。私は本当にあなたに付いて行きたくないのよ。以前あなたが私に話してくれたことは本当だった――私は千戸長のところに嫁いできてからというもの、食べるものも着るものも不自由はないし、極楽のように幸せな暮らしをしているの。あなたが攻撃さえしてこなければもっと幸せなんだけれど。だからもうここを離れてちょうだい。お願いだから。今、私のお腹の中には赤ちゃんがいるの。だから千戸長とはもう別れられないし、あなたの手は人の血で真っ赤に染まっているから、もう私たち一緒にはなれないわ。お願いだから出て行ってちょうだい」

彼は一言も口を利かずに右手に拳銃を持ち、左手に手綱を握りしめ、馬の顔をあっちへ向かせたりこっちへ向かせたりしながら彼女をじっと見つめていた。彼女の顔色は少し明るくなり、赤みを帯びていた。長いまつげに隠れた両の目には苦しみの影すら見当たらなかった。数々の高価な宝飾品を身につけ、表は絹地で飾り裾をカワウソの皮で縁取った皮衣をまとった彼女のお腹は大きくふくらんでいた。

ラマでも口づけをしたくなるような唇からとどめの一言が飛び出した。「これは私からのお願いよ」

「どうやら本当に幸せそうだな」

「その通りよ。だからお願いしてるの」

彼はしばらく考えこんでいたが、手綱を引いて馬の向きを変えた。立ち去る前に振り返って千戸長に尋ねた。「あんた、俺から銀貨を奪ったのを憶えてるか?」

「憶えてるとも」千戸長はあたふたと懐から手のひらいっぱいの銀貨を取り出して差し出した。

「一枚だけでいい。こっちへ投げてくれ」

千戸長が銀貨を投げると、彼は左手でそれをつかみとり、すぐさま放り投げて拳銃を一発撃った。銀貨はシュッという音とともに高みに舞い上がったかと思うと、ひらひらと千戸長のもとに落ちてきた。

「拾えよ」彼は拳銃の銃口で千戸長に命じた。

千戸長は勇気を振り絞って銀貨を拾った。それはまだ熱く、真ん中に穴が空いて輪のようになっていた。

「もしあんたが彼女を神様のように大事にしなかったら、額にそういう穴が空くことになるぜ」彼は拳銃の銃口で長い髪を耳にかけると、ツェジョン草原に別れを告げ、黒い疾風のように去っていったのである。

千戸長は銀貨を見つめながら「まさに悪魔だな」とつぶやき、彼女の方を見やった。すると彼女の両の眼からは涙がぽろぽろとこぼれ落ちていた。まるで真珠の首飾りが千切れたかのようだった。

月の話

「おじいさん、お話をしてちょうだい」獣の皮はおろか、木の皮でつくった着物さえない地球の最果ての地で、子供たちが悲痛な表情で老人にお話をせがんでいた。

野山には花ひとつなく、川は干上がっている。悲しいほど静まり返った土地だ。勉強も遊びもない子供たちの毎日はなんの楽しみもない退屈きわまりないものだった。そのため、彼らは毎日、老人たちを囲んではお話をしてくれと頼んでいた。

「わかった。話してやろう」

「おじいさん、ありがとう。本当にありがとう」子供たちは手をたたいて喜んだ。

「昔々、お姫様がいました。そのお姫様は十五夜の月のように美しく……」

「ねえ、おじいさん、月ってなあに？」

「月かい？　ああ、月っていうのはな、かつて、われわれの住む地球に最も近い星だったんだ。三十日ごとに美女の眉毛のような形で夜空に現れては、日に日に丸く明るくなっていき、十日ほどで白く丸くなり、美しく輝くのだよ。だから昔から美しい娘を月に例えてきたんだ」

「それなら、どうして今は月がないの？」

「ええっと、それはな……」老人は長いため息をついて続けた。「それじゃあ、お前たちに月の話をしてやろう。昔々、人類の科学技術が非常に発達していた頃、一部の科学者がこんなことを考えた。災害が増え、南北の気候に大きな差が出たのは地軸が少し傾いているせいだ。だから、月が南極大陸に最も接近した時に、月を爆破すれば、その破片が大量に太平洋に落ち、地軸をまっすぐにすることができるだろうと。

「当時、人類は地球を十回以上も破壊できる核兵器を保有していた。月は地球の四分の一程度の大きさなので、破壊できるのは確実だった。

「科学者らは人々の反対を押し切り、宇宙船、宇宙ステーション、レーザー発射装置、核兵器、電波望遠鏡、スーパーコンピューター、ロボットなどあらゆる分野の技術を投入しただけでなく、最も優れた科学者を総動員して、ついには美しい月を破壊したのだ。

「その恐ろしい情景を目の当たりにして、科学の非常に発達した別の星の人々は、『地球人は自分たちの生活を支えている母なる大地を汚し、生物が暮らしにくい土地にしてしまった。さらには、宇宙にまで魔の手を伸ばし、太陽系で最も美しい星をも破壊した。これはとんでもないことだ。彼らにこれ以上勝手なまねをさせてはなるまい』と考えて、地球上の文明すべてを完膚なきまでに破壊した。その結果、人類は再び原始時代の状態に戻り、以前にもましてひどくなった災害やあらゆる疫病によって数億の人命が奪われ、いま目の前に広がるこの状態に至ったのだ」

「おじいさん、そんなのおじいさんの作り話で、本当のお話じゃないでしょ。お姫様のお話の続きを話してちょうだい」

子供たちが月の話に興味を示さなかったのは、彼らが「科学技術」だとか「核兵器」、「宇宙ステーション」などといった言葉を聞いたことがなく、意味も分からなかったからだ。

老人は仕方なく、文明というものがまだ存在していた時代に、あるお姫様が毒を飲んで命を絶ち、一族が滅びたお話の続きを話しはじめたのだった……。

世の習い

男が目を醒ましてまず考えたのは、今日こそテントを引っ越さなければということだった。引っ越しについては昨夜、妻をかき抱きながら考えていた。夜半に小雨が降ってきたので、そろそろこのぼろテントをどこか高いところに動かさなければ、大水でも出たら大変なことになる、と思ったのだ。

男は、靴も履かずに皮衣をはおり、念仏を唱えながら小用を足しに外に出て行った。東の山からは朝日が射しており、鳥たちが合唱団よろしく一斉に鳴き声を響かせていた。近くを流れる小川の両岸には黄色い花が日々その数を増やしており、生まれおちたばかりの仔ヤクがよろよろしながらテントの周りを歩いている。男はこうした光景を眺め、言いようのない幸福を覚えた。だが、今日中に引っ越しをしなければならないのだから、こんな風にずっと感慨にふけっている時間はない。

「急いで茶を淹れてくれ。今日は引っ越しをするぞ」男は腰帯を締めながらそう言った。

「あら」妻は驚いた様子で「ついこの間ここに移ってきたばかりじゃないの」と言った。

「でもこんな谷底に住んでいて、もし鉄砲水でも出たらどうする。それに考えてもみろ、夏に山の上に住むってのもなかなかオツなものかもしれないぞ」

いつも男の言うとおりにしてきた妻は、もうそれ以上口答えすることはなく、彼と一緒に朝食をとり、テントの中のものをまとめはじめた。男もヤクを三頭、テントのそばまで連れて来て鞍をつけ、テントは杭を抜き去ってから地面に広げて畳み、ロープで縛ってヤクの左脇に括りつけた。それからテントを張っていたところに戻って、家財道具の一切合財が詰め込まれた先祖伝来の革張りの木箱を肩に担ぎ、ヤクの右脇に括りつけてみると、左のほうがちょっと軽いようなので、テントの支柱も左側の荷物に加えてみた。別のヤクには食料、穀物、バター、チーズや衣服、さらに細々とした道具類を積み込んだ。そして年老いて性格が穏やかになったヤクには、片脇には鍋や桶をしばりつけ、もう片方の脇に糞拾いの籠を括りつけるとその中に皮の敷物を敷き、生まれてこのかた顔を洗ったことのない鼻水まみれの息子を裸のまま入れた。それからかがみこんで大きな仏壇を注意深く背に担ぎ上げ、宿営地を一瞥してみると、かまどの跡がぽつぽつと見えるだけで、何も残されてはいなかった。だがそれでもまだ何かを忘れているような気がする。眉間にしわを寄せてあちこちを見渡してみると、まだ犬を繋いだままだった。

「ああ、そうだった。こいつがいたんだ」男は仏壇をおろしてから太い杭をぐらぐらと前後にゆすぶって引き抜き、犬を放った。それから再びかがみこんで仏壇を担ぎ上げた。

妻が何頭かの母ヤクを放ち、家畜をつなぐロープをぐるぐる巻きにして肩に担いでようやく出発できそうになった頃には、陽は既に高く昇っており、二人は急いで家畜と荷駄獣を追いはじめた。

二人が新たな宿営地にテントを設営しているとき、妻は不注意にも皮衣のすそで仏壇をひっかけ、横倒しにしてしまった。すると青銅の仏像が頭から地に落ちた。彼女は驚きのあまりしばらく茫然としていたが、焦った様子で「ああ、金剛薩埵《さった》、金剛薩埵……」と罪を浄化するマントラを唱えはじめた。

男はそんな妻の焦る姿を見てまずはあっけにとられ、それから急いで駆け寄ってきて妻に思いきり平手打ちをくらわせた。

「金剛薩埵、金剛薩埵……」妻は男のこのような暴力に慣れきっているらしく、平手打ちされたことを気にするでもなく仏壇を立て直し、そこに仏像を安置した。

男が休みがてら昼食（朝食と同じくツァンパだけである）をとりつつ、テントの入り口越しに外の景色を眺めていると、遠くの山頂からミルクでもこぼしたかのように白雲が広がっていった。雲は徐々に大きくなって黒雲に姿を変えた。雲間では稲妻が流星のようにきらめき、しばらくして雷鳴も響き渡った。だがこちら側では青空が広がって視界も開け、花々は咲き誇っており、男は朝に感じたのと同じような幸福感を覚えた。

「見ろ、夏に高いところに住むってのは悪くないだろ」男は大いに満足した様子で妻にそう言いながら家の中を見回した。すると不意に家具の配置がどうにも気に食わなくなってきたので、茶を飲むのをやめて立ち上がり、革袋と木箱の位置を交換してみた。そうしてみると、残念ながら前よりももっと不格好な感じになってしまった。そこで今度は革袋をどかしてそこに木箱を置き、その上に仏壇を配置して脇に革袋を置いてみた。それでもまだしっくりこないので、再び革袋を持ち上げようとした。しかしその忌々しい革袋が不意に重たく感じられてしまい、なす術もなくなった男は妻に助けを求めた。

「あらあら、あなた、耳のあたりが白髪だらけですよ」と妻は驚いた様子で男の顔を見つめた。

男は思わず自分の両の耳のあたりをなでまわして、「お前……お前の髪だって、白いものが混じっているぞ」と言った。妻も思わず頭をなで、悲しげにため息をついた。

「ヤクが勝手に下に行ってるぞ！」息子がまるで命令でもするかのような口調で言った。

男はありったけの力を振り絞って走り、なんとかヤクの群れに追いついた。そこで少し座り込んで休んでから立ち上がり、群れをテントの方に追い立てながら、どうやって息子に嫁を迎えようかと考えながら歩いているうちに、いつの間にか自分のテントのある丘のふもとにたどり着いていた。見上げてみると、テントのある丘の上までの道は険しくも遠くもない。だが男は疲れ果てており、おまけに秋の烈風が吹きおろしていて、風にのった枯れ草や花が顔にぶつかってくるのだ。そのため、男は何度も地に伏せて休憩を取らざるをえなかった。そうやってなんとか丘の上にたどり着いたときにはかすかな喜びを覚えたのだが、驚くべきことに、妻と息子がテントの杭を抜き、ロープをぐるぐると巻いて引っ越しの準備を進めているではないか。

「一体どういうことだ？」男は悲しみと怒りのないまぜになったような思いでそう言った。

「引っ越すのさ。冬にここよりも低い窪地に移らなかったら、このぼろテントは風で吹き飛ばされてしまうぞ」息子はにべもなくそう言った。

そのとき、冷えきった空からちらちらと粉雪が舞いおりてきた。男は身にまとっている古びた皮衣がいかにも薄く頼りなく感じられ、思わず身震いした。

窪地は確かに丘の上よりも少し暖かく、それに少なくとも風をいくらかは避けられるので、男も気持ちをしばし落ち着けることができた。相変わらず家具の配置の仕方は気に食わないのだけど、悲しいことに今の彼にはそれを持ち上げて動かすだけの力もなく、またそもそもその権限もなかったから、ひたすら耐えるしかない。男は仕方なく念仏を唱えつつ、息子に嫁を取るということに思いを馳せていた。

明るさと暖かさと食事を生み出すかまどの火にあたりながら、男は妻の顔がひどく小さくなっており、よくよく見ると口の中の歯が一本残らず無くなっているという悲しい事実に気がついた。思わず男も自分の顔を撫でまわし、口の中に指を突っ込んでみると、触れるものは舌だけだった。男は深い悲しみに襲われ、長いため息を漏らした。

男は寝床に入るとまた息子に嫁を取ることを考えていた。だが突然、笑いさざめく声が男を現実に引き戻した。よくよく聞いてみると、笑っているうちの一人は息子であり、もう一人は若い女のようだ。その笑い声のせいで赤ん坊が目を醒まし、泣き出してしまった。女は「ママのかわいい子、早くおやすみ。眠ってくれたら馬をあげる。鞍が欲しければ鞍もあげる。お空のお星さまもママがとってあげる。お花も摘んで、あなたにあげる。ママのかわいい子、早くおやすみ……」と歌いだした。

その旋律は男を夢の世界へと誘《いざな》った。相変わらず家具をあちこちへと動かしてみたがどうしても満足のいくようにはできなかったという夢、他人の草地に迷い込んでしまった家畜を取り戻そうとした自分は殺されてしまった上、息子も自分の敵《かたき》を取るどころか亡骸を取り返すことさえできなかったという夢、今や自分の希望のよすがは孫であって、孫を連れてラサの釈迦牟尼仏に参拝するという夢など、男はとりとめもなく続く終わりのない夢の世界へと導かれていったのだった。

ラロ

一

真っ白な原稿用紙にラロの物語を書き綴っていくのは、さほど心躍る作業とはいえない。絶えず脳裏に浮かぶのは、青っ洟を垂らしては、ぶらぶら揺らしている彼のあの姿だ。

母親を除くとラロには生まれてこのかた、家族や親族と呼べるものはいなかった。言葉が話せるようになると、村の悪童たちは「お前の父ちゃんは誰なんだよ？」と彼をからかった。ラロ自身、それは母親に問い質してみたいことだった。

「母さん、ぼくの父さんって誰なの？」

「今後、『父さん』なんて言葉を口にするんじゃないよ！」母親はラロに一発平手打ちを食らわせ、それから抱きよせるのだった。だが、しばらくするうちに、一人の男が夜な夜な彼の家を訪ねてくるようになった。やがて男は真昼間でも家を訪ねてくるようになり、ついには居ついてしまった。母親は優しげな声色で「かわいいラロや、この人がお前の父さんなんだよ」と言った。でもこの男は村のよその子たちの親とは異なり、ラロに飴玉ひとつ買ってくれたことも、口づけひとつしてくれたこともなかった。それどころか、ラロが近寄ってくると嫌そうに「おい、その青っ洟はなんだ。あっちへ行け」と言い放つのだった。実際、ラロの鼻水はまるで湧き水のようで、拭いても拭いてもすぐにまた溢れてくるので、母親はいつも「また脳みそが溶けだしてきたよ」と言っていた。

いつのまにやらラロも十四歳になっていたが、青っ洟は以前よりも太く、長くなるばかりであった。同い年の者たちが馬術や弓術の腕前を競っているというのに彼はおとなしい馬一頭一人で乗りこなす肝がなく、母親の腰にしがみついて乗っていた。そこでまた「おい、ラロ。まだ母ちゃんにおんぶに抱っこなのかよ」とからかわれるのだった。

冬営地へと移動する日の朝のこと、継父はラロにヤクの鼻縄をとらせ、ヤクの背に荷物をくくりつけようとしたものの、ヤクが驚いて動き回ろうとする。継父はラロに向かって「しっかりしろ！　ちゃんと抑えておくんだ」と言った。

ラロは歯を食いしばり、口の中を鼻水だらけにしながらしっかりとヤクをつかまえていた。「よしよし。人手になるならワンころよりましだな」継父は満足げに言った。「しっかりとつかんでおけよ。しっかり……」だが、この台詞が終わらないうちに、ヤクがぐるりと動いて体の向きを変えたので、ラロはうつぶせにばったり倒れて、そのまま鼻縄を手放してしまった。ヤクは悪霊にでも取り憑かれたかのように走り回り、背中からころがり落ちた荷物をさんざん蹄で踏みつけたので、使い物にならなくなってしまった。

「ヤクに腹を立てて馬に鞭を振るう」という諺通り、むかっ腹を立てながら駆け寄ってきた継父は「この洟たれが。ヤク一頭も抑えておけないのか」と言ってラロに強烈な平手打ちを二発食らわせた。ラロの青っ洟が顎から胸まで飛び散った。母親が駆けよってきて叫んだ。「あたしの子を殴るんじゃないわよ。今後、この子に指一本でも触れたら……出て行ってもらうからね」

「ふふん。俺はお前ら親子を哀れに思って一緒に住んでやっているだけで、別に好きで一緒にいるわけじゃない。いいさ、今すぐ出て行ってやるよ」継父はこう言い放つと本当に家を出て行ってしまった。

「母さん、父さんを止めて……」

「黙りなさい。あんたには父さんなんていないのよ」そう言って母親は息子の頰を張ったかと思うと胸に抱き寄せ、二人して泣き崩れるのであった。

世界にはこれほどたくさんの人間がいるというのに、ラロには母親しか家族はいなかったし、母親にとってもラロがただ一人の家族だった。だが閻魔大王はそんなことを斟酌しはしない。羊の群れに突っ込んだ狼が手近な羊を一匹血祭りにあげるように、閻魔大王が今回あの世へと連れ去ったのはよりによってラロの母親だったのである。二人には身寄りはなかったけれど、彼女の死に涙をこぼさぬ者はいなかった。ラロを哀れんでの涙であった事は言うまでもない。

二

ラロの母親が亡くなった年の夏、村の賢い人々が相談して、ラロを郷の小学校に送り込んだ。ラロに教育が必要だというのが口実だったが、その実、なんとか飯を食わせるため送り込んだと言っても過言ではない。

僕も同じ年にその小学校に入学したので、ラロと僕は同級生になった。だがラロは僕より五歳年上で、同級生の中でも最年長だった。

ラロは初めのうち勉強もよくできたようだった。同級生が誰ひとりチベット語の基本の三十文字を憶えられないでいるうちにすべて暗唱してみせ、先生も「みな、ラロをお手本にするように」と誉めていた。ところが数日して先生が生徒一人ひとりに基本三十文字を黒板に書かせてみたところ、ラロは一文字も書けなかったため、教室全体の失笑を買い、先生も「みな、ラロをお手本にしちゃいかんぞ」と言ったのであった。

「みな、ラロをお手本にしちゃいかんぞ」という言葉は学校全体に広まった。

ラロは確かに勉強に向いていなかったようで、僕たちが次の学年に上がるときも、いまだ基本三十文字も書けない有様で、学業不振のうえ、いつも洟をすすりあげ、痰をとばして不潔きわまりなかった。おまけに煙草も吸っていたため、素行不良で進級できなかった。だが、ラロにしてみれば、落第など屁でもない。そもそも落第しても叱る人もいないのだから。ラロのもっぱらの心配は、夏休みに行くあてがないこと、先生も生徒も故郷に戻ってしまい、煙草を手に入れるあてがなくなることだった。ラロは教師の家庭ごみの中から吸い殻をあさり、上級生の服を洗い、代わりにご飯をとりにいき、毎日教室の掃除当番を引き受けるなどして煙草を数本恵んでもらっていた。

牧畜地帯の子供たちは悪い癖があって、夏休みや冬休みが終わってもなかなか学校に戻ってこず、最初の一週間はまず授業がはじめられない。だがラロは一度も休みに帰省したことはなく、新学期に遅れたことなどついぞなかった。その点ではラロはまさにみなのお手本といってもさしつかえないだろう。

学校だったら一度や二度の喧嘩沙汰はあるものだ。僕らの学校もそうだった。冗談好きな生徒たちが聞こえよがしに、「みな、ラロをお手本にしちゃいかんぞ」と言うと、ラロはその生徒をひたすら追いまわす。だが相手が向き直ってかかってこいというしぐさをみせると、ラロは「先生が喧嘩しちゃいけないって言ってるから」としゅんとしてしまうのだった。だがその生徒がラロを殴らずに逃げ出そうとすると、またしてもその後を追いかけて、「俺をお手本にしちゃいけないってどういう意味だ」と言いながら小突くのである。ある時七つ年下の生徒がラロをうつ伏せにしてその上にうちまたがり、「僕の馬の見事な歩きっぷりを見ろよ」と言いながら彼の尻を蹴った。ラロは「あああああ……先生」と泣いた。涙に青っ洟がいりまじり、土埃で汚れたが、いくらがんばっても生徒を振り払うことができない。それからというものラロはなりこそ大きいが、意気地のないことがみなに知れわたってしまい、周囲から馬鹿にされるようになっていった。

僕たちが二年生に上がるときも、ラロは基本三十文字はなんとか読めても、書けずにいたので、二年に進級できなかった。ラロはそれを三回、四回と繰り返したが、先生たちがヤクや羊をつぶすときには、ラロの手助けがどうしても必要だったので、落第し続けていてもなんら問題はなかった。

僕は五年生で小学校を卒業して県の民族中学校に入学した。

三

真冬のある朝のことである。西北の高地では荒れ狂う風に乗って雪が勝手気ままに舞い踊っていた。僕は事務所のストーブの火を強く燃え立たせた。

とその時、牧畜民の男がノックもせずに入ってきて、「ここは裁判所かい？」と訊いた。

「そうだが、何の要件だい？」

「おや、トンドゥプじゃないか」

「そうだけど、あんたは……」

「知らんぷりするなよ」男はそう言いながら、勝手に椅子をストーブの側に引き寄せて腰掛けた。

「役人になったら同級生のことも忘れちまうのかよ」

なんと、十年以上も前に同級生だったラロじゃないか。なんと、ラロも年をくったもんだ。額には皺が刻まれているし、無精髭まで生やしている。変わらないのは鼻の下の青っ洟だけだ。

「忘れるわけないだろ。何か用か？」

「用がないわけないだろ」ラロは青っ洟をすすると「俺の女房が盗《と》られちまったんだ。ソナム・タルジってやつにな。やつは村で最低の男だよ。嘘だと思うならタクマル村のみんなに聞いてみろってんだ。あのトンチキ野郎は去年はラプジおじさんちの馬を盗んだし、今年はツォキおばさんちのゾ〈ヤクと牛の交配種の雄〉を盗んで回人に売りやがった。昨日はいきなり俺に殴りかかって、女房を連れてっちまったんだ。お前んとこの裁判所にはソナム・タルジの鼻を明かしてくれる法律はないのか。それともやつが怖くて打つ手なしとでも言うのか？　お前んとこの裁判所は労働者階級のこの俺様を助けてくれるつもりがあるのかないのか、どっちなんだ、おい」ラロがそう言った瞬間、青っ洟が顎の先まで垂れた。

「もちろん助けてやるさ。でもここはあいにく刑事部でね。その件なら民事部に行ってくれ」

「民事だの何だの言われてもちっともわかんねえ」ラロは怒りだした。「お前ら、ソナム・タルジが怖くねえってのなら、あいつをムショにぶち込んで、女房を取り戻してくれよ。このままじゃあ俺の女房までムショ送りになっちまう」

「そう慌てるなよ」僕はラロに煙草を一本差し出した。「なあラロ。何年も会ってなかったんだから、まずはつもる話でもしようや。長いこと姿を見かけなかったけど、どこへ行ってたんだい？」

「そうだな。そうするか」ラロは急におとなしくなり、話をしはじめた。

以下はラロと僕が離れ離れになった後の出来事である。物語らしくなるように少し脚色しただけで、ほとんどそのまま記している。だから読者のみなさんには事実と思っていただいて構わない。

四

ラロはチベット語の基本三十文字も習得できずにいたが、大方の教師より年を取ってしまったので、学校から追い出されることになった（ラロが夜中に女教師の部屋のドアを叩いたというのが、その口実だった）。身寄りのないラロは、流れ者になるしかなかった。

ラロは初めのうちどの家を訪れても進んで家事を手伝い、放牧にも行ったので、腹をすかせて困るということはなかった。ある時、世話になっていた家庭で、「おい、うちではとにかく娘に婿がほしいんだ。ラロ、お前は独身だし、青っ洟の世話はできなくても放牧は上手い。それに正直者だ。どうだ、うちに婿に来ないか？　結納は免除してやるから悪い話ではないぞ」という話を持ち掛けられた。

ラロにとってまさに渡りに船であった。

ところが婿入りしたラロは、なんの魔がさしたのやら、次第に「俺はこの家の婿様で、下僕なんかじゃないからな」などと口走るようになり、仕事はことごとく放棄、放牧にも行かなくなった。嫁の父親は、怒り心頭で「なんということだ、恩を仇で返すとはまさにこのことだ！　あの洟たれのみなし子をきっちり懲らしめてやらなければ、男がすたる！」と宣言した。だが、正面切っては何も言わないでおき、ラロの好き勝手にさせていた。ラロの青っ洟はどうにも収拾がつかなかったが、唇の上のひび割れは消えていき、顔にも赤みがさしてきた。さらには、頭にちょんとのった、マーモットの尻尾みたいなお下げを念入りに梳かしつづけ、話しかけられても「あ――」とか「おお――」とか「そうかい――」とか「そいつはすごいな――」「聞いたことねえな――」「昔の諺にはな――」などと間延びした調子で返事をしてくるので、ちょっと前までのあの洟たれラロとは誰も信じることはできない有様であった。

しかし、その後「とんでもない仕打ち」が待ち受けているとはラロは知る由もない。

その頃、家では、酒や煙草や砂糖は買うわ、パンは焼くわ、ヤクや羊をつぶすわで、宴席の準備でもしているかのようにてんやわんやだった。ラロが一体どうしたんだ、と訊くと、「偉いお坊さんがいらっしゃるのよ」という答えであった。

「おお、それはめでたい」とラロは髪を梳かしながら言った。

ラロは朝寝坊するのが習いだった。その日もいつものように朝寝坊して、正午近くに起きだし着物をはおるとテントの外に出た。入り口に馬が何頭もつながれており、家の中では歌や踊りがたけなわだったので、ラロはてっきり、くだんの偉いお坊さんが来たものと思い、急いで帯をしめて駆けつけると、みなびっくりした表情でラロのほうを見た。面食らったラロがきょろきょろあたりを見回すと、なんと妻がよその男ときらびやかに着飾って座っているではないか。ラロは驚いて、「これは一体どういうことだ」と叫んだ。

妻の弟がこう言い返した。

「我が家に婿を迎えたんだよ」

「婿って、誰に婿とりするんだよ?」

「姉さんにきまっているだろ!」と言うと、みながどっと笑った。

「二人も婿をとっていいのか?」

「なんだって? 二人も婿をとるやつがどこにいる?」

「俺とあいつ」

「わははは。洟たれみなし子め、酒も飲まずに酔っぱらいやがって。お前はうちの家畜追いだろ。なにが婿だ」

「なんということだ。こんな仕打ちがあってたまるか。俺は今日この場で死んでやる!」ラロがこぶしを振り上げて走り出すと、みながラロを取り押さえようとした。「悪犬は止められないし、悪人は捕まえられない」という諺にあるように、ラロはさらに凶暴になり、「お前ら、俺様の真の姿を知らないのか。親父は王様の血筋、お袋はお妃の血筋なんだぞ。俺は、今日、この村を血まつりにあげてやる。それができなければみなし子ラロの名がすたる! 俺はな、お前らとは……」とわめいてみたものの、鼻水が口に入り最後まで言い終えることができなかった。

ラロのその有様に、みな笑いがこみあげてつい手を放した。ラロは義弟に殴りかかることもできずただ体当たりした。義弟は「今日は姉さんのめでたい日なんだから、お前のような青っ洟を殴りたくないんだ。分別ってもんがあるならとっとと消え失せるんだな」と言い放った。だが、ラロがさらにしつこく体をぶつけて邪魔してくるので、義弟はラロのお下げをひっつかんで振り回した。ラロはあおむけにひっくり返り、お下げは根元からぶちっと切れた。

「ああ、俺のお下げが。ヤク一頭分の値打ちがあるというのに……」ラロは地面を転げまわり「お前がこのお下げの弁償するまで、ここから一歩だって動いてやるものか」と言った。

「どかないなら、今度は耳を切り落としてやるぞ」義弟が刀を抜いて近づいて行くとラロは飛び起き、一目散に逃げだしたのである。

五

自分が追い出される前に妻が新たに婿を迎えたことはともかく、お気に入りのお下げなしでどうして人前に出られよう。とはいえ、しばらくするうちに空腹に耐えかねて人前に出ないわけにはいかなくなった。

ラロはたくさんの村をめぐり歩き、流れ者としてたくさんの家で世話になった。最初のうち、どの家でも進んで仕事を手伝い、その家の家畜を追って放牧に出ていた。しかし空腹を満たすことができるようになると、徐々に「ああ――」とか「おお――」とか「昔の諺にはな――」など間延びした返事をするばかりで放牧にも行かなくなってしまう。そしてついに、「とっとと出ていけ」と追い出されたり、自ら出奔したりするのだった。

ある日、ラロがとある僧院に流れついてみると、ちょうど再建中で、大々的に僧を募集しているところだった。

「所詮、この俗世に意味はないっていうじゃないか。それに俺は冷酷非道な鬼畜生にヤク一頭分の値打ちのあるお下げをぶち切られて、人前にも出られなくなってしまった。こうなったら坊主にでもなって、死んだ母さんの追善供養のため念仏を唱えるというのも悪くないな」こうして、ラロは俗人の服を脱ぎ捨てて僧衣を身にまとった。そしてチューイン・タクパという法名を授けられたのである。

チューイン・タクパは僧院の法要に一度たりとも欠席することなく、帰依文などの基本経文も誰よりも早く暗記することができた。自身でも、「お経の勉強は学校の勉強よりも簡単だし、本当にやる気がわいてくるな」と思ってせっせと勉学に励んだので、規律僧から幾度も褒めそやされるまでになった。まるで幼い頃に「みな、ラロをお手本にするように」と言われていたあの頃のようだった。

ところが、高僧や、時には一般の僧までが「秘密の御業」と「表向きの顔」を使い分けているのを見聞するにつれ、次第に「これじゃ坊主をやってたって大した意味はないな」と思いはじめた。そのうち僧院にいるのは食事の出る法要に参加するときか、僧院詣での信者が死者の追善供養のために僧たちにお布施するときだけになり、余った時間は僧院のそばの街に行って映画を見たり、煙草を吸ったり、果ては「ジュース」と偽ってビールを飲むなど、まさに「みな、ラロをお手本にしちゃいかんぞ」と言われていた幼い時代の再現になってしまったのである。

さらに深刻な事態もおきた。ある日の午後、「チューイン・タクパが河むこうの村の娘の尻を追いかけていた」という噂が風のように僧院の中を駆け巡り、徐々に規律僧や長老僧たちの耳に届いたのである。ただ、規律僧は「チューイン・タクパは怠け者ではあるかもしれないが、世俗の世界をうとみ、一心に正法に帰依している身であるのだから、そのような恥知らずな振る舞いにおいとは思えない。噂はただの嘘や誹謗中傷かもしれない。だからこの目できちんと見るまでは判断することはできまい」と思っていた。

しかしこのことは二人の僧が実際に目撃したことであった。チューイン・タクパは特にすることもないのでツェチュ河のほとりに「ジュース」を持って出かけた。それは夏の昼日中のことであった。陽光はツェジョン草原一帯を照らし、緑の柔らかな草原のそこここに黄色い金梅草が咲きみだれている。彼方から見るとまるで緑の絨毯に黄色い絵が描かれているかのようだ。ツェチュ河は青く悠々と静かに流れており、芸術家肌の人がこの流れのほとりにたたずめば、自ずと名曲「美しき青きドナウ」のメロディが浮かんでくるにちがいない。というのもこの季節のツェチュ河はどこをとっても、あの麗しのドナウ河そっくりだからである。

そのとき、対岸の村の娘が水汲みにやって来た。本当に美しい娘だ。彼女が水を汲みながら河の向かいのチューイン・タクパをちらりと見やると、チューイン・タクパは罠におちた獲物のようにその魅力にとらわれ、「この世でなによりも美しいのは女だなあ」と思うのだった。その口からは思わず情歌がほとばしり出てきた。

霧に包まれた小さな岩山よ
野生ヤクを登らせておくれ
青く輝く小さな湖よ

魚を泳がせておくれ
若く美しい娘よ
ぼくの恋人になっておくれ

このように黄南地方のメロディにのせて情歌を歌ったのである。水汲みの娘はこれを耳にするや、すぐさま返歌を歌いあげた。

黄色く輝く雲も中は黒々
それは霜と雹の隠れ家
僧とも俗人ともつかぬ生臭坊主
それは仏法の敵

このように甘南地方のメロディにのせた情歌を歌ったが、とても速い節回しであった。そのためチューイン・タクパは娘が何と歌ったのか理解できず、よくよく考えもせずに「普通なら男からの情歌に女が応じるってことはまあないよな。だがこうしてすぐに返歌を返してくれたのだから、あの娘、きっと俺に気があるに違いない」と思いこみ、規律僧のことも戒律のこともすっかり頭から抜け落ち、靴も脱がずにツェチュ河を渡りはじめた。

娘は初め、相手がただふざけているだけだと思ってついからかうような歌を返したのだが、チューイン・タクパが靴も脱がずに青っ洟を顎まで垂らしながらやって来る姿を目にして、「このお坊さん、いかれてる」と肝をつぶし、水桶さえも打ち捨てて逃げていった。折も折、ツェチュ河のほとりで読経をしていた二人の僧がこの滑稽な一幕の一部始終を目撃していたのである。彼らが思わず失笑したため、チューイン・タクパもはっと我にかえって、しばらく河の真ん中で立ちつくしていた。

六

日も暮れると、僧院は前にもましてしんと静まりかえった。

この世で一番の重荷は、仕事ではなく、やることがないことだというではないか。チューイン・タクパは何もすることがなかったので、まさにその重荷に押しつぶされそうだった。朝寝坊しているせいで夜になっても一向に眠れず、水を汲みに来ていた魅力的な娘の顔と視線（自分に秋波を送ってきているものと彼は解釈していた）がちらついて、脳裏から離れない。彼は息をぐっと吸い込むと、自分の僧房を後にした。

鎌形の月が南西の空にかかり、あたかも杖をついた腰の曲がった老人のようだ。ツェチュ河の彼方からは犬の遠吠えが聞こえる。チューイン・タクパがそちらを眺めると、いくつかのテントの輪郭がはっきりと見えた。その中にいまだ火をおこしているテントがあり、他のテントにもましてはっきり見える。

チューイン・タクパの脳裏には水汲み娘の顔が映画の一場面のようにありありと浮かんできてならなかった。彼は僧房に戻ると、僧衣を脱いで俗人の時に身につけていた古い皮衣をまとった。

僧院から河むこうの村までは二キロ余りしかなかったので、チューイン・タクパはたちどころに集落にたどり着いた。彼は灯明の灯ったテントをめざしてまっすぐすっとんでいき、その入口からこっそり中を覗き込むと、なんと女がひとりでいるではないか。だが残念なことに意中の水汲み娘ではなかった。彼女はかまどの前に座っていた。頬に手を添えている様子からするに、何か悩んでいることは明らかだった。

水汲み娘のことなどすっかり脳みそから抜け落ちたラロは、知らず知らずのうちにテントの中に踏み込んだ。女は最初のうちびっくりして「きゃっ」と叫んで立ち上がったが、ちょっとすると安堵したのか「あんた、誰なのよ?」と訊いてきた。

「俺は一介の旅人さ」とチューイン・タクパは笑みを浮かべて答えた。「宿を貸してくれないか」

女はチューイン・タクパをしげしげと眺めた。背は高く、痩せており、眉毛は太く、肌は浅黒い。

「あら、そうだったの」彼女は立ち上がって笑みを浮かべつつ、茶碗に茶をそそぎ、「まあ、お坐りなさい」と言った。

チューイン・タクパはそこに坐り、あちこち見渡してから、ようやく彼女の顔をつくづく眺めた。女は年の頃三十余り、頬は真っ赤で、鼻筋は通って肉付きよく、豊満な胸をしている。チューイン・タクパはむらむらっときてしまった。顔を赤らめつつ「あんた、独り身かい?」と訊くと、女は息をぐっと吸い込み、苦悩の表情を浮かべて答えた。

「恥知らずのろくでなしがいたけど、ずいぶん前に私を捨てて出家しちゃったわ」

「えっ、そいつときたら本当に恥知らずだな。坊主ときたらどいつもこいつもそんな奴ばっかりだ。俺は坊主ってやつが大っ嫌いだ」

「まったくよ、この世に坊さんほどがめつくて、ぐうたらな連中はいないわ」

「嘘だ」

「えっ?」

「いや、坊主っていうのは嘘も言うし」

……

「あんた煙草吸うの?」

「まさか……いや吸うよ、もちろん吸う」

「じゃ一本分けて。独り身をかこつうちにすっかり煙草を吸う癖がついちゃって」

チューイン・タクパは煙草の効能を散々並べ立ててから、ポケットに片手を突っ込んでみせ、

「あっ、ごめん、今日は煙草を持ってきてなかった」と言った。

チューイン・タクパは女におもねるようなことを並べ立て、しばしばおべんちゃらも挟み込んだので、いい雰囲気に盛りあがってきた。

「ああ、『僧院の集会堂にいれば苦しみはないが、尻は痛む。世俗にあれば楽しくはないが、憂さ晴らしはできる』っていうのはまさに本当だな」

「あら、あんた僧院にいたことあるの?」

「前にいたことがある。だがあんなところにいてもなんの意味もないさ。なあ俺たち二人、一生を共にすることができればすばらしいんだがなあ」

「もしそれがあんたの本当の望みならたやすいことよ」

「それこそ俺の望みだ。だが俺たち二人がこの地に留まるのは無理そうだ。なぜかと言うと……」

とチューイン・タクパは自分の苦境を詳細に打ち明けた。数日間、そのテントに隠れすんだあと、チューイン・タクパは彼女と共に必需品だけを背負い、前と同じように月あかりを頼りに故郷に戻っていった。

七

僧衣をまとっていたときには、「ラロ」と呼びかけられただけでも、激昂して体当たりをくらわせてくるほどだった彼が、今では故郷の人々から普通りに「ラロ」と呼ばれるのを喜んでさえいるようだった。だからこれからはわれわれも彼のことを「ラロ」と呼ぶことにしよう。

ラロの戸籍はまだ故郷にあり、母親が存命中に使っていたテントや家財道具は村の倉庫に保管されていた。村民委員会はラロにいくばくかのお金を渡して何とか暮らしていけるようにしてやり、各家庭からヤクや羊を一部供出してラロに請け負わせた。初めのうちこそラロも努力して何とか家を切り盛りしている様子だったが、衣食に不自由しなくなると怠け癖が再発し、放牧にも行かなくなり、仕事もしなくなった。県都をぶらぶらして遊んでいるうちに家畜の請負いも打ち切りとなり、妻の心も離れた。

県都に遊びに行って数日後、手持ちのお金も全て尽きてテントに戻ってみると、妻はいなくなっていた。近所の人々の話では、ソナム・タルジが連れて行ったという。そこでラロはソナム・タルジのところに押しかけて、妻に帰ろうと言った。

「あたしここで暮らすわ」

「おい、お前、魔物にたぶらかされたのか」

「魔物にたぶらかされたのはお前だろ」ソナム・タルジはラロに歩み寄るやこう言い放った。「彼女は俺の法律上の妻だぞ。ここが彼女の家だ」

ラロは怒り心頭に発してソナム・タルジに何度も体当たりをくらわして言った。「昼日中に他人の女房を盗っていいと思ってるのか」

「盗ったと思うなら裁判所に訴えればいいさ。どっちの妻なのかはっきりするだろう」

ラロはそのとき初めて強きを挫き弱きを助けてくれる裁判所の存在を思い出して、ここにやってきたのだった。

八

僕はラロを民事部に連れて行って紹介してやり、その場を後にした。民事部はソナム・タルジと女の両方を呼び出して尋問を行った。女は「確かにラロと私は短期間一緒に住んではいましたけど、夫婦なんかであるもんですか。夫婦だと言い張るなら、どこで結婚証書を取ったと言うのよ。結婚証書も取らずに一緒に住んだら違法でしょ？　だから私はソナム・タルジと正式に結婚したんです」と言って、懐から結婚証書を取り出した。

裁判所が下した判決は、女はソナム・タルジと正式な夫婦であるというものであり、ラロの訴えは青海湖に小石を投げ入れたも同然、空しく終わった。

そこでラロはやっと、結婚証書を取りに行くというごくあたりまえのことがいかに大切であるかを痛感したのである。自分がまず結婚証書を取りに行かなかったことをいたく後悔し、おのれに平手打ちを食らわすと、青っ洟が顎まで垂れ下がっていった。

九

ラロは裁判所を後にすると、あてどもなくぶらぶらと歩き、とある食堂の前まで来たところで、朝食も昼食もとっていなかったことを思い出した。急にお腹がかっと熱くなり、きゅるるとお腹の鳴る音が何度も響きわたった。今からっけつであることは重々承知の上だったが、思わずふらふらと食堂の中へ入っていった。

昨今では食い逃げをするような若者がたくさんいるが、ラロをそんな奴らと一緒にしてはいけない。何しろ彼は、四千元ものお金を拾ったときにも一銭たりともねこばばせず落とし主に返したことがあるほどなのだから。小学校のときに教師の家庭ゴミの中から吸い殻をあさったことを別にすれば、彼の手癖が悪いなどというのはまったくの出鱈目である。

ラロは食事をする客たちの口元を眺めていた。そのうち坊主だった頃のことが思い出されてくる。彼は、敬虔な信者たちが次々と注いでくれる、米よりも肉のほうが多い、干しぶどうと白砂糖入りのお粥のことを思い出した。貧しい信者の持ってくるお粥は、干しぶどうの代わりにナツメが入っていることもある。そんな時、僧たちは「へっ、これは干しぶどうのつもりなのかな」と言いながら即座に茶碗を傾けてしまうのだった。

「ああ、あの頃は本当に食べものを粗末にしていたんだなあ」ラロは生唾を飲み込むと、踵を返して食堂から出ていこうとした。しかし彼の胃袋は依然として何が何でも食べなければならないという指令を発し続けていた。

「ああ、どうしたものだろう。とにかく何か食わなきゃ」ラロはきょろきょろと知り合いでもいないか確かめつつ、こう思った。「家畜を売りさばいてビールを好きなだけ飲んでいたあの頃は、同級生やら知人やら、果ては知り合いでもないような奴までみんな俺のところに蜂みたいに群がって来たよなあ。あいつら、みんなどこに行っちゃったんだろう」そのとき、ラロは自分が乗ってきたヤクのことを思い出した。それはいまだラロが放牧を請け負っていた家畜の中で唯一、値がつきそうなヤクで、街に出る時の唯一の交通手段でもあった。けれども、空腹を満たすよりも大切なことなどどこにあろうか。蟻のような下等生物から人間のような高等生物にいたるまで、みな食うためにあくせくとしているではないか。

ラロはヤクを七百元で売りさばいた。もし世知に長けた商人であったならばもっと高値で売ることもできたかもしれないが、ラロはこの売値に満足していた。なんといっても彼は生まれてこのかた、これだけのまとまった金を手にしたことはなかったのだ。

十

「金ならたんまりもってるぞ。さあ、飲め、飲んでくれ……」傍から見るとラロは少々酔っぱらっているようだ。食堂に入ったラロは手にした百元札の束を宙でひらひらさせ、「このラロ様の親父は王様の血筋、お袋はお妃の血筋……」と叫んだ。そのあいだも青っ洟が顎に垂れてきている。ラロは人々の真ん中でビールを飲んでいた。

折も折、日も暮れて、電灯が点いた。女がひとり、食堂の入口に何度か顔を見せて、中を覗き込んでいた。小便をしに外に出たラロは戻りしなに彼女に目をとめ、食堂に入るまで彼女を見つめていた。服装を見るに、その土地のものでないことは明らかだった。

「あんた、どこの人だい」ラロは彼女の顔を見ながら、こう尋ねた。

「アムチョクよ」女は振り向いてラロを見つめた。女は年の頃二十歳余り、着ているものは古び、唇はひび割れているが、窪んだ両の眼はまっすぐで無垢な光を帯びていた。一年前に河のほとりに水汲みに来ていた娘の姿がラロの脳裏にいつのまにか浮かび上がってきた。

「あんた、ツェチュ河のほとりに水汲みに来ていただろ?」

女はラロのこの言葉の意味がまったく理解できず、あっけにとられてラロの顔を見ていた。

「あんた、確かにツェチュ河に水汲みに来ていたよな」ラロは警官よろしく尋ねた。「ここで何をしている?」

「ご飯を食べたいんだけど……」

ラロはすぐさま女に金がないことを察して、「俺はあんたのこと知ってるぜ。見かけたことあるんだ。ちょっと待ってろ」と言って、食堂の中に入り、役人風の男の耳元でなにごとか囁いたかと思うと、彼の手から鍵を受け取り戻って来て言った。「じゃ、行こう。飯を食いにな」

初めのうち、女も疑わしげな様子で、ついて来ようとしなかった。ラロは「怖がらなくてもいいぜ。俺、あんたのことは前から知ってるんだからさあ」と言って、幾度も彼女の袖を引いたので、彼女もしぶしぶラロのあとをついて来た。

二人は肩を並べて小道を歩いて行った。

ラロはさらに「輪廻世界に真の幸福はないが、憂さ晴らしはできる」という諺をひいて「俺たち、結婚証書を取りに行こうか」と言った。

「あら、あんた、何言ってるの。あたしには亭主がいるのよ」

「へっ、結婚証書さえ取っちまえば、法律上はあんたが俺の女房になる。亭主がいようがいまいが、誰もくちばしをはさんだりしないぜ」

「本当に？」

「本当さ。以前、俺にも女房がいたんだが、そいつが他の男と結婚証書を取ったもんだから、彼女は俺の女房じゃないとの裁定が裁判所で下され、その男の女房ってことになっちまった。漢人は文書を重んじ、チベット人は言い交わしを重んじるというのは、まさに真実さ」

「じゃあ聞いてよ。あたしの亭主ときたらどうしようもない奴でね。でなけりゃ、こんなところで一人彷徨ったりしてないわ」

不思議なことにその地では離婚こそ難しかったが、結婚にあたってはなんら複雑な手続きをとる必要はなく、男女が同意さえすれば結婚が成立してしまうのであった。そんなわけでラロと女は出逢ったばかりだったのに、易々と郷政府から結婚証書を手に入れたのである。

女はツェチュ河のほとりに水汲みに来た娘であるはずもなかったが、最初の妻やこの前の煙草ヤニで歯が黄色くなった女と比べてもずっと美人で、何倍も実直そうであった。そのためラロもこれまでのろくでもない怠慢生活を改めて、この真っ正直な女と生きていこうと決意し、化身ラマの前で禁酒の誓いも立てたのである。

ラロはこの女のことが愛おしくてならなかった。前の二人の女とのあいだではついぞ味わったことのない感情であった。たとえば、ラロが郷の中心地に穀物を買いに行くときも、妻のためにブラウスやお菓子などをお土産に買ってやり、一分たりとも無駄にすることなく、あわてて戻ってくる。妻のほうも、ラロの帰ってくる姿を目にするやいなや、一、二キロの距離をものともせず迎えに走ってくる。さらに、精一杯やりくりして食事も用意してくれる。とはいえ今はあくせくやりくりしなくても、ラロの母親の古いテントは燃料用の糞置き場となり、夫婦は新たなテントで笑い声にみちた生活を送っていた。

十一

彼女のおかげでラロはまっとうな人間に立ち直れたのだという人もあれば、いやいや彼女はラロの母親の生まれ変わりなんだと主張する人もいた。なにはともあれ彼女と一緒になってから、ラロは別人のようになっていた。しまいにはあの青っ洟も見違えるように減っていった。しかしある日のこと、二人組の公安がやってきて、ラロ夫妻はなんと県都に連行されてしまったのである。

妻は裁判にかけられ、重婚罪で半年間服役することになった。ラロは涙まじりの青っ洟を顎の下までだらんと垂らしていた。別れ際、妻はこう言った。「ねえ、ラロ、気を落とさないでね。半年なんてあっという間だから。あたしはいつだってあなたのものよ」

ああ、なんと純粋で慈愛にあふれた台詞だろうか。この一言を耳にするや、ラロはいまだかつて味わったことのない勇気と希望が込み上げてくるのを感じ、涙まじりの青っ洟を拭いて顔を上げると、「心配するな。俺は待ってるぜ」と言うのだった。

十二

ここまでの「ラロ」の原稿を書きあげたのは一九八八年のことで、その後この原稿は一九九一年に文芸雑誌『ダンチャル』に掲載されることとなった。一九九二年の秋、県都から二十キロほどのところにある小さな郷で勤務をしていたとき、僕が泥酔したのを好機とばかり、同僚が郷の公安に電話をかけ、あることないこと吹き込んだため、僕は無実の罪で投獄されることになってしまった。作家の立場からすると、これぞ刑務所の生活がどんなものか知るために天が賜うた千載一遇の好機、おまけに「ラロ」の後半部を書き上げるために、なんとラロその人まで登場させてくれたではないか。

目が醒めて、というか酔いから醒めて、夜が明けたところで僕はようやく自分が獄にいることことに気づいた。囚人たちが僕の周囲を取り巻いている。死体に群がるハゲタカのように、すぐさまよその獄房から囚人がひとり、またひとりとやって来て、僕のそばに集まり、どうしてここにご招待されたのかと訊いてくるのであった。あとで徐々にわかってきたことだが、新入りが放り込まれるやいなや当然の権利とばかり、お前、民族はなんだ、ここに知り合いはいるかと問いただすのが慣例であったのである。古参の囚人がぐるりと取り巻いてあれやこれや質問を投げかけてくるのも、関心があるからというより、獄中の日々の退屈しのぎと言ってもいいだろう。だが、彼らをがっかりさせたことに、僕は自分がどうして「ご招待」されたのか、はてはどのように「ご招待」賜ったのかさえ説明できなかったので、一行は落胆の色もあらわに去っていった。つらつら考えてみるに、どうして「ご招待」され、どのように「ご招待」賜ったか語ることのできなかった者などこれが初めてだったに違い。これは実に不思議なことだとか、笑える話だと思って彼らが今日一日を過ごしてくれればいいと思った。

その場に残ったラロが、「おい、昨日、あんたがひったてられて来た時はひどく酔っ払ってたぞ」と言ってかがむと、マーモットの尻尾を思わせるお下げが現れた。そのお下げたるや、何年も糞の山に埋もれていた縄の切れ端のように色艶なく、さらにはヨーグルトをぶっかけたように虱の卵がみっちりと産みつけられていた。その中には生きた虱もいれば死んだ虱も、さらには生死さえさだかでないものもいた。法螺吹きの男の語り口調でいえば「ヤクみたいにばかでかい虱」もあれば、科学者の語り口調で言えば「原子みたいに小さい虱の卵」もあった。ラロの頭を地球に譬えれば、その頭にいる虱や虱の卵は地球にはびこる人類のようなもので、それぞれおのれの体力と知力にあわせてせっせと栄養を吸い取っていた。その昔ラロの義弟がラロのお下げを根元からもぎ取って、人前に出られないようにしてしまったことがあったが、まさに「古きが去らなければ、新しきも来ず」という中国の諺どおり、ラロのお下げは前にもまして太く、長くなっていた。

『ダンチャル』の編集部は以前から「ラロ」の続編を書いてほしいと言ってきており、中には、今時の改革開放の春風にのって商才の抜きんでた個人事業主や大富豪となるといった、以前とまったく違った姿でラロを登場させてほしいという意見すらあった。わざわざ頭をふりしぼらなくても、適当に書きなぐれば原稿料をもらえるというなら実にありがたい話、今時こんな旨い話はめったにあるまい。だが実際のところ、いかに改革開放の春風のごときものが吹いても、ラロは商才ある個人事業主にも、大富豪になることもなかった。噂によると、ラロは偉大なる成就者となって、あなたの魔鬼を調伏し、今なおそれを続けているという。また別の噂では、ラロは占い師となって現在過去未来を片鱗も間違えることなく見通し、あまつさえ、自分の母親が今、犬に転生していることを見て取って、その犬を自分の家に引き取ったという。与える餌はなんと肉とミルクだけ。タクマル郷の郷長が二〇〇〇年度の人民の生活水準目標として掲げている数値は、ラロの母親というか犬の生活水準に等しいといった驚くべき話もいくつか耳にしたが、僕としてはとても信じられず、とはいえわざわざラロのもとに取材しに行きはしなかった。今回示し合わせたわけでもないのに、この場で出くわしたということは、まさに天の采配としか言いようがない。だが、この好機もさほど長くはもつまいと思った。というのも、公安がすぐにでも「トンドゥプ同志、悪いことをしましたね。どうぞ、家にお帰りください」と言ってくれるだろうと思い込んでいたからだ。

「公安の連中があんたの手足をもって、頭を支えて運んできたもんだから、てっきり自殺した囚人の遺体かと思って、初めのうち俺たちみんなすっかり胆をひやしちゃってさ。そのうちあんただと気づいて、目を醒ましたらいろいろ話をしたいと思って待ちかまえていたんだが、あんたときたらいっこうに目を醒ましやしない」

「あのな――、酔っ払うのはよくないぞ。自分がどんな罪を犯したのかもわからないんだからな」ラロはこう言うと、うんうんと頷いてみせた。まるでもののわかった人間に成りかわったかのようだった。そうは言っても、いつもの間延びした合いの手「そんなものか――」「昔の諺にはな――」「ああ――」などが言葉の端々に入ってこない様子から判じるに、ラロがかなりの苦境にあることは、少なくとも心安らかな気分でないことは明らかであった。

「おい――、ひょっとしてあんたも濡れ衣かけられた口か」ラロは自分の頭をぼりぼり掻きながら言った。「なんでかっていうとな、この俺だって、誓ってもいいが、盗っちゃあいないのに、こんなふうに御縄だぜ」ラロは自分の伸びた爪の間を見やった。ヤクほどの大きさの虱が二匹、全身の力を振りしぼって逃れようとしている。ラロは慣れた手つきで猿よろしくあっという間にその虱二匹を口の中に放りこんだ。「プチ、プチッ」という軽快な音が響いた。それから数日して、ラロが皮衣を広げて、まるで豆でも食べるかのように、虱を取って口に放り込んでいるのを制止しようとしたところ、「虱の血を食らっても何の役にもたたないが、この音がたまらない」との返答、まあ確かに一理はあった。その日は天気もよく、ラロもどういうわけか上機嫌だった。僕たち囚人は全員、ズボンのベルトはおろか、靴紐まで取り上げられていたので、何をするにも左手でズボンのへりをつかみ、空いた右手でするしかない。そこでラロも左手でズボンをつかみ、右手で皮衣を広げてちょっとばかり太陽にさらしてみたところ、虱の大軍が雨後のキノコのごとくわらわら湧いてきて、さまざまな芸を見せるものだから、示し合わせたわけでもないのに、みなラロの皮衣のまわりに集まり「あっちだ、あっちだ」「こっちだ、こっちだ」と指をさして捕まえようとした。ラロは凱旋将軍のように、沈着冷静に、「慌てるな、慌てるんじゃない」と言いながら、大きな虱を何匹もまとめて捕まえると口の中に放り込んだ。僕はおぞけをふるい「おい、ラロ、そんなことをするなよ」と制したが、ラロは「昔の諺にはな――『虱の血を食らっても何の役にもたたないが、音だけはたまらない』ってのがあるんだ」とのたまいながら、他人の手のなかにあった虱をとって、プチ、プチと食べてみせるのだった。傍から見ると、無尽蔵の富を持った男がおのれの財産を好き放題に楽しんでいるかのようであった。

十三

神経を逆なでする金属のきしむ音と共に扉が開いて、看守と炊事係の二人が食事を運んできた。看守は僕に、家から差し入れられた羊肉の饅頭の大皿と洗面用具一式を手渡すと、「あと、何を持ってくるように言おうか」と訊いた。

「これ以上何もいらないよ。もうすぐ釈放されるんだから」

「がっかりさせて悪いが、少なくとも今日の釈放はないだろうね」

「だったら本を持ってくるように言ってくれ」

「書籍は法律関係のものしか許されない」

「それならそれでいい」そう言いながら、本の題名を書こうと自分のポケットに手をつっこんだものの、ペンやノートはおろか、紙きれ一枚入っていなかったので頭をひねっていると、看守は僕にペンと紙を手渡して、「あんたの所持品はみなこっちで預かっているから」と言った。

「あと煙草を持ってきてくれるように言ってくれ」と戻っていく看守の背中に僕は呼びかけた。

ラロは僕のもとにやってきて、「傍から見ていると、看守の奴、なかなかあんたに親切じゃないか。あいつのこと知っているのかい？」

「こんな小さな県だからみな多少は顔見知りだろ。それに、被告の弁護で時々顔を合わせていたからな。なんだ、あんたたちにはよくしてれないのか」

「ちがうよ、俺たちに意地悪をする看守は別なやつさ。本当に生きたまま心臓を抉られる思いだぜ。特に俺を『涙たれ』呼ばわりするやつは酷いもんだ。さっきの看守は別段俺たちに不親切というわけじゃないが、わざわざ紙とペンをくれて、うち宛の手紙なんぞ書かせてくれやしない。おい——、漢語を話せるってのは本当に役に立つな」

拘置所の食事は、羊肉のみっちり入った差し入れの饅頭と比べるとお粗末きわまる代物だったので、ラロにも饅頭を勧めてやった。どういうわけか、僕はこれまで太った人間ほど食欲旺盛で、よく食べると思い込んでいた。だが痩せの中にも、とてつもない大食いがいることをこの時初めて思い知らされた。大皿に乗った饅頭のうち僕が口できたのはせいぜい二、三個で、残りはすべてラロの胃袋に収まったのである。

「あんたもきっと罪もないのにここに入れられたんだろうな。俺だって馬など盗んじゃいないのに、逮捕されちまってさ」饅頭一皿分のお礼か、はたまた僕を慰めようとしたのか、ラロがこんなことを言いだした。どうやらラロの一件は濡れ衣とおぼしく、そもそも彼が馬泥棒だという唯一の根拠が、一度ラロ宅に招かれた化身ラマのアラク・ドンが馬で僧院に戻る際に、見送るラロが「ああ、マチュ河の河曲馬ほどの駿馬はどこにもいないな。こんな馬が手に入るなら、女房に逃げられても悔いはないぞ」とぽろっと口からもらした、ただそれだけのことだったからである。

僕がラロにそうだったのかと訊くと、「そうなんだよ」という返事だった。その日、アラク・ドンが初めてラロの家を訪問してくれたので、ラロは大喜び、その時自分が何を口走ったのかも憶えていなかった。

「昔の諺にはな――」饅頭をたらふく平らげたラロは、いつもながらの間延びした口調で語った。『運の向かない時には、小便しても太腿にかかる』っていうけど、まさに本当だな。アラク・ドンが僧院に戻られたあと、甘粛に住んでいる友達が俺の家にやってきたんだ。日が暮れると、そいつが恋人の家まで案内してくれって言うもんだからさ、二人してツェジョン僧院の傍を通って行こうとしたら、戻ってこないヤクを探しに来た村の連中と鉢合わせになった。俺はそのまま友達をあの疫病神一家のテント近くまで送り届けて戻った。なのにあいつらときたら、夜中に僧院に入りこんで一体何をしていたんだと釈放してくれないんだ。馬など盗ってないといくら誓ってみせても、信用してくれない。『犬は金気のものを食らわず、人は食言せず』と言うじゃないか。この俺は黒髪長髪のチベット人、誓って嘘などついたりしない」

ちょうどその時、看守が本と煙草を数箱、それに温かいミルク茶の入った魔法瓶を持ってきた。ラロと僕は二人して、お茶を飲み、煙草をふかした。ラロは「ああ、俺の女房ときたら、ここ十日ほどまったく顔を見せてないぞ。一体全体どうしたんだ。おお仏様、もしかして女房か子供が病気になったんじゃないだろうか」と嘆き、そのまま物思いに沈んでいった。

十四

獄房の壁は白く、ベッドも床もことごとく木の板が敷き詰められて清潔だったが、金属板が打ちつけられた扉と鉄格子の嵌った小さな窓が尋常ならざる空気をかもしだしていた。ここには公安に拘留された者と、裁判所から短期刑（懲役一年以下）をくらった者が入り混じっていた。ラロのような尋問中の者もいた。罪の大小はいろいろで、自分でも罪があるのかないのかもわからぬ者すらいたが、いずれにせよ、誰もが等しく自らを「罪人」呼ばわりする必要があり、そう言いさえすれば、たちどころに獄房の外に、時には拘置所の外に出ることすらできた。

漢語で自らを「罪人」呼ばわりすることにかけては、ラロはすでに熟練の域に達していた。監視兵の方に向き直り、背筋をぴんと伸ばし、頭を上げ、鼻水を拭いて、「班長にご報告申し上げます。罪人、中に入ります」（もしくは外に出ます）と、申したてる声ときたら、立派なロバのいななきにそっくりだった。だが話によると捕まったばかりのラロはこの「ご報告」のこつがわからず、悪戦苦闘したものの、子供の頃の、かの「みな、ラロをお手本にしちゃいかんぞ」のレベルにしか至らず、班長だか監視兵だかに命じられて、石壁のもとに立たされること数知れずであった。ラロが大人になって「みな、ラロをお手本にしちゃいかんぞ」のレベルに至ったのは、これで二回目であった。一回目は坊さんをやめる前、お経も多少唱えられるようになって数年目のことである。気が付けばラロはたんまり懐を肥やし、使い尽せないほどの財産をため込んでいた。というのも、家での法要にラロを招きたい人がひきもきらず増えていったからである。ラロは他の僧たちとは違い、お金の話は口にせず、お礼に何を渡しても文句ひとつ言わず、はてはヤクや羊の皮だろうが毛だろうが、バターやチーズやツァンパだろうが、ありがたく謝礼として押し頂いてくれるので、施主にとっては実にありがたい存在であり、ラロは次々と法要に呼ばれるようになった。それに反比例してツェジョン僧院の僧たちの実入りは減る一方、アラク・ドンも慌てふためきはじめた。ところがラロに魔がさしたのか、あるいはいつものなまけ病が再発したのか、占いを行っては「おたくの家では『馬頭観音』の真言を一千万回唱えなければ娘は救われない」とか「おたくの家では『白傘蓋陀羅尼経』を一万回唱えないと、その一件は成就しないだろう」とか、時には占いさえしないで、目をしばらく瞑《つむ》っていたかと思うと、「おお――、おたくの家から逃げた馬は西の方角を探せばよい」とか「おたくの息子は今インドにいるな――」「病人はあと三日しかもつまい――、オンマニペメフン」などと口走るようになり、またたくまにラロには神通力があるという評判が広まった。残念なことにほどなくしてアラク・ドンが「ラロは神が見えるとか、龍が見えるとか言っているが、それは真っ赤な嘘である」とみなに触れ回ったせいで、ラロを法要に招く家は皆無となった、これこそが「みな、ラロをお手本にしちゃいかんぞ」のレベルに至った栄えある第一回目であった。

ラロはいかんともしがたく、「これもみなツェジョン僧院の坊さんたちが嫉妬ぶかく、嘘と噂話が好きなせいだ」と愚痴ったのであった。

このように折々、なまけ病が再発しそうになりながらも、心優しき妻のおかげで、ラロの人生は天地がひっくりかえるほど変っていった。ラロは男の子の父親となり、馬、ヤク、羊の三種の家畜を追い、お下げも丹念に梳かし、なんとついにある日、高僧アラク・ドンを自宅にお招きして、馬一頭とヤク二頭を献上することさえできたのである。だがそれが他人の妬みを引き起こした。その妬みたるや、酷い歯痛にも似て一時たりとも心安らかにしていられず、「はは、洟たれのラロ野郎が、アラク・ドンを自宅にお招きするとは驚天動地もいいところだ」と頬をぶるぶる震わせる者すらいた。さらにアラク・ドンの馬が盗まれたと目を血走らせて人が捜索に来ると、「そりゃあ、犯人は洟たれのラロ野郎に決まっている」と言いたて、その理由たるや「悪評を弁護しても報いなし、底なしの泥沼を掘るがごとし」の一言にすぎなかったので、ラロとしてはただ口をぽかんと開けて、洟を垂らしているしかなかった。「そんなあほらしい話がどこにある」僕は怒り心頭に発し、「もしお前が本当に起訴されて、裁判所に引き出されたら、この僕が弁護してやるよ」と言ったが、囚人仲間のひとりの話によると、ラロはもうすでに起訴されて出廷も間近であるとのことであった。

この囚人仲間の名はツェパクと言い、年の頃四十余りのもと役人であった。これまで民衆から告発されること六回、そのたびに司法機関が彼をひっとらえて尋問していたが、そのつど髪の毛一本損なわれることなく釈放されていた。僕は内心「さすがに今回は腐敗撲滅運動の真っ最中だから、このおっさんもおしまいだろうな」と思ったが、ご当人は気をもむ様子をみせるどころか、いかにも呑気で、屈託のない風情であった。彼がこれほど気楽な様子でいられる理由を知ったのは、それなりに親しくなってからのことであった。彼は包み隠すことなくこう打ち明けてくれたのである。「お若いの、あんたたちが有罪だろうと無罪だろうと、機会がありしだい家の者を呼んで、無益な出費はやめ、その金をみな裁判官の口の中に押し込むように忠告してやれ。そうすれば目に見える成果があがるだろうから。これこそ、法を守る側と破る側の両方に身をおいた私が、実体験から得た唯一の真理さ。遠慮なく言わせてもらったけど、これもあんたらを可哀そうに思ってのことだ」彼が言うところの無益な出費とは、人々がよくやっているような、辣腕弁護士を探すとか、大掛かりな法要を執り行うことだった。ツェパクは僕が脳裏に描いてきたような汚職役人像とは大違いで、頭脳明晰にして品性卑しからず、細身で顔は白く、眼鏡をかけていて、まさに絵にかいたような知識人であった。傍から見るとせいぜい本数冊を盗むのがよいところで、どうみても汚職に手を染めるような人間には見えなかった。僕は彼の顔をまじまじと見つめて「あんたはみなが言っているように、賄賂でしこたま懐を肥やしたのかい」と訊くと、彼は笑みを浮かべて「みんながやってないときに、一人でやれば愚か者、みながやっているとき、やらなければさらに愚か者」と答え、さらに「残念なことに、私が賄賂をもらうとみんなが目を血走らせて、『泥棒が泥棒を捕らえる』と言いふらすんだ。これもきっと私が司法機関にいたとき『泥棒』をたくさん捕まえすぎたせいだな。だがこれまで裁判長の口を金で塞いできたから、やり続けても問題はなかろう」と言うのであった。

十五

ラロの言う「心臓を抉るような」看守がようやく石壁の前に姿をみせた。この看守は黒人女よろしく尻がぐっと後ろに突き出ており、その上に拳銃まで帯びているため、さらにそれが目についた。その彼が後ろ手に数珠をもって、壁のきわを行き来しているさまときたら、今にも卵を生みそうな鶏そっくりで、つい「マニでっ尻」とあだ名をつけたところ、すぐさま誰もがこっそりそのあだ名で呼ぶようになってしまった。

マニでっ尻はまさに心臓でも抉りかねないような人物で、ツェパクを除く僕たち全員を「チンポ野郎」と呼んでいた。ラロなら「洟たれチンポ野郎」である。

「洟たれチンポ野郎、水を汲みに行け」

ラロは慣れきった様子で、左手でズボンをつかみ、右手で空っぽの水差しをもって壁の扉の所へ行き、「班長にご報告申し上げます。罪人、外に出ます」と申し述べた。

「行け」

「班長にご報告申し上げます。罪人、中に……」

「入れ」

ラロは水差しいっぱいに冷たい水を汲んできて、これで明日、顔を洗うんだと言った。

いつのまにか昼となり、炊事係が食事を運んできた。ツェパクと僕には、それぞれの家が示し合わせたわけでもないのに、片方には羊肉、片方にはヤクのヨーグルトが差し入れられた。

二人からたっぷり食事を分けてもらったラロは上機嫌であった。だが我々に差し入れが来たのをみて、里心がついたのか、「おや、俺の女房ときたら、ここ十日ほどまったく顔をみせてないぞ。おい――、女房は……」と言い出したので、誰かが「どうせ誰かと駆け落ちしちまってるぜ」と茶々をいれると、「へっ、今の女房は、前の歯の黄色い女とは大違いさ」と自信たっぷりに答えるのだった。

囚人たちは退屈しのぎに、気の向くまま過去の思い出話を口にし、あげくのはてに、自分の愛人たちがいかに床上手だったかあけすけに語りはじめた。ラロに言わせると、歯の黄色くなった女のテクニックたるやすばらしいもので、それを凌ぐ女にはお目にかかったことがないという。そんな四方山話も尽きると、法螺吹きたちがあることないこと口からでまかせに語りはじめ、そうなると、嘘とわかっていても騙されたふりをして傾聴しているしかない。後に僕もさんざんこれに付き合わされることになった。あるとき、みなが自分の過去の思い出話や、目にしたこと、耳にしたことを語りつくしたところで、新参の大法螺吹きの与太話を嫌になるほど聞かされる羽目となった。新参男は二十歳になったばかりの漢人とチベット人の混血であった。名を趙ツェテンと言い、そこから推察するに、父は漢人、母親はチベット人らしい。趙ツェテンはチベット語は何とか聞き取れるが、話ができるほどではなかったので、会話はもっぱら漢語になり、僕はラロのためその与太話を通訳させられることとなった。趙ツェテンの話によると、彼はその昔、軍区の倉庫から銃を盗んで銀行に強盗に入り、香港に逃亡する予定でいたところ、中国の特警にあえなく御用となり、そのまま監獄にぶちこまれた。その監獄はこの拘置所と似たり寄ったりであったが、ひとつだけ異なる点があった。敷地の真ん中に低い塀があり、その向こうには女性の囚人が収監されていたのである。そのほとんどは売春婦で、妖艶な上に秋波を送ってくるものだから、みな心臓を射抜かれたようになって、趙ツェテンをはじめとする若者たちは夜な夜な肩車をして塀を乗り越え、美女たちと愛欲のかぎりを尽くしたのであった。

「その監獄じゃ、獄房の外から鍵をかけないのか？」ラロが不審の色もあらわに訊いた。

「塀がここより高いので、鍵をかけなくても、逃げられないのさ」

「そんなことをして女の囚人たちが妊娠したりしないのかい？」

「大勢妊娠していたぜ」

「子供が生まれたらどうやって育てるんだ」

「女の看守たちが育てていたよ」

「嘘つけ」

「父の肉にかけて誓ってもいい」（これは彼が正しく発音できる数少ないチベット語のひとつであった）

「さあ、もっと話せよ」

ラロ自身もこれが与太話であることは百も承知の上だったが、それでも話に耳を傾けなければ日々を過ごせなくなっていた。ツェパクと僕には読む本があったので、「与太話」に耳傾ける気などこれっぽっちもなかったのだが、ラロが趙ツェテンには「与太話」を、僕には通訳してくれとしつこくせがむので、二人して言うことをきいてやるほかなかった。というのも、顔を洗わないラロは洗顔用の水を僕たちに譲ってくれたので、それを自分の水に加えて、頭も洗うことができたからだ。とはいえ、ラロが頭も顔も洗わずにいるうちに、虱の群れが我が物顔にのし歩くようになり、僕はしばしば命の危険すら覚えるようになっていた。ツェパクと趙ツェテンの画策で、当初から僕はラロと彼らのあいだに寝る羽目になり、今から思うに、中国の諺でいう「聾者は苦い黄蓮《オウレン》を食べても、その苦さを訴えられない〈泣き寝入りのたとえ〉」の立場に追い込まれてしまったのである。床に入るやいなや、まずはあつかましい虱が一匹、僕の懐に入ってきて、遠慮もへったくれもなく脇の下に食らいついた。それからというもの、ラロの虱は僕に暴虐の限りを尽くすようになり、なんとかしてくれとラロに訴えても、驚いたことに気にもとめない風情で、「沢山の虱がいるのは人の福分っていうから、俺の虱があんたのとこに移ったなら喜んでもらわなきゃ」とのたまう始末。このようにラロの虱の群れは、僕の体に大きな被害をもたらした。さらに、メンタルな部分でもただならぬ被害をこうむることとなった。ラロの虱は刻々と大きくなっていき、時に摩伽羅魚〈経典に登場する怪魚〉のごとき恐るべき怪物に変じて、その長く鋭い牙をむき出して、まずはラロを食べつくし、さらには血まみれになった牙と鈎爪を見せつけながら、僕の方に迫ってきたのである。

あまりの恐ろしさに悲鳴をあげて目が醒めた。いったん目が醒めると、ラロの鼾がうるさい上に、板床の上でカサコソと音を立てながら僕に襲いかかってくる虱の群れの姿が脳裏にちらついて、もう二度と眠りにおちることはできなかった。要するに、ラロの虱の群れは、ラロ自身にはいうまでもなく、僕にも遠慮容赦なく食らいつき、妻が気をきかせて毎日のように清潔な下着を差し入れてくれなかったら、今このようにラロの物語を書き記すことなどとてもできなかったに違いない。

十六

ある時、趙ツェテンがスリル満点の脱獄話を語りつくしたあと、ひどい睡魔におそわれたふりをして上着をひっかぶって眠ってしまい、ツェパクもこれまた同様に上着をひっかぶって寝てしまったので、残された僕は仕方がなくラロとおしゃべりをしていた。しばらくすると、ラロも眠りにおちて大鼾をかきはじめたので、僕は眠るどころでなく、ここにいたって、ラロに先んじて趙ツェテンとツェパクが先を争うように眠ってしまったのは、それなりの目的と魂胆があってのことだと悟らされたのである。だがすでに後の祭り、僕は眠りにおちるまで、ラロの鼾と虱への恐怖にさんざん悩まされることとなった。ようやく寝入ったあとも、「摩伽羅魚」への恐怖から幾度も飛び起きる始末であった。

慈悲によって、私に加持を賜りたまえ
慈愛によって、私たちを導きたまえ

智慧によって、私に成就を授けたまえ
神力によって、私たちを導きたまえ
外の障りは外で消したまえ
内の障りは内で消したまえ
秘密の障りは法界で消したまえ
敬信をもって礼拝し、帰依します

この声に目を醒まして起き上がってみると、すでに空は明るくなっていた。ラロは寝床の上にあぐらをかいてすわり、瞑目《めいもく》して合掌し、誦経していた。それは、後に僕たちがトラックに乗り込んでラサ巡礼に出かけたとき、たびたび目にすることになる光景でもあった。とはいえ、巡礼に出たときのラロの髪にはきれいに櫛がはいり、頭皮もはっきり見え、お下げもきちんと編みこまれていた。相も変わらず生死も定かでない、何匹かの虱の姿は見え隠れはしていたが。

僕が無実の罪で拘留されていた一ヶ月ほどのあいだ、母は昼日中はご飯が喉を通らず、夜は眠ることもできずにいた。こんなに心配をかけたんだから、恩返しにひとつ親孝行でもと思い、望みがあるなら言ってくれ、なんでも叶えてあげるからと言うと、考えるまでもない、是非一度ラサに巡礼に連れて行ってほしいという返事、こうなったら何がなんでもその望みを叶えてあげるしかない。一方、ラロも「母さんが亡くなった時、灯明ひとつ灯してあげられなかった。だったら母さんの生まれ変わりのこの犬が死ぬ前に是非一度はラサのチョカン寺の霊験あらたかな釈迦牟尼像にお参りさせてあげなけりゃな」と思いたち、こうして僕たち二人は、ラロのいうところの「ラサ巡礼の友」となったのだつた。

その日の早朝四時ごろ、僕が母を連れてバスの発着所に行ってみると、すでに巡礼者たちはトラックに乗り込んでおり、運転手に遅いと叱りつけられ、トラックは出発した。

巡礼者たちがそれぞれお経をあげるなか、やけに聞き覚えのある声が響いていたが、誰の声かどうしても思い出せない。トラックが進んでいく中、僕は眠りにおちていった。眠りから醒め、夜が明けたところで、ようやくそれがラロの声であることが判明したのだった。ラロは瞑目し、合掌しながらお経をあげ、時折、手を打ち鳴らした。これは仏教の密教行者のいうところの「魔を退ける」の儀式で、はたから見ると、行者さながらであった。

「おやおや！　まずは学友で、次は獄友、そして今じゃあ、三宝のご慈悲で、巡礼の友だ。これぞカルマの繋がりってもんだ。よかった、よかった」トラック上の僕の姿を目にとめたラロは大喜びだった。

トラックには、乳飲み子から死神のお縄にとらわれるのも間近の老人まで約五十人余りの巡礼者が乗っており、各自食料や布製のテントや燃料等々一ヶ月分の生活必需品を持ち込んでいたので、混みあって息もつけないほどであった。だがラロは強引に、左手で籠を抱え、右手で妻の腕をひいて、僕の傍らにやってきた。妻の傍らには年のころ五、六歳の子供の姿があった。顔はラロというより、ラロの母親そっくりで、とても可愛い。だが、小さなお下げの先端に羊毛の紐が編み込まれているさまは、この子がほかならぬラロの血筋であることを確かに示していた。そんなわけで、本当はサンダーという名前なのだが、僕は冗談交じりに「小ラロ《ラトゥ》」と呼んでいた。ラロのお下げがマーモットの尻尾ほどなら、ラトゥのお下げはまさに子ネズミの尻尾ほどであった。ラロの妻はデキといい、ぱっと見にも心優しい女性であることが見て取れた。一ヶ月ほど供に旅をして、誦経以外で彼女が口をきいたのは、「ラロ、洟を拭いて」だけだった。

ラロは僕のあげた紙煙草を吸いつつ話しかけてきた。話をすればするほど、青っ洟も長く垂れてくる。傍から見ると、煙草を吸えば吸うほど、洟も増えるようだった。

「ラロ、洟を拭いて」

ラロは洟をすすり上げ、怒りの眼差しで妻をねめつけた。とはいえ、これは衆人環視のなか恥をかかされたことへの意趣返しで、概して妻のことはとても大切にしていた。

十七

ラロのかかえている籠の中には、生死も定かでない老いぼれ犬がおり、なんとそれはラロの母親の生まれ変わりなのだという。何年か前、ラロの妻に重婚の有罪判決がおり、投獄生活を送ること数ヶ月、ようやく釈放されたその晩に、ラロは亡き母が我が家の扉の前に現れて、何ごとか話しかけてくるという夢を見た。夜が明けて用を足しに外に出てみると、どこから迷い込んだのやら、一匹の仔犬がいまにも死にそうな哀れな声をあげ、彼の顔をまじまじと見上げているではないか。とたんに、ラロの脳裏には昨夜の夢が甦り、これぞ母親の生まれ変わりにちがいないと家に連れ帰って肉とミルクだけで大事に育てたのが、今やすっかり耄碌したこの犬なのであった。

ラロの犬は、今時の高原のほとんどの犬のように、さまざまな品種がいりまじり、番犬でもなければ座敷犬でもなく、仔犬のころから人を見かければ尻尾をまいて逃げ出すくせに、老人や女子供には牙をむいて襲いかかる駄犬だった。僕はこういった類の犬が大嫌いだったが、ラロが「母さん」呼ばわりして、わが子にもまして大切にしていたため、僕も気に入っているふりをするしかなかった。

車に乗るなど初めてのことだった老いぼれ犬は、道中、ほとんどの巡礼者と同様、食べるより吐いている方が多い有様で、ラサに着いたときにはラロが籠に入れて運んでやるしかなかった。

ある時、ラサの友達が是非ともご馳走したいと、ラロと僕をレストランに連れて行ってくれた。すると、チベットの情歌の歌詞「背を見れば六節の竹、見返れば望月のかんばせ」さながらの若い美女が僕たち二人を出迎えて、始終傍らに控えて、笑みと共に絶えずお茶や酒を勧めてくれるではないか。ラロは酒も飲まないのに酔っぱらったようになり、財布の紐も緩くなって百元札をとりだしかけたが、僕が目で合図してひっこめさせた。

もしラロが過去をふりかえるタイプの人間だったら、僕たち二人の悲惨きわまる拘置所生活を思い出していたはずだ。こんなこともあった。ある時マニでっ尻が「洟たれチンポ野郎、お前は自分の取り分の飯を食らってもまだもの足りず、仲間の飯にまで手を出すつもりか。豚とかわらんな」といちゃもんをつけ、ラロが食うつもりでいた僕の揚げパンを取り上げて持ち去ってしまった。奴の飼っている豚の餌にするつもりなんだろう、いや自分で食うつもりじゃないかというのが古参の囚人たちの意見だった。いずれにせよ揚げパンはラロの口に入ることなく、ラロの目からは涙がこぼれおちんばかりとなった。あまりにも可哀そうだったので、翌日僕はラロのいうところの「不親切というわけじゃない」看守にこの一件を訴えたところ、看守は拘置所を代表して謝罪してくれただけでなく、公安の指導部にもこの件を伝えると言ってくれた。ところが驚いたことに、マニでっ尻の担当の日が巡ってくると、ラロと僕の二人は獄房の外にも出してもらえなくなってしまったのである。ラロの虱の群れの傍若無人ぶりはいやがうえにも増し、二人とも命の危険すら覚えるほどだった。

食事代をはらう段になってラロはまたしても百元札をとりだそうとしたが、「合計で五百元になります」と言われると、ラロは口をぽかんと開けて、青っ洟を垂らし、百元札をゆっくりひっこめた。あとになってラロは口癖のように「このラロ様は、一度、五百元のご馳走を食らったことがあってさあ」と人に威張りくさってみせるようになった。

生活水準の差こそあれ、巡礼者たちはみな懐に数万元をしのばせていた。とはいえ、一回の食事に五百元を払うなど異次元の話、二人して巡礼者グループのもとに戻ると、ラロはたちどころに「おい、トンドゥプの友達が俺たち二人に五百元ものご馳走してくれたもんだから、食べすぎで肉やバターを見るだけでも吐き気がするほどだ」と言い出し、巡礼者たちからは「また奴さんの悪い癖がでてきた」と陰口をたたかれたのであった。

ラロは自分ではどんなご馳走を食べたのか説明することもできないのに、「食べすぎで肉やバターを見るだけでも吐き気がするほどだ」と言って、五日ほど何も食べようとせず、果ては顔が黄色くなって、意識を失い倒れてしまったのである。

十八

ラサに着いた翌日、僕たち巡礼者は午前中は参拝に、午後には商店めぐりにでかけた。ラロは白檀の数珠を買うつもりで、ようやく見つけて値段を聞くと十元だという。

「八元なら買うぜ」

「よし、売った」

ラロは新大陸でも発見したかのように鼻高々で、「買い物するつもりなら、いいことを教えてやろう。この数珠だが、初めの売り値は十元って話だったが、最後には八元に負けさせたぞ」と言った。すると別の巡礼者がラロのとそっくりの数珠を取り出して、「俺のは三元だった」と言うではないか。ラロは唇をぶるぶる震わせ、返事もできずにいた。だが数日後にはその巡礼者に「五百元ものご馳走を口にしたこのラロ様が、たかだか五元損したからってそれがどうしたっていうんだ」と前にもまして勝ち誇った表情を見せたのだった。

僕たちはタシルンポ僧院までお参りに行き、故郷への帰り道に、サムイェ僧院にもお参りすることにした。サムイェの渡しのあるヤルルン河の岸辺に向かうと、トラクターのエンジンを搭載した木船が待ち受けており、たかだか三十分で対岸に渡ることができた。

「おやまあ、科学ってやつは本当にすごいもんだな」驚嘆の色もあらわな巡礼者たちの顔を見ていると、彼らが故郷に戻ったあと、いく歳月飽きることなくこの話を語りつづけるであろうことが想像できた。

河の対岸で僕たちは外国人の旅行者夫妻と出会った。まずはラロが知り合いになり、僕もそれに続いたのである。二人はノルウェー人の民族学者夫妻で、夫の名はウェリス、妻はペーナといい、漢語も少々話すことができた。実はラロが夫妻と知りあいになったというより、老いぼれ犬を背負って運んでいるラロの姿を不思議に思った夫妻がその理由を質すために傍にやってきたというほうが正しいだろう。ペーナはラロの姿に目をとめるやいなや、すっかり魅せられて、外国語で「ねえ、ダーリン、見て見て！　早く早く」と声をあげ、「カシャッ、カシャッ」と続けて二枚写真を撮り、「ハロー」と、親指を立てながらやってきて、ラロと握手をし、犬を背負っている理由を訊いてきた。

　この「ハロー」はチベット語の呼びかけ「アロー」と発音が少々似かよっているうえ、「アロー」と同じく、なにか確たる目的がある時に用いる呼びかけの言葉らしかった。傍から見ても人を見下したり、嘲笑うような様子はなかったので、「ハロー」と呼びかけたペーナが僕の傍にやってきて通訳を頼んだときも、僕は気さくにラロがその犬を自分の母親の生まれ変わりだと信じているという説明をしたのである。

「これは驚きだ。なんとすばらしいことだろう。今、西洋社会じゃ、母親が生まれ変わるなんて信じるどころか、自分の母親を背負って病院に行く人だってほとんどいない。チベットが世界の屋根にあるただひとつの浄土だって話はまさに真実だな。なんてすばらしいことなんだ」とウェリスはなんども親指を立ててみせ、背中のリュックから色とりどりの上等なキャンディを出して僕たちにくれた。

　だが、年寄りの巡礼者たちは「毛唐の食い物なぞ食えるか」と言い、共産党員のお役人の巡礼者にいたっては真剣に「用心しろよ、あいつらは糖衣でくるんだ弾丸で和平演変〈平和的手段によって社会主義体制を崩壊させること〉を企んでいるんだ」とのたまった。

　大方の巡礼者たちは「和平演変」なるものが何かもわからなかったが、なにやらおそろしげな毛唐の魔法にちがいないと思い、年寄り連中はチョカン寺の霊験あらたかな釈迦牟尼像に祈りをあげ、若者たちは刀の柄に手をかけた。だが「毛唐」「糖衣でくるんだ弾丸」「和平演変」などという単語を耳にしたことのないラトゥは何も考えずにウェリス夫妻と手をつないで、キャンディを口にしたのである。

　夫婦はサムイェ僧院の見学を終えて、ラサに戻るところだったが、ラロ一家がふたりをしきりに引き留めるので、引き返して僕たちとともにサムイェ僧院を見学し直すことにした。ふたりはラロに親指を立ててみせ、あれこれ質問をあびせかけ、写真をたくさん撮った。帰り道、僕たちは一緒に船に乗り、河の半ばまで来たところで、ペーナは僕の手にカメラを押し付けて、夫妻とラロ一家の写真を撮ってくれと頼んだ。僕がシャッターを押すと、ペーナは「ＯＫ」と言い、ラトゥにキスをした。これを目にした年寄り連中は、後にラトゥが不慮の死をとげたとき、毛唐の穢れにやられたんだとしきりに言ったものである。

　それは、ラロも体験したことのない壮絶きわまる事故だった。事故の後、ラロは長らく目はうつろ、口もきけず、ただ洟を垂らしたままだった。実母が亡くなった時も、無実の罪を着せられて獄に入れられた時も、果ては義理の弟にお下げをむしりとられた時も、これほど苦しみはしなかった。無理もあるまい。巡礼を終えて帰路につき、故郷も間近という時のことだった。すっかりうかれたラロはラトゥをかかえて車の窓の外に乗りださせ、「ふるさとをごらん」と言った。ラトゥも大喜びで小ネズミの尻尾のようなお下げを右に左に振っていた。その時のことである。罠から逃げだした鹿よろしく僕たちの目の前に突如現れた自動車がラトゥの頭を直撃したかと思うと、子供が花でもむしりとるかのように首をもぎ取っていったのである。首のないラトゥの身体はなおも痙攣しつづけ、巡礼前にアラク・ドンから授けられた赤い御守り紐は血でどす黒く染まっていった。

僕の脳裏には今なおラトゥの無邪気な笑顔が、小ネズミの尻尾のようなお下げを打ち振る様子が焼き付いている。道中ラトゥは僕にすっかり懐いていた。ラトゥはこのように誰に対しても人懐っこく、サムイェ僧院に参拝した三、四時間のあいだにウェリス夫婦ともすっかり仲良くなっていて、事故に遭う直前にも、「ぼくのおともだちの外人さんたちは今どこにいるのかなあ」と言っていたほどだった。

十九

趙ツェテンに禁固五年の判決がおり、大きな刑務所に移送されてしまうと、「わが家」はひっそり静まりかえり、もの寂しさすら覚えるほどだった。ラロと僕が一ヶ月余り同じ獄房に放り込まれていた間に、ラロは羊の肩甲骨を九枚あぶって占ってみせたが、当たったのは趙ツェテンの一件だけだった。ラロは、囚人が実家から差し入れてもらった羊肉の肩甲骨だけ集めて壁の下に隠しておき、もう何日かしたらストーブをいれてもらえる、そうしたら火で骨をあぶって出てきたひびの形でそれぞれの囚人が有罪になるか無罪になるか、有罪となるなら刑期何年か占ってみせようと言った。ストーブがはいったとき、ラロの手元には九枚の羊の肩甲骨があった。まずは自分の運命がどうなるか、羊の肩甲骨を一枚あぶってみたのはいうまでもない。ストーブのなかでヤク糞の燃料が赤々と燃えている時、ラロはきれいな骨をとって「祈願いたします、供養いたします、崇敬いたします、智慧の神々にお願い申し上げます。どうかこれが魔物や鬼、泥棒の目にとまりませんように」と口から唾を飛ばしながら唱え、「本当はこの土地に感謝するために、青々としたビャクシンの枝を飾らないといけないんだが、ここじゃビャクシンの枝なんか手に入らないからな。代わりに草を一本置くことにしよう」と、羊の肩甲骨の上に一本の草を置いて火の中にくべると、口でなにやらもごもごと唱えた。肩甲骨は次第に焼けていって、たくさんのひびが現れた。ラロは鼻をすすりあげ、火傷をするのもかまわず火の中から骨をとりだして地面の上に置いた。ふと気づくと他の囚人たちが僕たちの獄房の前でひしめき合い、首をつっこんできていた。多少度胸のあるものは、看守監視の中、獄房に入り込んできた（検察から起訴状が来ると、いつもみな僕のところにすっとんできて、このようにぐるっとまわりを取り巻き、僕に翻訳と説明を求め、裁判所でどのように発言したらよいのか尋ねてくるのだった）。

ラロは虱の攻撃に反撃をくらわしながら、しばらく羊の肩甲骨をしげしげと検《あらた》め、「俺は無罪だ」と勝ち誇ったように宣言した。

みなは「そりゃあよかった、こんなにいいことはない」と言い、口々に「俺が無罪になるかどうか見てくれ」と頼んできた。これほどみなから頼みごとをされたことはかつてなかったため、喜びいさんだラロはさらに間延びした合いの手をいれつつこう言いだした。「さて——、まずは俺の学友のトンドゥプのことを見ようか。次にはツェパクさんだ。それから順番にあんたらのことを見てやろう。だが、よこせよ——煙草をな」あっというまに七本の煙草がラロの手元に集まった。ラロはさらに威張りくさって「じゃあ——まずはトンドゥプだ」と言いながら、僕のために羊の肩甲骨をあぶろうとしたので、僕は「まずはほかの人を見てやってくれ」と応じた。「おう——それでもいいぞ。いにしえの諺にも『まず人のためになせば、自ずと自分のためにもなる』と言うしな。さて——、誰から見る?」

「俺のを頼む」

「俺のだ」

「それじゃあ——」ラロは煙草を吸いながら「まずはカブザンを占ってみて、アラク・ドンのご託宣と一致するかどうか見てみることにしよう」と言いながら、肩甲骨を火にくべた。

カブザンという男は、これまでもたびたび公安に御縄を食らってきた泥棒で、今回はヤクとゾを計二十六頭盗んだ罪に問われており、少なくとも禁固八年は食らうだろうと僕は踏んでいた。だが実家からの手紙だか伝言だかで、「アラク・ドンに占ってもらったところ無罪釈放確実と出たので、安心してよい」と告げられたため、当人は安心しきっていた。なので、彼がラロの占い能力を試してみたかったのか、それとも真剣な思いで頼んできたのかは知る由もないが、運よくラロはさほど手間取らず「うん——いにしえの諺にはな——三叉にひびのはいった骨は判じるまでもないという。あんた、無罪になってたちどころに釈放されるぜ」と言った。カブザンは「おやおや、洟たれチンポ野郎は自分の洟も押さえておけないのに、骨あぶりはなかなかのもんじゃないか」と応じた。

ラロはカブザンを怒りの目でねめつけて、続けて肩甲骨をいくつか火にくべ、しばらくして「おや、不吉な。趙ツェテンには五年の刑が下る」とご託宣を下した。

趙ツェテンに本当に禁固五年の刑が下ると、この一言が効き目をあらわして、それから数日間というもの、ラロの株はおおいに上がり、煙草を恵むものは増える一方、逆に「洟たれチンポ野郎」呼ばわりするものは減る一方であった。残念なことに、この幸運はさほど長続きすることなく、カブザンに十三年の刑が下り、しばらくしてラロ自身にも二年の刑が下ると、ラロはいたく意気消沈してしまった。彼がいかほど長い青っ洟を垂らしたか、読者の皆さんにも想像がつくことだろう。あとで聞いた話によると、法廷でラロが口にした言葉の六十パーセントがいにしえの諺で、二十パーセントが「うちは清く正しい無産階級、先祖代々盗みなんぞに手を染めたことなどない」で、二十パーセントは「三宝に誓って」「アラク・ドンに誓って」といった誓いの言葉だったそうである。

はたからみても、すでにツェパクの我が世の春も終わりの時を迎えつつあった。当初、彼の友人たちは飽くことなくご馳走や高級煙草を差し入れてくれていたが、ある時それがはたと止まった。なによりマニでっ尻の態度が豹変したことからもそれは明らかだった。そんなある時、マニでっ尻がツェパクの顔に指を突き立て「腐れチンポ役人、お前……お前……水を汲みに行け」と命じた。ツェパクは口をぽかんと開けて唖然としていたが、ようやく「なんだって？」と返答したのをみると、彼自身も自分の耳が信じられないようだった。

「水を汲みに行け」マニでっ尻は声を張りあげた。

ツェパクは水差しにいっぱい水を汲んで戻ってくるや、寝床の上にあおむけにひっくりかえって、目をつぶった。ラロと僕は互いに視線を交わし、おもむろに彼のそばに行って、「今日のマニでっ尻にはきっと魔がさしているんだ」と慰めると、彼は目を開けて、起き上がり、「つまり私もこれでおしまいってことだな」と言った。

ラロも僕もなんと答えてよいのかわからずにいると、ツェパクは、「お若いの、心配は無用だ。これでよかったのさ。そうじゃなければ、あんたらのような罪なき者たちが投獄されることになるだろうよ。前から言われていたことが現実になったわけだ。心配はご無用、これぞ自業自得ってもんだ」と言って、前と同じように飄々たる風情で、まるで聖人君子が死神の訪れを待っているかのよう、この世の理をはなから悟っているかのようだった。それからというものマニでっ尻はツェパクのやることなすこと、ことごとくあら捜しをして文句をつけるようになり、いたたまれなくなったツェパクは家に連絡してマニでっ尻に羊一匹贈らせた。それから数日のあいだ、マニでっ尻は前にもまして好待遇をするようになっていたが、しばらくするとまたしても「腐れチンポ役人」呼ばわりし、あら捜しをするようになったので、ラロは「マニでっ尻のやつ、羊まるまる一匹もう食い終わったようだな」と言った。こんな気のきいた台詞を吐いたのは、ラロがこの世に生まれて以来初めてのことだったにちがいない。

二十

趙ツェテンの寝床は新入り囚人が使うことになった。というか正確にいうと、ラロの虱の群れに怖れをなした僕がそれからなんとか脱出しようとツェパクの隣の寝床を確保したので、新入りの囚人はこれまでの僕の寝床で寝るしかなかったのである。当時、すでにラロには判決が下りていたが、上訴のための猶予期間が何日か設けられていたので、まだ刑務所には送られてなかった。趙ツェテンがいなくなると、心躍る法螺話を語ってくれる者もいなくなり、特に有罪判決が下ってからはラロもすっかり食欲をなくしていた。だがラロは嬉しいにつけ悲しいにつけ、僕のように「一体なんでこんなことになったんだ？」とうじうじ自問自答することなく、はっきりとした答えをもっていた――「それはカルマのせいさ」ラロの父親が誰だかはともかく、ラロがどこぞのご先祖様からそのような資質を受け継いだのは確かであった。

新入りの囚人は名をタムチといい、年の頃四十余りの筋骨たくましい半農半牧民であった。彼は趙ツェテンのように、「特殊警察部隊」やら「現代の武器」について語ることこそできなかったものの、自分がいかに馬の値段を値切ったか、馬やヤクをいかに盗んでみせたかを得々と語ってきかせるのだった。傍から見ると、ラロにとっては数日間のよい暇つぶしになっているようだった。ところがある晩のこと、ラロは急に「おい――、こら――」と声をはりあげるや、裸のまま寝床から立ち上がってタムチに飛び掛かり、その首を締め上げた。本を読みふけっていたツェパクと僕は、二人が何やら言葉を交わしたあげく、口論になったことにも気づいていなかったので、しばらく手をこまねいて見ているほかなかった。いくらもがいてもタムチはラロをふりほどくことができず、一体全体どこからこんな馬鹿力が出るんだとあきれていると、ラロは「おい――、こら――今日ここで命にかけてもアラク・ドンの馬泥棒事件にきっぱりかたをつけてやる。それができないなら、この俺にお下げのチベット人を名乗る資格はない」と馬乗りになってさらに締め上げたので、タムチの眼窩からは目玉が飛び出さんばかりになった。ツェパクと僕はあわてて起き上がり、ラロを引き離そうとしたが、ラロときたら大岩も同然、これっぽっちも動こうとしない。下からタムチがもがけば、上からツェパクと僕がラロをひきはがそうとする、ようやくタムチが右手を抜きだしてラロのお下げをつかんでぐいとひいた。ラロは藁の袋よろしく寝床の足元に投げ出された。タムチもすばやく床に下りたって、続けざまに二発ラロを殴りつけ、ラロの太い鼻汁を床に飛び散らせた。ツェパクと僕が二人を引き離したものの、ラロは「おい――、こら――、アラク・ドンの馬泥棒事件――」と叫びながら、なおもタムチに飛びかかっていった。僕はそれを押しとどめ、いったいどうしたんだと訊くと、

「アラク・ドンの愛馬を盗んだのはこいつなんだ」という答えが返ってきた。

「どうしてわかったんだ？」

「こいつがそう言いやがった」

タムチ自身、アラク・ドンの馬を盗んだのは自分だと認め、明日夜が明けたらすぐに公安にこのことを自白して、ラロを釈放させるようにする、罪もないのにムショに放り込まれたんだから怒るのも当然だと何度もわびをいれてきた。それでもラロがタムチに襲いかかろうとするので、ラロの虱の群れに辟易しつつ、僕が二人の間にわって入って寝るしかなかった。

翌朝早く、ラロは寝床の上に起き上がって朝の勤行を終えると、爪で壁の表面にしるしをつけた。ラロは数珠をもっていなかったため、毎朝勤行を終えるたびに、壁の表面にこのように爪でしるしをつけていたのである。その日の午後、ラロが釈放されたあとで、僕がそのしるしを数えてみると、全部で六十あった。こうして、ラロが自らを「罪人」呼ばわりすること百八十回に及んだことが判明したのである。

二十一

ラロは常々、「カルマのせいさ」と言っていたが、いつだって野良犬のようにカルマに弄ばれる人生を送っていた。ラトゥの首がふっとぶという恐ろしい事故の後、妻のデキは正気を失い、数ヶ月のあいだ泣いたかと思えば笑いだし、誰一人制止できないまま、あちらこちらを彷徨って、ついには河に落ちて亡くなってしまった。

季節はすでに春になっていた。家畜囲いのまわりや日当たりのよい場所に次々と緑の新芽が芽吹いていく。秋の終わりに牧畜民の女たちが糞を積み上げてつくった囲いが太陽にさらされて、崩れおちてきていた。

日もかなり高くなってから、ラロはテントの外に顔を出し、テントの入口で日向ぼっこをしながら誦経をしていた。昔のように声を張り上げることはなくなったが、一音一音をやたら長く引き伸ばすようになっていた。脂で汚れた指でつまぐっているラサ土産の白檀の数珠の珠は、すでに角がとれてどれもほぼ球体になりかけている。お下げも拘置所にいたときと同じく、ひどくもつれ、虱の巣と化していた。皮衣のほつれからは羊の毛がのぞいている。そんな光景を目にするたびに、愛しい妻が切々と思いだされ、悲しみのあまり涙をはらはらとこぼし、自らの胸をこぶしで叩くのであった。

昼時にもなると、近所の家が子供を寄こして、ラロを昼飯に招いてくれる。食欲もないうえに、夫婦が揃い、親子が寄り添っている姿など見たくもなかったのだが、親切な近所の人々の顔をつぶす勇気もなく、最初に呼ばれた家に行くことにしていた。妻子が前後して亡くなると、ラロは追善供養のために自分の家畜の大半をラマや僧院に寄進していた。今、手元にあるのは、ラロ自身の言葉を借りれば「老いた母さんが亡くなったら寄進する予定」の五頭ほどの雌ヤクとゾモ〈ヤクと牛の交配種の雌〉だけである。それもわざわざ自分で世話をするまでもなく、自分の草地を貸せばその一家が家畜の世話をし、「母さん」呼びしている犬とラロに、夏場にはヨーグルトとミルク、秋にはさらにバターとチーズもくれるのであった。というのもラロ一家は土地が配分された際に、村で一番豊かな草地を引き当てていたからである。常々ラロは、これぞ自分が生まれつきもっていたすばらしい福分なのだと言っていた。そんなわけで、ラロとしては塗炭の苦しみを自分の腹の中に押し込んで、マニを唱える以外、さしたる義務もないのだった。

　暖かくなるにつれ、牧畜民たちは日々忙しくなっていき、バターやチーズ作りがはじまると、ラロを食事に呼んでくれる人も次第に少なくなっていった。ところが近所のチャクタル家はこれまでと同じく倦むことなくラロを食事に招いてくれた。さらには母親を寄こして、ラロのために水や燃料用の糞まで運ばせたので、しばらくするとラロも恥ずかしくなって、チャクタル家が母親を寄越す前に自分で食事を作って食べることにし、いざ母親が呼びに来ると「もう食事をすませたんだよ、アラク・ドンとラサの釈迦牟尼像に誓って本当だから」と言うのであった。困ったチャクタルは母親にバターとチーズとツァンパをわたしてラロのもとにやり、二人して食事を食べてもらうことにした。チャクタルの母親はグルキという名前で、年の頃六十余りだったが、背はぴんとのび、肉付きの良い体をしていた。その上、安物の飾り物をじゃらじゃら身につけていたため、知らない人が見たら充分五十代で通用した。ある日、グルキは細かく編んだお下げに骨髄脂をつけてつやつやにし、魔法瓶一杯のミルク茶とラブラン製のパンをいくつか携えてやってきて、にたにたと笑いながら「ねえ、ラロ、昨日の晩ときたら……、ほほ、あっちの村の若い男が、一晩中あたしのことを眠らせてくれなくてね」と言いながら、恥ずかしそうにうつむいてみせた。

この意外な告白に、ラロは電気ショックでもあびせられた思いで、当惑のあまりなんと答えてよいのかわからず、「なんてことだ、最近の若い奴ときたら……」と返事をした。

「まったくだよ。あたしたちが若い頃には、自分より年上の女のもとになんぞ行かなかったものなのに。まったく最近の若い者ときたら」とグルキはいいながら、ラロに流し目をくれた。

ラロはずいぶん昔に、河に水汲みにきた娘が自分に「秋波」を送って寄越したことをふと思い出し、またしても電気ショックをあびせられたような感覚を覚えた。だがたちまち自分の身に降りかかったことが思い出され、愛しの妻の姿が目に浮かび、悲しみにくれるのであった。

その様子をみたグルキは真顔になって「ラロ、あんたが悲嘆にくれるのも無理はない。だけどあれほど奥さんと子供のために追善供養をやってあげたんだから、これ以上苦しんでも仕方ないよ」と言って、ラロのそばに寄り「あんたがこれほど女々しいとは思いもよらなかったよ。ラロといえば、信心深い上に性格だって悪くない。だったら新しく嫁さんをもらうのも難しくないんじゃないかね。世の諺にも『いい男の一生には女九人〈英雄色を好む〉』というじゃないか」とさらにすり寄って来たが、ラロがいっこうに反応しないので、算段尽きて「ねえ、あんた、そんなに意気消沈しちゃってさ、人があんたのことをなんと言っているか知ってるかい?」と言い出した。

ラロは人の評判をいたく気にするたちだったので、たちどころに振り向いて、「みなは俺のことをどう言ってるんだ?」とグルキの顔を見つめた。

「ほら早く。お茶が冷めるわよ」グルキはラロの茶碗にバターの塊をいれ、その上から茶を注ぎ、ラロの手に押し付けた。「まあ人によってはあんたのことをつまらない奴だと言っているけど、人によっちゃあ……、まあお釈迦様でも人の噂は止められないというからね。思ったこと言いたいことを、言わせておくしかないだろ、ふう」と言いつつ、またしても「流し目」をくれ、若い娘よろしくうつむいてみせた。

人が自分のことをどう噂しているのか、いたく好奇心をそそられたラロは自分でもグルキのほうににじり寄って、「人が俺のことをなんと言ってるんだって?」とさらに問い詰めた。

「みんなは……、みんなはね、あと……やあね……恥ずかしくて言えないよ」

ラロがあわててグルキの手をつかんで、打ち明けるように促した。

「みんなときたら、さらに……、あたしたち二人が……、もうやあね」

ようやくラロも事態をのみこんで、グルキの手を放して、「噂話の好きな、心の汚いやつらばかりだ」と言って、首を振った。

「まったくだよ。初めからあんたに濡れ衣をきせて監獄に放り込んだような連中じゃないか。ねえ、今のご時世、親戚や友達がいないってのは大変じゃない?」

「そう言われても、親戚も友達もいないんだから仕方ない」

「初めはいたのに失くしてしまう人もいれば、初めはいなかったのに、あとから現れるって人もいるじゃない」

ここにいたってようやくラロもグルキが何をほのめかそうとしているのかようやく悟った。ラロとグルキの間には血の繋がりはないものの、十歳以上の年齢のひらきがあるので、この地の風習にしたがえば相手を口説くなど恥さらしもいいところである。だがこの日を機に二人の垣根はとりはらわれ、これこそグルキにとってまたとない収穫となったのである。

二十二

その日以来、グルキは前にもまして着飾ってラロのもとにやって来るようになった。グルキは多少老いたとはいえ、体は元気そのもの、その上独り身なので、欲求不満になりかけているのではないかとラロは思った。ラロは女なら誰彼かまわぬたちだったが、今の彼はその方面にまったく興味を失っている。とはいえ、人から「つまらない奴」と評されているという噂が脳裏にちらつき、むかっ腹が立つのだった。そんなある日のこと、晩飯もすませ、寝ようとしていたところに、グルキがテントに入ってきて「あらまあ、あんた、こんなに早く寝るの?」と言った。

「どうだ、今夜泊まっていくかい?」ついこんな返事をしてしまったものの、ラロの心臓は激しく打っていた。ところが驚いたことに、グルキはうら若い乙女さながらにうつむき、両手で顔を覆って外に逃げていくではないか。グルキのそんな様子を目にしたラロは、自分の軽率な振る舞いをいたく恥じ、悔いた。とはいえ、自分が「いい男」であることをみせつけてやったんだから、これはこれでよかったんじゃないかなとも思うのだった。

その夜は、亡き妻子の面影のかわりに、グルキの脂を塗ったつややかな髪や、うつむき、両手で顔を覆う姿が絶えず脳裏にちらついて夜遅くまで眠りにつくことができず、しばらく枕に頰杖をついて寝そべり、物思いにふけっていた。

テントの明かりとりから月光がさしこみ、徐々にラロの「母さん」を照らし出していった。老いぼれ犬の体の下には仔ヤクの皮の敷物が、上には羊の皮がかけてある。犬は以前にもまして老い、餌をもらうとき以外ほとんど身じろぎもせず、生きているのか死んでいるのかもわからぬ有様だった。時にはまったく餌を口にしようとせず、時には与えられた分だけ食った。もうしばらくすれば、大小便を同時にもらすようになり、さぞラロの手を焼かせることだろう。ラロは老いぼれ犬の姿をみているうちに、亡き母のことを思い出した。数えてみると、母親がラロの義父と結婚したのは、おそらく今の自分と同年代の四十歳ぐらい、さらに義父が遁走してからは、「あの大飯喰らいよりましな男を見つけられなきゃ女がすたる」と誓いを立てたことまでありありと思い出された。「いい男の一生には女九人。タムディンツォ（ラロが初め婿養子にはいった相手）で一人目、歯の黄色くなった女で二人目、亡くなった女房で三人目」とラロは指折り数えていき、少しして、「グルキで四人目」と言って薬指も折った。

しばらくして老犬にあたっていた月光が移っていった。ラロはもともと坊さん時代と同様早起きだったのがどんどん寝坊するようになり、そのため夜も眠りにつけず、独り身の辛さが身に染みるようになっていた。そもそもラロとグルキの家はご近所同士であった。そしてグルキが独り暮らしをしていることはラロも重々承知している。だが、若い頃のように勇んで行動に移す気力もなく、ためらいつつも妄想だけが膨らんでいくのだった。

自分でも何をするつもりかわからぬままラロは起き上がり、靴をはいて皮衣をはおり、外に出た。思わずチャクタル家の方を見やってしまう。小便をしてから、どちらに歩を進めたらよいのか考えあぐねて、その場に立ちつくしていた。

「グルキに拒絶されたら赤っ恥もいいところだ。その上、みなに言いふらされでもしたら、もっと恥をさらすことになる。いや、だめだ、だめだ」と自分のテントに戻ったものの、中に入ろうとせず、振り返ってチャクタル家のほうを長らく見つめていた。しばらくして、寒さに体が震えだし、歯がガチガチいいだしたのがわかって、ようやく夢から醒めたように自分のテントに入って行ったのだった。

二十三

数日たって、ラロの態度が変わったことを知ったグルキは、髪に骨髄脂をしこたま塗りつけ、以前からそのために入手しておいた安物の煙草一箱を懐に入れ、山盛りの祝い飯に溶かしバターをたっぷりかけ、さらに一つかみの白砂糖を振りかけたものを携え、うら若い乙女が初めて恋人のもとを訪れる時のように、顔を伏せてラロのもとにやってきた。

「これは……、あんたのうちはいつも、こんなに……」

「まあ、水くさい、まだあんたんち、自分のうちって線引きするのね。一言いわせてもらうわ。明日、ロテン家に貸してある草地も家畜も全部ひきとってきて頂戴。代わりにうちの家が面倒見てあげるから。だいたい、この村でラロのことを大切に思っているのはうちぐらいのものなのよ」

「ええと……あんたんちに面倒かけるまでもないよ。あの家だって、俺に絶えずバターやチーズをくれているからな」

「まあ、やあねえ、水くさい、まだ、あんたんち、自分のうちって線引きするのね。本当にはにかみ屋さんなんだから」グルキは煙草の箱をとりだし、それをラロの手に押し付けた。「あの家ときたら、まずはあんたの嫁さんを盗り、罪もないあんたに罪をなすりつけて監獄に放りこんだのよ。あんた、それを忘れたの？」

「いや、それはロテン家のせいじゃないから」

「ふん、そんなこと、わかるもんですか。正直な話、ラロが泥棒であるわけないと断言してくれた村人はごくわずかしかいないのよ。あの家だって、あんたのことを思いやるふりをして、家畜の面倒を見てるけど、本心はあんたの草地狙いだってみな承知のうえよ。ねえ……、うちの草地ときたらひどく狭くてさ……、いやいやこんなことは口にしないでおこう。あんたにその気がないのに、あたしが言ってどうする。でも本当にあんたのことを家族も同然だと思っているんだよ。まあ、すべてあんた次第だがね」とグルキは何年も前に、川べりに水を汲みに来た娘とおなじく、顔を伏せつつ「秋波」を送ってみせ、去っていった。

その夜はまたしても、はるか昔にツェチュ河のほとりで出逢った水汲み娘の姿が脳裏にちらつき、どうしても消えていこうとしなかった。心は手綱のない雄馬のごとく妄想の平原を心趣くまま走り回ったあげく、ようやく眠りにおちたのである。

娘がひとり、水桶を背負ってツェチュ河のほとりにやってきて、顔を伏せつつも、横目でラロを見やる。その昔、実際に水汲みにやってきた娘かと思えば、そうでもないような気がする。いずれにせよ、申し分のない美女であるうえに、ラロに「秋波」を送ってくるので、ラロは対岸に渡り、あるいは彼女のほうがこちらに渡ってきたのかもしれないが、彼女をひしと抱きしめた。だが、残念なことに、川べりに大勢の僧がいて、監視兵よろしく二人を見守っているので、困り果てたラロは娘の手をひいて全速力で家の中に逃げ込んだ。その時になって、ラロはようやく気付いた。なんとその娘はほかならぬグルキだったのである。驚いたことにグルキはすっかり若返っていた。若い娘のようなたおやかな肉体にむらむらとなったラロは、やもたてもたまらずグルキを押し倒したのだった。

下半身が濡れそぼったようなひどく不快な感覚を覚えてふとラロは目を醒ました。局部が精液でべたついている。ラロはすっかりわびしくなって「これじゃどうしても女が必要だな」と独りごちたのであった。

二十四

ラロは「母さん」をヤク皮の敷物ごとテントの外へと運んでいって日向ぼっこをさせ、自分はテントに戻り、洗面器一杯のお湯を持って出ると、顔を洗い、髪をとかした。ラロはもともと身だしなみを整えることにからっきし興味がなかったうえに、妻子をなくして一年余りのあいだ髪に櫛をいれたことはなく、今やもつれにもつれて櫛を通すのも難しいほどだった。さんざん痛い思いをしながらようやくもつれ髪を梳くことができた。櫛の歯にあいだには虱の卵のこびりついた髪がみっちりからんでおり、やたら白髪も多い。ラロの顔からさきほどの晴れ晴れとした表情は次第に消え失せ、「俺も本当に老けたもんだ。だが『いい男の一生には女九人』と言うじゃないか。ならこんなふうにただ老いぼれるわけにいくもんか」と独り言をいいながら、チャクタル家のほうを見やった。「草地。女。草地を渡せば、女は手に入るはず。細頸のチャクタルはずる賢いって話だが、あいつのところは家族が多いのに、草地は狭い。俺の草地をあいつらにやれば、少なくとも自分の母親のことを思って、俺たち二人くらいは食わせてくれるはずだ。そもそも今の俺には一緒に暮らしてくれる女がどうしても必要だしな」と思い、草地をチャクタル家に譲り渡す決心をしたのだった。

牧畜民の生活の基盤は家畜ではなく、草地であることはラロも重々承知していた。ラロは今、さほど家畜は持っていなかったものの、三人を養えるだけの草地があった。もしこの草地を人に貸せば、食うに困らないであろうことはラロもわかっていたが、独り身の辛さが染みいるあまり、いろいろ考えをめぐらすゆとりもなく、その上、グルキがその昔ツェチュ河のほとりで出会った娘と一体化して、顔を伏せて「秋波」を送ってくる姿が脳裏にちらついて離れない。ラロは急に立ち上がると、そのままチャクタル家に向かい、「今日から、おれの草地はすべてあんたたちのものだ」と宣言したのだった。

チャクタル家では大勢の人々が集まって囲碁を打っていたが、みなしばらく、ラロの言葉が理解できず、互いに顔を見合わせていた。と、チャクタルが「おお、ラロさんときたら、なんて親切なんだ。なんて太っ腹なんだ。おおい、みな聞いたか。ラロさんがうちに草地を全部譲ってくれるそうだ。ラロさん、ありがとう。家畜はみな俺たちが面倒見るよ。心配ご無用」と応じた。

みなびっくりして囲碁を打つのも忘れ、口々に「おお、ラロときたらまったく菩薩そのものだ」「まったくだ、今時こんなことはめったにあるもんじゃない」と褒めそやしたが、分別のある者が「おい、ラロ。自分の草地を人にやっちまって、これからどうやって食っていくんだ。よく考えてみろ」と諭すと、みなその尻馬に乗って、「まったくその通りだ。草地は金《きん》だ。草地は宝だ。考え直せ」と口々に意見するのだった。

考えあぐねたラロがグルキの顔を見つめると、グルキは顔を伏せつつ、ラロに「秋波」を送って寄越すので、ラロも青っ洟をすすりあげ、一大決心をして「考え直すまでもない。後悔もしない。ヤマイヌが自らの足跡を踏んで歩いていくように、男ラロも一度口に出したことを決してたがえはしない」と言い放ったのだった。

二十五

ラロは夜が明けるや起き上がり、顔を洗ってグルキが朝飯を運んでくるものと思い込んで待ちかまえていた（正直なところ、今のラロはまともな朝食もつくることもできない有様であった）。かなり時間がたった気がするのに、一向にグルキが姿を見せないので、いつものように「母さん」をテントの外に運び出した。昼ごろだったろうか、ようやくチャクタル家の子供が羊の内臓料理を一皿持ってやってきた。これを朝飯と呼ぶべきか、昼飯と呼ぶべきか判じがたいものがあったが、ラロはこれは朝飯で、昼が過ぎたらグルキが昼飯を持ってくるのだろうと期待していた。

昼が過ぎるや、荒々しい風が吹きつけてきたので、ラロ「母」子はテントの中に戻るしかなかった。期待に胸膨らませるうちに太陽は西の山に沈んでいった。近所の人がやってきてラロを晩飯に誘ってくれたが、ラロはグルキが晩飯を運んできて、臥所を供にしてくれるのではないかと思って、隣人の家に行こうとしなかった。その晩、喉は乾くし腹は減る、そのうえ、独り身のわびしさがひしひしと身にしみて、幾度となくグルキのもとを訪れようと思ったが、なんとか自らを制したのだった。

翌日、ラロはまたしても朝早くから起きて、顔を洗って髪に櫛を通し、昨日にもまして期待に胸を膨らませながら待っていたところ、チャクタル家の子供が朝飯を運んできた。裏切られたラロは、むかっ腹を立てて子供の腕をつかみ、「お前のところのばあさんはどうしてここに来ないんだ」と問いただした。

「ばあちゃんは、昨日から僧院に行っているよ」

「僧院で何をやっているんだ。ああ――、そうか。そうか――」ラロの顔に久しぶりに笑顔が浮かび、子供の手を放して「そう――、そうだ――結婚式の日取りを見てもらいに行ってるんだな」と言った。

子供は無邪気な様子でラロの顔を見て「結婚式の日取りっていいものなの?」と訊いた。

「ははは、いいもんだよ。とてもいいもんだ」ラロは大喜びで平手で子供の尻をぴしゃりと叩いた。子供はひきつった笑いをみせながら、尻を撫でつつ逃げて行った。

すっかり埃のかぶった家財道具のすす払いをしつつも、グルキと一緒になれるという期待で心躍らせるうちに数日間が過ぎ、ある日の午後ようやくグルキがラロの前に姿を現した。ところがなんたること、近くにやってきたグルキをみると、せんだってラロをあれほど惹きつけた、というかラロがまんまと草地をまきあげられたのも、脂でつやつやと輝くグルキの髪にすっかり魅了されたせいだったのだが、それがすっかり剃りあげられてつるつるになっているではないか。ラロはわが目を疑い、グルキをまじまじと見たが、尼さんとも俗人ともつかない臙脂《えんじ》色の着物をまとい、いつも身に着けていた安物の装飾品をすべて外していることからも、受戒したことは明らかだった。

ラロは口をぽかんと開け、目をみはり、洟を垂らしながら、塑像よろしくしばらく立ちつくしていた。しばらくして、泣いているとも笑っているともつかぬ様子で「おお、グルキ……」と言いながら頭を振った。

「今じゃ、チュキ・ドルマっていう法名になったのよ」

「帰ってくれ!」

「あらまあ」チュキ・ドルマはしれっとして、「あんた、体の調子でも悪いの?」とラロの傍にやってきたので、ラロは激昂して彼女をねめつけ、すっくと立ち上がって自分のテントに入ってしまった。自分のうちが、妻を亡くしたときにもまして空虚でわびしく感じられた。彼は皮衣を頭までかぶって仰向けにひっくりかえった。

……

ラロとその「母」が死んだ。それを知った村人たちは口々に「おお、なんてことだ。死んでずいぶんたつに違いない。こんなことを人に知られでもしたらこの村の恥だ」と言った。すると近所の者が「いやいや、まだ二日もたってないさ。昨日の朝、ラロがうちにやってきて、体調が悪いのでアラク・ドンのもとにお伺いを立てに行きたい、法要もしてもらうことになるだろうから、百元貸してくれと頼んできた。だから細頸のチャクタルはけしからんことにただであんたの草地を使ってるんだから、あいつのところに行ってみるがいい。百元くらいもらってもいいはずだ。もしもらえなかったら、俺のところに戻ってこい、金は貸してやるからといったんだ。だがやつは俺のところに戻ってきはしなかった」と答え、さらに言葉をこう継いだ。「実のところ、そのときの顔色ときたら本当にひどくてさ、息も荒かったしな。だがこんなことになるとは……オンマニペメフン、可哀そうに」

人々はラロの持ち物を整理してみて初めてラロの家にひとかけらの食べ物もないことに気づいた。示し合わせたわけでもないのにそれぞれバターの塊をもってきて、初七日が巡ってくるまでバター灯明を灯してやり、それからラロの持ち物を、針や糸にいたるまですべて僧院に寄付した。さらにはチャクタル家から無理やりラロの家畜をとりあげてアラク・ドンに献上もした。僧院から戻るとき、ひとりが「オンマニペメフン、ラロに遺言があったとしても、きっとこれで満足してくれるに違いない」とつぶやいたのだった。

復讐

俺たちの村長は真っ黒に日焼けしているうえ、笑み一つ見せない人物である。粗野な男という印象は否めないが、実際には村人たちの幸せを第一に考える男だったので、皆の尊敬を集めていた。

その村長が俺たちのテントにやってきたので、おふくろと俺はすぐさま立ち上がって招き入れようとした。ところが村長は何も言わず、俺に外に出るよう合図した。俺は恭しく腰をかがめて村長の後を追って外に出た。おふくろの耳の届かないところまで行くと、村長は急に振り向き、

「おい、お前の親父を殺したやつがうちに来てるぞ」と言った。

俺は喉から心臓が飛び出そうになりながら、何度も唾をごくりと呑み込んだ。

「だがな、やつは俺の友人なんだ。くれぐれも面倒を起こしてくれるなよ」村長はそう言うと、俺の返事も聞かずに去っていった。

俺の親父を殺したやつは川向うの村の村長で、大胆不敵かつ残忍きわまりない男だ。これまでに数えきれないほど人を殺してきたが、一度も賠償金を払ったことがないという。俺の親父は泥棒で生計を立ててきた男で、勇敢な男という称号のほか何もない素寒貧だった。俺が九歳になった冬、親父は凍結した川を渡って向こうの村に盗みに忍び込んだが、運悪くやつらにとっつかまって、殴る蹴るの暴行を受けた挙句、くだんの村長に殺され、死体は凍結した川に投げ捨てられたのである。うちは極貧だったうえ、これほどの災難に見舞われたので、皆が俺たち母子に目をかけてくれ、手を差し伸べ、慰めてくれた。とりわけ村長は何度も川向うの村へ足を運び、賠償金を払うよう交渉してくれただけでなく、俺たち母子の面倒も見てくれた。しかし俺が十八になった今も、仇を討つどころか賠償金すら取れていない有様で、俺は村でさんざんからかわれ、皮肉や当てこすりまで言われるようになった。しまいには「父親が肉を喰らうワシなのに、息子は糞を喰らうカラスか」とまでこき下ろされ、傍若無人な嫌がらせはひどくなるばかり、俺は村の若者たちを前にうなだれているしかなかった。

ああ、今日は護法神のご加護で、狼の巣穴の前に命運の尽きた山羊が連れてこられたのか、はたまた俺もまた親父と同じ道をたどる時が来たのか。いずれにせよこんなまたとない機会に首尾よく決められなければあの父の息子を名乗る資格はない。村でのメンツも丸つぶれってもんだ。

「そんな怖い顔して。村長にいったい何を言われたんだい」俺がテントに戻るとおふくろは狼狽した様子で俺の手を握った。

「なんでもないさ。たいしたことはない。村長が俺に手伝ってほしいことがあるってさ」俺はそう言うと、ロープに掛けてあった長刀を鞘から抜いて、鈍《なまくら》になった刃を砥石で研ぎはじめた。するとおふくろはさらに慌てた様子で、ひっきりなしにターラー菩薩に祈願しつつ、泣きそうになりながら「なんでもないわけがないだろ。お前が話してくれないなら、あたしが村長のところに聞きに行く」と言った。

どう考えても隠しおおせるものではなかったので、俺は長刀を研ぐ手を止めて、おふくろに本当のことを打ち明けた。驚いたことにおふくろは落ち着き払って「そうかい。まさしく因果応報の理だね。浄土にいる父さんは、ここぞという時は勇気を出せ、決断は早くしろとよく言ったものさ。よく憶えておきな。あたしが言ってやれるのはそれだけだ」と言った。そして何事もなかったかのように『ターラー菩薩讃』を唱え続けていた。

俺は長刀を心ゆくまで研ぐと、袖の中にしまい込み、激しく脈打つ心臓を何とか押さえつけ、なんでもない風を装って村長宅のテントに入っていった。まず目に飛び込んできたのは炒り麦を挽いている女だ。大きな石臼の周りには白い炒り麦粉《ツァンパ》がたっぷり三寸ほどもたまっている。奥に目をやると、髪も顔も喉も……要すれば体中どこもかしこも油をぬりたくったかのようにつやつやとした偉丈夫が、悠然とした構えで座っている。きっとこいつが俺の親父を殺したやつに違いない。

「ああ山神よ、護法神よ、今日という今日はお助けを」俺は心の中でそう祈りながら近づいて行き、男の胸に力の限り長刀を突き立てた。刀を抜かずにそのまま押しこんでいくと、「ズサッ、ズサッ」という肉や筋や骨の切れる音がした。そして、目玉が大きく飛び出したかと思うと、男はそのまま仰向けに倒れこんだ。俺はようやく刀を抜くと、両手で柄を握りしめ、目も口も構うことなくめった刺しにした。傷口からは真っ赤な血が噴水のごとく噴き出した。俺の顔に飛び散ったそれは生温かく感じられた。

耳をつんざくような叫び声が聞こえたので、振り向くと、炒り麦を挽いていた女が四つん這いになってテントから逃げ出そうとしているところだった。

子供の頃、まだ柔らかい家畜の糞に木の枝を突き刺して遊んでいた時のように、俺は男の体、もとい死体を闇雲にぐさぐさと刺しまくった。刀を引き抜くのも一苦労で、そのうち息も絶え絶え、頭痛はするわ、吐き気は催すわ、足はふらふら頭もくらくらしてきたので、そのくらいで止めるしかなかった。「殺されるより、殺す方が大変じゃねえか」と思った。

刀を支えに肩で息をしながらその男の死体を見やると、両の眼は白目を剥いて飛び出さんばかりになっており、黒目はこれっぽっちも見えなかった。

今の今までつやつやとしていた髪も顔も喉も……どこもかしこも血みどろだった。思い返してみると、俺の最初の一撃が心臓を貫通したか、あるいは大動脈を切ったに違いない。というのもやつは最初から最後まで、腰に挿した刀を抜くどころか、柄に手を掛けることすらできなかったのだから。

目に入っちまった血をぬぐってよろめきながら外に出ようとした時、男の血が石臼の周りの白いツァンパを真っ赤に染めながら外に流れ出しているのがぼんやりと目に映った。ちょうどその時、村長がテントに入ってきた。真っ黒に日焼けした顔であたりを見回すと、落ち着き払った様子で奥に進み、医者が患者を診るように、男の首に手を触れて脈を確認し、まぶたを下ろしてやりながら、「うちの村の人間を殺したやつなど俺の友人ではない」とつぶやいた。

これは親父が殺されてから九年後、俺が十八になった年の冬のことだった。村長の指揮のもと、村人たちが男の死体を凍った川に投げ捨てた。俺はまるで牢獄から娑婆に出てきたかのような気分だった。

それからというもの、俺は村のみなに尊敬されるようになった。村や集落の問題で話し合いをすることになればいつも俺が呼び出された。ただ、残念なことに、物を考える人間になればなるほど、おちおち眠ってもいられなくなった。聞くところによると俺の親父を殺した男には九歳の息子がいるらしい。今や俺はそいつの親父を殺めた仇だ。ということは俺もそろそろ結婚して、いつか俺が刃に倒れた時に復讐してくれる人間を作っておかねばなるまい。

兄弟

チキョン・タシの兄のドゥッカル・ツェランはまだ四十五歳だというのに、坊主のように短く刈り込まれた髪の毛は灰をかぶったかのように白くなっている。目の色も灰色で、白目は赤黒い。日焼けした顔は、子供がでたらめに線を引いたかのように皺だらけで、どう見ても五十過ぎにしか見えなかった。無理もない。十三歳の時、彼の父親は肝臓を患い、耐え難い痛みに苦しめられつつ、一年ほどの闘病生活を経て、餓鬼のように痩せ細って亡くなった。それからというもの、ドゥッカル・ツェランは三人きょうだいの長子として、未熟ながら家の仕事を全て背負い、ありとあらゆる苦しみを味わってきたのだ。

チキョン・タシがよその子にいじめられるたびに、ドゥッカル・ツェランは目を真っ赤にして息せき切ってやってきては、弟の涙を拭いてやり、抱きかかえて家に連れて帰った。妹と弟のどちらか一方でも頭痛や歯痛を訴えれば、昼夜を問わず、天気も構わず、病院に連れて行くか、医者を呼びに行くかして、診察を受けさせた。県都に出かければ、自分の古いシャツを買い換えることなど念頭にもなく、母親と妹と弟に新しいブラウスやシャツ、靴を買ってくるので、母親は悲喜こもごも、涙をはらはらとこぼすのだった。チキョン・タシも幼心に兄さんほどいい人はいないと思い、大きくなったら必ず恩返しをしようと心に決めていた。長じて分別のつく年頃になると、この世で最も返しがたいものは両親の恩と言うけれども、自分にしてみれば両親よりも兄の恩だと思うのだった。

彼らは成長し、チキョン・タシの姉リンチェンキは、マチュ河の下流域のゾルゴン村に嫁に行った。歴史的にはツェジョン四村の一部だったゾルゴン村だが、中国共産党が政権を掌握してからは、別々の省に分かれていた。そうはいっても昔ながらの村同士の交流は続いており、互いの村に嫁に行ったり、婿に来たりはしているのだ。

それから一年も経たないうちに、ドゥッカル・ツェランもゾルゴン村から嫁をもらった。嫁は真っ赤な頬をした、かなり小柄な女性だったが、凄まじい馬力で働きまくり、それにもまして凄まじい迫力で夫を心身ともに支配し、たちどころに一家の実権を掌握してしまった。次第に姑のことも物のように扱うようになり、優しい顔一つ見せなくなったので、母親も晩年の望みはもうチキョン・タシに託すしかないと思って、「お願いだから、早く嫁をもらっておくれ。あたしゃお前と一緒に暮らすよ」と懇願するのだった。

何年か経ってようやくチキョン・タシも嫁をもらって所帯を持つことになったが、兄は草地も家畜も財産もしかるべく分配しないばかりか、「母さんが本家から出ていったらどんな噂を立てられるか」と主張するのだった。

「どこに住むかくらい、母さんの好きにさせたらいいじゃないか」チキョン・タシは生まれて初めて兄に意見した。

「何だと」兄は逆上した。「この犬の糞めが。恥知らず。これまで俺がお前をどれだけ養ってやったか忘れたのか」

「忘れるもんか。だからこそ兄さんの決めた財産分与がどれだけ理不尽でも、俺は口答えをしなかったんじゃないか」

「理不尽だと？　はっはっ。そこまで言うなら実家を出なければいいじゃないか」

そこへ母親が嗚咽しながら「お前たちはあたしのことなどどうでもいいんだね。あたしゃリンチェンキのところへ行くよ」と言って、ゾルゴン村に行く支度をはじめた。すると隣近所や村の年寄りたちがやってきて、母親は長男の家にいるべきだとか、ドゥッカル・ツェランには嫁を諭して年寄りを大事にすべきだと説得にかかるのだった。

しかし結果的に母親の草地と家畜はドゥッカル・ツェランのものだという事実が明白になっただけで、嫁の横暴を抑える効果はなかったので、母親は相変わらずチキョン・タシのところに通う毎日だった。そしてある日、ついに耐えきれなくなって、着の身着のまま椀だけ持ってチキョン・タシの家にやってきて、そのまま居ついてしまった。そこでチキョン・タシは兄に母親の分の土地を引き渡してほしいと言ったが、兄は「お前が母さんに入れ知恵して連れてったんだろ。どうせ俺に悪い噂を立てて、まんまと母さんの土地と財産をせしめようっていう魂胆なんだろうよ。しかしお前の思い通りになどさせてたまるか。まあ好きにしてみるがいい」と突っぱねた。「欲しいのは肉、ヤクではない」という諺の通り、兄は初めから母親など必要としておらず、土地がほしいだけなのだとチキョン・タシは悟った。これも赤ら顔の兄嫁の差し金に違いない。弟は兄に心底幻滅し、それ以来絶交して十年余りの歳月が過ぎていた。

ここ数年というもの、ゾルゴン村の連中が日を追う毎、月を追う毎にツェジョン村の草地に入りこんできて、これ見よがしに家畜に草を食べさせ、好き放題に水を飲ませるようになっていた。この問題について、ツェジョン村からは官民ともどもゾルゴン村に止めるよう訴え続けてきたが、ゾルゴン村は、そもそも現在のツェジョン村の土地の四分の一強は自分たちのものだったのだから、土地を利用する権利があると言うばかりであった。聞くところによると、マチュ河の下流域では農村の人口が増加して、ゾルゴン村の人々は年々山に追い立てられており、ゾルゴン村の住民たちも仕方なくツェジョン村との草地争いに踏み切らざるを得なかったのだという。どちらの村も大枚をはたいて銃を購入し、去年の秋に初めてゾルゴン村の村人九名とツェジョン村の村人六名が殺害される事態に発展した。それからというもの、村人であれ家畜であれ、村境であるラプツェ〈氏族の守護神を祀る社〉の立つ尾根を越えたが最後、戻ってくることはなかったし、互いに襲撃をかけたり家畜を盗んだりして抗争が止むことはなかった。

ドゥッカル・ツェラン兄弟の草地はちょうど村境の尾根と接していたので、ここ数年は心配のあまりおちおちお茶も飲めない日々が続いていた。

ある日のこと、チキョン・タシがラプツェの立つ尾根の麓に十数年埋めてあったとおぼしき錆びだらけの七・九ミリ口径の銃を担ぎ、ヤクと羊を一緒くたにして放牧をしていると、十数頭のヤクが尻尾をぶんぶん振りながら、尾根の向こう側へとなだれ込んでいくではないか。群れを止めようとやおら馬にまたがり、近づいてみると、それはなんと兄のところのヤクだった。その瞬間、兄夫婦が自分たち母子にはたらいた狼藉が思い出されて怒りがこみ上げ、彼は思わず馬の向きを変えた。

そこへドゥッカル・ツェランが黒いゾにまたがって鐙《あぶみ》で腹を蹴り、鞭をふるいながらヤクの群れを追ってきた。兄とヤクの群れとの間は五百メートルほども離れていて、群れは足早に進んであっという間に峠を越えていってしまった。ドゥッカル・ツェランは弟を睨《ね》めつけたかと思うと、驚いたことに、何の迷いもなくヤクの後を追ってみるみる村境の尾根に近づいていくではないか。

「なんということだ。兄さんは本当に尾根の向こうに行くつもりらしい。今日は銃も持ってないぞ。そうか、兄さんのあのぼろい銃は息子が持って別の草地の警備に向かったのかも」チキョン・タシは気が動転して後悔の念に駆られた。「俺はいったい何をしてるんだ。兄さんには大恩があるというのに」そう思って馬の腹を蹴った。

ドゥッカル・ツェランが尾根を越えた途端、銃声が響き、こだまが広がった。尾根の日おもてにいた鳩の群れが一斉に飛び立ち、空を旋回すると、日陰の方に舞い降りた。チキョン・タシは馬の腹を蹴り、鞭をふるって一気に駆け上がった。彼の脳裏には幼いころ兄が手を引いてくれたことやおんぶをしてくれたこと、口づけをしてくれたこと、頭をなでてくれたこと、服を買ってきてくれたことなどが次々と浮かび、背負っていた銃を手に取るのも忘れていた。彼方から銃弾が飛んできても怖くなかった。峠を越えた瞬間、またしても銃声が鳴り響き、こだまが広がった。尾根の日陰側にいた鳩の群れはまた一斉に飛び立ち、空を旋回して日おもてに舞い降りた。

夏の盛りの昼日中の出来事だった。地球はいつも通り回っており、鳥や虫は相も変わらず歌を歌っていた。

数日後、女が何やら荷を載せたヤクを引いて、峠の向こうからやってきた。リンチェンキだ。ヤクの体の両脇で強烈な臭いを放っているのはドゥッカル・ツェランとチキョン・タシ兄弟の遺体だった。

美僧

一

チベット暦の十月も終わりに近づいていた。雪がしっかり降ったせいで真冬の十一月かと思いまがうほどの寒さだ。日が暮れると黒雲が空を厚く覆ってきて、さらに寒さが身にしみる。ゲンドゥン・ジャンツォは実家のほうの空を眺めながら用を足し、ぶるっと体を震わせた。橙色の表地をつけた仔羊皮の上着を着こんでいた彼は、袖口を合わせて両手をすっぽり覆うと、足取りも重く山のふもとへと下りて行った。七、八歳くらいの子供が二人、炒り麦を一握り口にほうりこんでもぐもぐやりながら、ゲンドゥン・ジャンツォめがけて走り寄ってきた。甥っ子たちは「お坊《アク》さん、おかえりなさい！　荷物はぼくたちが運ぶね」と言って、彼が背負っていた黄色い頭陀袋《ずだ》を受け取り、取り合いっこをしながら家まで運んでいった。

家では兄嫁が一人で炒り麦を挽いていた。他に誰もいなかったのでゲンドゥン・ジャンツォは、「おふくろは出かけているのかな」と訊いた。

「お姉さんのところに行ったわよ。何日か戻らないんですって」兄嫁はそう答えると、さっと立ち上がり「あら、顔色が悪いじゃない。病気でもしたの?」と言った。

心千々に乱れていたゲンドゥン・ジャンツォは兄嫁の言葉で落ち着きを取り戻し、「いや、なんでもないよ」と言いながら腰を下ろそうとした。すると、突然外から足音と馬のいななきが聞こえてきた。子供たちが声をそろえて「お父さんが帰ってきた!」と叫びながら先を争うように飛び出すと、彼の心臓は再び波打ちはじめた。

「おや、ひどい顔してるな。どこか悪いんじゃないか?」兄のゴバはゲンドゥン・ジャンツォを目にしたとたん驚いたような声をあげた。

「違うんだよ。ぼくは……悪いところはないんだ。ぼくは……兄さんこそ……」

「俺か? 俺は食糧を取りに戦場から帰ってきたんだ」

「そうか。戦場……襲撃があったのか」

「そうさ。昨晩もあの村の盗賊連中が俺たちの第二隊のキャンプを襲いやがったんだ。でもな、仏様のご加護で死傷者は出なかった」ゴバは腰を下ろしつつ、「お前、本当に顔色が悪いぞ。どう見ても病気だろう」と言った。

「ぼく……兄さんに話があるんだけど……」

「ゴバ、帰ってきたのかい？　おや、お坊さんもお戻りだね」近所に住む男が杖をつきながら入ってきたので、二人は立ちあがった。

男は「お坊さん、まあまあお掛けになって。二人とも座ってくれ」と言いながら、自分も地べたに腰を下ろし、杖を放り投げた。その様子からは、もう杖など無用と言わんばかりであったが、さすがにそれはやり過ぎたと思ったらしく、男は杖を自分のほうに引き寄せた。杖をついている姿からするとずいぶん老けて見えるが、実は男はまだ五十になってもおらず髪もまだ黒々している。しかし、二年前の草地争いの際にふくらはぎを撃たれ、応急処置もできなかったため、いまだに杖に頼らざるをえないのだ。

「盗賊村にまたやられたんだってな」

「昨晩また第二隊を襲撃されたんです。仏様のご加護で死傷者は出なかったんですが。今日は県の役人と武装警察の部隊も来ているから、お互い手を出せないでいますよ」

「あの盗賊連中め……」男は思わずこぶしを膝に叩きつけたが、さすがに激痛が走ったようで、「あいたたた……」とうめき声をもらした。そして少し間を置いてから尋ねた。「お前さんたちはまた戦地に行くのかい？」

「あいつらが攻めて来なけりゃいいんですけどね。こちらから向こうを襲うなんてことはしやしませんよ。俺らは戦場でうつむいて歩いているだけ。顔をあげたが最後、炒った豆がはじけたみたいに銃弾が飛んでくるのがおちです。盗賊村のほうがうちより上等な武器を持っていることはご存知の通りです」最後の一言は男の恐怖心や苦しみ、怒りを一気に煽ったようで、男は下唇をひきしめた。ゴバは続けて、「俺たちは高地にいるからちょっとばかり地の利があるってだけなんです。それだって、冬が深まってくるにつれて山の寒さは厳しくなるばかりで、とても耐えられるものではありません。あれだけ寒けりゃ、相手の攻撃を防ぐどころか、凍えちまって自分の体を支えることすらできなくなる。まったく、しんどいもんですよ」と言いながら、熱い茶を何口かすすった。

「そうか、あんたたちにはとんだとばっちりだな。しかし、盗賊村の連中にあれほどの人数の村人を殺されておいて、その賠償金も払ってもらえないのに、そのうえこちらの土地を奪われることなど、これっぽっちもあってなるものか。わしの足がこんなでなかったら老骨に鞭うってでも戦いの場に行ったのだが。金さえあれば……」

「ヤクと羊を売ったらいくらになるんでしょう？」

「近頃はどうしようもないくらい安いさ」

「そうですか。ともかく何頭か売らないことには弾丸も買えやしない」

「ああ、そうだな。わしのところにも何発分かはあるから持って行ってくれ。お前さんたちの親父が殺された賠償金がとれなくとも、せめて盗賊村のやつら数人と馬数頭かを殺して脅かしてやりたいよ。聞いたところでは、とんがり頭のゴンポの家には回人が銃を売りに来て、安く譲ると言っていたらしいぞ。それはそうと、アラク・ドンは今はどちらにいらっしゃるのかな？」男はふいにゲンドゥン・ジャンツォのほうを向きなおり、「お坊さんたちのカルマは清らかだから、戦場など目にしないほうがいい。あれは本当に地獄そのものだ。もし出家していなかったら戦場に行って恐ろしい目にあっていただろう。命の保証だってない。おやおや、いつも美しいお坊さんのお顔も今日はひどく血色が悪いね。病気でもされたのかな?」と言った。

ゲンドゥン・ジャンツォは目鼻立ちの整った、色白で黒髪の美青年であった。チベットの詩に謳われる女神サラスヴァティーへの賛辞にあるように欠点を探すだけ無駄の骨折りとでも言うべき美しさだった。周りの人たちは自然と彼を「美僧」と呼ぶようになり、僧院の仲間たちもそんな彼に、「お前は仏の三十二相八十種好を備えているから、きっと素晴らしい高僧《ラマ》の生まれ変わりに違いない。将来、俺たちを見捨てないでくれよ」などと言っていた。後半は冗談まじりではあったが、前半も嘘だなどと断言できる者はいなかった。村の娘たちは娘たちで「彼を還俗させることができたら、死んだ後に地獄に堕ちて、真っ赤に焼けた銅の馬に乗せられても悔いはないわ」などと陰で言ってはきゃっきゃと笑い、「やあね、冗談よ、オン・バザラサッタ……」と金剛薩埵《さった》の真言を口にして懺悔したものだった。彼が六、七歳の時、家にラマを招いたことがあった。ラマはゲンドゥン・ジャンツォを目にしたとたん、「なんと美しい子供だ」と頭をなで、「おたくの子を穢さぬようにしなさい……うーむ……一番いいのはこの子を出家させることだ」と言ったので、父親はたいそう喜び、ほどなくして息子を出家させた。今のところなんら抜きん出た点は見受けられなかったが、その美貌と温和な性格のため、知性や勤勉さに欠けていることも帳消しとなり、人々の羨望と尊敬の的となっていた。

その頃と比べると今日のゲンドゥン・ジャンツォの顔色はひどいものであった。以前の肌の輝きはどこへやら、今はすっかり青ざめてまるで灰のような色をしている。とりわけ兄と近所の男の会話が彼を一層滅入らせ、さらなる恐怖心を植えつけた。彼はできるだけ平静を保とうとしたが、どうにも落ち着かずにため息ばかりつく始末で、結局その夜は寝つくこともできず、翌朝にはさらに顔色が悪くなっていた。それを見た兄は「ひどい顔だぞ。アラク・ドンに祈禱していただくか、医者にでも見せないとな。きっとどこか悪いに違いない」と言うと、いくばくかのお金を彼の手に押し込んで出かけてしまった。

ゲンドゥン・ジャンツォは思わず自分の顔を触ってみたが、すぐさま馬に乗った兄を追った。「おっと、そうだったな」兄はあわてて馬を止めると「俺に話したいことがあるって言ってたよな」と聞いた。ゲンドゥン・ジャンツォは喉から心臓が飛び出しそうになり、息もとまりそうな程だったが、ぐっと唾を飲み込み「ぼ、ぼくは……兄さん……兄さんこそ……気を付けて。怪我しないで」と言った。

「なんだ。そんなことか」

「いや、うん、そ、そうなんだ……それだけだよ」

「俺のことは心配するな」

ゲンドゥン・ジャンツォは兄の後ろ姿を見送りながら心中では、「長々苦しむくらいなら、一刀両断に片を付けてしまったほうが楽だったのに。最悪でも兄さんに鞭で打たれるくらいですんだだろう。正直に告白しておけばこの苦しさから少しは逃れられたのに」と思い、兄に真実を告げられなかったことを悔いてため息をつくばかりだった。

二

夕暮になり、ゲンドゥン・ジャンツォは再び県都に戻ってきた。袈裟を頭からかぶり、あてどもなく街頭をさまよっていた。朝方粗末な食事を口にしたきり、昼も晩も何も食べていなかったが、空腹ひとつ覚えなかった。日もとっぷり暮れ、いつのまにやら彼は「赤いネオンの酒場」に入っていった。酒は辛い気持ちを消しさってくれるという話だからひとつそれを試してみようと思った。

若い娘が近づいてきて彼の隣に腰を下ろすと、「まだ僧衣を脱いでいないのね」と耳元でささやいた。

「いいから酒を持ってきてくれ」

娘は驚いた様子で立ち上がったが、またゆっくりと座り直し「お酒が飲みたいなら私の部屋に来ればいいじゃない」と言った。

ゲンドゥン・ジャンツォは娘の部屋など行きたくもなかったので、席を立って別の店に行った。二、三時間経って娘の酒場に戻ってきた頃にはすっかり酔っぱらっていた。酒は彼の後悔の念を消してはくれず、むしろこの娘と一緒にいたいという思いがいやましに増すばかりだった。

実はこの数日間というもの、後悔と恐怖にさいなまれながらも、彼女のことを片時も忘れることはなかった。時に憎らしく、時に愛おしくも感じられた。結局彼女が好きなのか嫌いなのか自分でもわからぬまま、ただ彼女と一緒にいたいという気持ちだけがあらがいようもなく高まっていた。娘のほうも彼にぞっこんのようだった。初めて会った時から、「私はこんな仕事をしている女だから、お金さえもらえば誰とでもつきあってきたけど、あなたみたいな素敵な男の人を見たのは初めてよ。正直言ってあなたに一目惚れしちゃった。でも私はお坊さんを破戒させたことはないし、これからもしないと思う。あなたは普通のお坊さんではなさそうね。お願いだから、もうこんなことしようと思わないで」と切々と訴えていた。

それを聞いたゲンドゥン・ジャンツォは狂おしいほどの欲望に駆り立てられ、すぐにでも娘をものにしたいという衝動が抑えられなくなった。娘と関係をもってそれで死ぬはめになったり、死んで地獄堕ちになったとしてもそれはそれでかまわないではないか。そこで彼は「実はぼくはすでに破戒しているんだ」と嘘をついた。

「それならなぜまだ僧衣を着ているの?」

「昨日、破戒したばかりなんだ。今は着るものが他になくて。明日には実家に戻って俗人の着物に着替えようと思っている」

「洋服を着ればいいのに。還俗したらみんな着ているじゃない」

「ぼくはこれまで洋服なんて着たことがないし、これからも着るつもりはないよ。ねえ、もうじらすのはやめにしてくれないか」

娘はお金をとらなかった。ゲンドゥン・ジャンツォはそのことに感動すら覚えて、「可愛くて心の優しい女の子がこんな仕事をしてちゃいけないよ。結婚相手をみつけてまっとうな生活をしたほうがいいよ」と愛情をこめて諭した。

「そうね……でもこんな仕事をしていたら結婚相手なんてみつからないわ。いい相手なんてなおさら」

「還俗坊主と娼婦か。お似合いだと思わないか?」彼は冗談めかして言った。そして、自分の僧院にいた僧が還俗して娼婦と結婚し、今では子供もいて人並みの生活をしているという話をした。

「私をからかってるの?」

ゲンドゥン・ジャンツォは自分でも冗談なのか本気なのか分からなくなっていた。とにかく明日実家に帰って皮衣に着替えて来ないことにはどうしようもない。だが次第に彼は後悔しはじめてもいた。僧衣を脱いだら戦いに行かなければならないことに彼は初めて気づいたのだ。子供のころから暖かい僧房に慣れきっていたので、たまにテントに泊まると寒くて寝つくこともままならなかった。戦いよりも耐えられないのは、強風吹き荒ぶ海抜四千メートルの山で寝なくてはいけないことだ。それに、戦いが終われば、風雨の中、家畜を追い、狼のようにうろつきながら放牧しなくてはならない。全ては食べていくためだ。それが還俗した今の現実であった。よくよく考えてみれば、賢き出家者たちが家庭を捨て、世間の喧噪を離れようとするのも、母なる衆生のためだけではないのだろう。脱走兵でもみるかのように世間の嘲笑と軽蔑の的となるだけでなく、惨めな死に方をすれば自分の来世はいったいどうなることやら……。

「ああ、ぼくはなんて馬鹿だったんだ」激しい後悔にさいなまれたゲンドゥン・ジャンツォは「心の腐った女め。魔女のようなやつだ。お前は酷い女だ……」と口走ると、涙を流しながらこぶしで自分の胸をひたすら叩きつづけた。

「戒律を守ってないって言ったのはあなたじゃないの」

「嘘なんだ。自分にも嘘をついたんだ」

「まあ、なんてことを。それなら、あなたこそ酷いことしてくれたわね。私も来世に行くところがなくなっちゃったわ」

「娼婦風情にろくな来世があるわけないだろ。お前は死んだら糞尿や血膿の地獄に堕ちるんだ」

娘は腹を立てることもせず泣きながらゲンドゥン・ジャンツォの体に頭を預け、「後悔なんてしてないわ。全然してない」と言った。

ゲンドゥン・ジャンツォも娘の頭を掻き抱き、「ぼくも後悔なんてしてないよ」と言った。実際もう時すでに遅しであって、後悔したって意味はない。そうさ、還俗した者などごまんといるではないか。それにこの娘はとても魅力的だし、そもそも世の中で最も魅力的なものは女だともいう。女のために命を投げ出す者さえいるじゃないか、などと思ってはみたが、ほどなくしてまた後悔の念が押し寄せてきた。とくに酔いが醒めると「ぼくはいったい何をやっているんだ」と自責の念に駆られ、絶え間ない後悔と恐怖の念にさいなまれるのだった。こうして彼は全てを忘れるために酒に溺れていった。

三

「男はだいたいタシという。タシの大半は商売人だ。女はだいたいラモという。ラモの大半は娼婦だ〈タシ、ラモはそれぞれチベットの男と女によくある名前〉」そんな戯言が巷では流行っていた。ゲンドゥン・ジャンツォの恋人の名はラモではなくラツォだったので彼はほっとした。ラツォは「赤いネオンの酒場」の奥に小さな部屋を借りて住んでいた。その部屋の半分は大きなベッドに占領され、枕元の棚には化粧品の他に、『ニセル僧院の歴史』という黄色い表紙の本が置かれていた。その本はこの部屋にはいかにも不釣り合いだったので、ゲンドゥン・ジャンツォはどうしてこんな本がここにあるのか彼女にたずねた。

「これは数日前に旅行に来ていたお客さんが忘れていったのよ。捨てようかとも思ったんだけど、お寺やラマたちの写真が載っているから捨てたら罰が当たると思ってやめたの」

その部屋は一見、清潔なようであったが、中は吐き気を催すような悪臭がした。ゲンドゥン・

ジャンツォは、それは男たちの精液の臭いに違いないと思い、お香を何度も焚きしめたが臭いを消しさるのは難しかった。そのためか、彼がその部屋にいる時間も次第に短くなり、他の酒場やビリヤード場、映画小屋などにいりびたるようになった。そこにも、きれいな「女神《ラモ》」はいたが、ラツォほど優しくて魅力的な娘はいなかったので、夜ごとうろつきまわっては、最後にはラツォのもとへと戻ってきた。しかし、いつもしたたかに酔っており、お前は腹黒だ、邪《よこしま》だなどと彼女をののしった挙句、おいおい泣き出してはこぶしで胸を叩くのが常だった。ある時などは「ぼくはこんな生活はもうしたくない」「こんなことしていても何の意味もない」と言って、自殺未遂までする始末だった。

ラツォも手を焼いて、「死にたいならよそで死んでちょうだい」と一旦は突き放してみたものの、ゲンドゥン・ジャンツォを抱きしめると「お願い、そんなに自分を責めないで。還俗したお坊さんはあなた一人じゃないのよ。そこらのお坊さんはもちろん、ラマだって大勢還俗しているじゃない。みな後悔なんかしてないのに、どうしてあなた一人が苦しまなきゃいけないの？　もう僧衣は脱いでお酒もやめて。二人で小さいお店か宿屋でもやって暮らしていきましょう」と愛情の限りをつくして慰めた。

「違うんだ。お前はなんにもわかってない。僧衣を脱いだら、銃をもって戦いに行かなくてはならないんだ。戦いに行ったらうちの親父を殺したやつらがいる。ぼくはそいつらのもとに向かわなくてはいけない。戦地へ行けば盗賊村の連中の武器のほうが上等だから……ああ、お前は全然わかってないんだ。はあ」

「なんだ……そういうことだったのね」

「そうさ。ぼくは還俗坊主でもあり腰抜けでもあるんだ。もうわかっただろ？」

「それなら……私の故郷に行きましょうよ」

「チュカル県出身だって言ったよな」

「そうよ」

「はあ。まさにそこに親父を殺したやつがいるんだよ。うちの村とはまだ戦いの真っ最中だ」

「あら、そうなの？　それなら他のところに行けばいい」

ゲンドゥン・ジャンツォはわかったというふうに肯いた。話しつづける気力もなくなり、ただただ眠ってしまいたかった。

ゲンドゥン・ジャンツォは毎朝、寝床の中で『ニセル僧院の歴史』を読んでいた。それは憂さ晴らしでもあり暇つぶしでもあった。その本はカム地方〈東チベット〉のニンマ派のある僧院の歴史について書かれており、僧院の貫主はニセルという偉大な成就者ということであった。口絵にはその方の写真があり、そこに写った顔はなんと彼と瓜二つだった。そのラマは、今から二十五年前の、ちょうどゲンドゥン・ジャンツォが生まれる前年に御年二十五歳で亡くなっていた。ラマが大きな岩に打ち込んだ金剛橛《けつ》が、今僧院の大事な宝物となっているのだそうだ。

ゲンドゥン・ジャンツォの美貌はかつての輝きこそ失っていたが、逆に今は、艶やかに伸びた黒髪が、みなの注目の的となっていた。ビリヤードをしている時も、ポルノ映画を観ている時も、酔っている時も、彼をじろじろ見てくる者は少なくなかった。そのため彼は、町中をぶらつく気力も失せ、もう外に出るのはやめようと決意した。しかし、男たちの精液の臭いがしみついたラツォの部屋に一日中いると、牢屋にでもぶちこまれている気分になってくる。それで結局、深いため息をつき、「俗世は悪霊の牢獄というが、まったくそのとおりだな」ともらしながらも、外出することになるのだ。まず、ビリヤード場に行った。それは彼が還俗する前から慣れ親しんだ場所だ。このちっぽけな町では彼に敵う相手もいないので、賭け金を失うこともない。対戦相手にまったく隙も与えず、カランカランと心地よい音をたてながら球を一つずつ穴に落としていると、彼は自分の置かれたみじめな状況もしばし忘れることができた。しかしほどなくして彼のまわりに人だかりができ、じろじろと見られているのに気づくと、いたたまれなくなり、玉突きもそこそこに袈裟で顔を覆ってその場を後にするのだった。しかし、一度酔いが回れば、そんな慎み深い姿もどこへやら、風に揺れる灯明のようによろよろと道を歩いていたかと思うと、引きずった袈裟に足をとられて地面にひっくり返ったりする。それから支離滅裂なことを口走ってはいずり回っては、口に指をつっこんで吐いたり、うめき声をあげてその辺に倒れて眠り込んだりするのだった。

自分が誰かに見られているのに気付くと、彼は地面をのたうちまわり、「見世物じゃないぜ。同じ人間じゃないか。酒飲みの坊主はぼく一人じゃないだろう？　還俗したのはぼくだけじゃないだろう？　ほ、ほら……アラク・ドンだって煙草は吸うし、酒は飲むし、嫁さんだってもらって子供までいるじゃないか。そ、そ、それなのにまだ五仏の冠〈五仏をかたどった宝冠〉をかぶって灌頂をしているのさ。そうさ……見物したいなら奴を見に行くがいい。さあ、行った行った」と手であっち行けをした。

「なんてひどいことを！　ろくでなしが」「下品にもほどがある」「御仏よ、助けたまえ。こいつがもし僧衣を着てさえいなければ痛い目にあわせてやったのに」と、人々から怒りの声がもれた。

ちょうどその時、ラツォがどこからか駆け寄ってきてゲンドゥン・ジャンツォを力ずくで三輪タクシーに押し込み、家に連れ帰った。そのままベッドに寝かされ、僧衣についた吐瀉物を取り除いてもらい、土埃を叩《はた》かれると、冷え切った心も彼女の愛のぬくもりに癒されたようで、彼はさめざめと涙を流しはじめた。そしてしまいには「ぼくたち結婚しよう。誰がなんと言おうと結婚しよう」と口走るのだった。

ラツォはそんな台詞には慣れっこだったので、相手にもせず「とにかく寝てちょうだい。結婚のことは素面になってから話しましょう」と言った。夜が明けると、ゲンドゥン・ジャンツォの酔いは醒めていたが、またもやあの嫌な臭いが鼻をついてきた。結婚のことはおくびにも出さず、自分の昨日の愚行を思い出しては後悔していた。『ニセル僧院の歴史』をひっくり返してもみたが、小さな本ゆえほとんどそらんじてしまったので、今さら読もうという気にもなれなかった。彼は深いため息をつくと、寝床から起き上がった。

四

日に日に寒さが増してきて、今や昼になってもさほど気温はあがらない。時おりどこからともなくつむじ風が吹いてきて町中のあちこちに落ちている白いビニール袋を空に巻き上げていた。用もないのにスロットル全開でバイクを乗り回していた牧畜民の青年が、道端で豚とぶつかった。バイクは歩幅にして十歩分ほどスリップし、青年も五、六歩分ほど宙を飛び、ちょうど便所の下から出てきた別の豚の背中の上に落ちた。幸いにして青年もバイクも無事だったが、青年は豚と同じ鼻の曲がりそうな悪臭を放っている。人々は手で鼻を覆い、遠巻きにして嘲笑《あざわら》っていた。

ゲンドゥン・ジャンツォもその光景を目にし、思わず顔をほころばせた。それは彼が戒を失って以来、初めてみせた笑顔だった。残念なことにその笑顔も長くは続かなかった。袈裟を頭に巻きつけ、目だけ出した若い僧が数人、彼の姿をみつけて後をつけてきたからである。

今日は冷え冷えとしているうえに、天気もさしてよくなかった。ゲンドゥン・ジャンツォはビリヤード場には行かず直接酒場に入っていった。彼をつけてきた僧たちは酒場には入って来ず、通りの向こう側の茶館の窓からこちらをうかがっていた。

ゲンドゥン・ジャンツォが千鳥足で店を出た時には午後五時をまわろうとしていた。風が吹き荒れ、町中を歩く者もまばらだった。僧たちも気づき、袈裟を頭から被って外に出て彼に近づいてきた。僧の一人が「お坊さん、袈裟を引きずっていますよ」と話しかけながらゲンドゥン・ジャンツォの袈裟の端をつかむと、一気に彼の頭をぐるぐる巻きにした。

ゲンドゥン・ジャンツォは何が起きているのかわからず、目を覆っている袈裟をどけようとしたが、誰かに両手をぎゅっと握られ、身動きもできなかった。彼はわけもわからず、なされるがままどこかに引きずられていった。いくら叫んでも吹き荒ぶ風にかき消され、自分にも聞こえない有様だった。あらん限りの力で暴れてみても腕をつかんでいる者たちは岩山のようにびくともしなかった。

そういえば昨日彼はこんな夢を見た。彼は数人の僧に捕まり、僧院の集会堂か、はたまたアラク・ドンの邸宅とおぼしき建物まで連行され、僧衣を荒々しく剥ぎ取られ、丸裸にされた。そこへアラク・ドンが現れて、木の匙で彼の秘部をひっくり返してはためつすがめつ眺めまわし、最後に満面の笑みで、「破戒していないぞ」と宣言した。

すると僧たちはさっと彼から手を離し、たいそう恭しく僧衣を着せながら非礼をわびた。

彼は嬉しさと感動のあまり涙がこぼれた。本当は戒を破っていないんだと思うと、喜びもひとしおだった。しかしラツォと別れるのは嫌だと思って、彼女を思い切り抱きしめた。すると眠っていたラツォは目を醒まし、そのラツォに何度も呼ばれて彼も目を醒ました。体はほてり、汗をびっしょりかいている。そして彼は再び苦悩の崖に突き落とされるのだった。

そんな夢をよく見ていたので、これは夢か、それとも本当に閻魔大王の使者に連れられて来世に来てしまったのだろうかと思った。と同時に「いやまさか、外は見えないが人間界にいるのは間違いない。誰かにからかわれているんじゃないか」とも考えた。ちょうどその時、歩みが止まった気配がし、「おい！ 還俗しても僧衣を着続けてるやつがあるか。そんな恰好してお前はどうかしてる」という声がした。

ふいに風が穏やかになったので彼はその言葉をはっきりと聞き取ることができた。

「お前はなぜ神聖な僧衣を穢すんだ。僧衣になんの恨みがあるっていうんだ」まるで女のような声をした男が彼の胸ぐらにつかみかかってきた。

ゲンドゥン・ジャンツォはこれは夢でも死後の世界でもないことをようやく悟り、何かを言いかけた。その瞬間、彼の胸ぐらをつかんでいた手が喉首を締め上げてきた。「この野郎、アラク・ドンまでののしりやがって。今日という今日は容赦しないからな」という声とともに、顔にこぶしがめりこんだ。視界はちかちかし、口の中には血の味が広がった。

「これでもまだラマをののしる度胸があるのか？」別の男の声がして、今度はみぞおちに強烈なパンチをくらった。あまりの痛みに腸がちぎれるかと思った。体から力がぬけ、彼はその場にへたりこんだ。

「畜生め、これでも喰らえ」何か固いものがゲンドゥン・ジャンツォの後頭部を直撃し、彼はそのまま気を失ったのである。

ゲンドゥン・ジャンツォが意識をとりもどした時には日もとっぷりと暮れていた。ぼんやりとした月の光を頼りに自分が細い路地に倒れていることはわかった。体は冷え、頭は割れるように痛み、喉は渇き、口の中は血の味さえした。しばらくして頭を触ってみると、ぬるぬるしたものにまみれていた。どう考えても血だと気づくと恐ろしくなった。全力を振り絞って起き上がろうとするも、体より頭が重い。どうしても、手足で全身を支えることができず再びその場に倒れこんだ。もう一度頭を触ってみると後頭部からはまだ出血している。指二本分ほどの傷口があるのがわかり、さらに怖くなった。

「戦場に行ったってこんなひどい目にあうはずはない。もう僧衣は脱ごう」そう思って額を地面につけたまま苦しさのあまりうめき声をあげていると、足音が聞こえてきた。両手で支えてなんとか頭をもたげると足音がさらに近づいてきて、懐中電灯で照らされるのと同時に「おい、人が倒れてるぞ!」という男の声がした。

すると今度は女の声で「まあ、お坊さんじゃないの」と叫ぶ声がした。

ゲンドゥン・ジャンツォは暴漢に襲われたことを二人に話し、三輪タクシーを呼んでくれと頼んだ。二人はタクシーを呼ぶと病院まで送ると申し出たが、彼はそれを断った。

ゲンドゥン・ジャンツォは運転手に、「『赤いネオンの酒場』にやってくれ」と言った。

「どうしたんですか。お坊さんの行くような場所じゃありませんよ。病院に行ったほうがいい」

「いいから、ぼくの言う通りに行ってくれ」

五

ラツォが買ってきた洋服一式を身に着けて髪をとかすと、ゲンドゥン・ジャンツォの美貌は正真正銘の僧だった時と変わらぬものがあった。ただ、頭がしきりに痛み、しばしば立ちくらみがして倒れそうになるので、ラツォに連れられて病院に行くことになった。

二人が病院に着くと、いつもと違ってごったがえしていた。泣いている者もいれば茫然と立ちつくす者、忙しく立ち働く医者たちを追い掛け回している者もいた。ゲンドゥン・ジャンツォは彼らには目もくれず、犯罪者よろしく顔を伏せたまま、外来の待合室に入っていった。怪我人がそこここに倒れており、苦しそうにうめき声をあげている。ある男は右胸を撃たれ、呼吸のたびに銃痕から赤い泡が吹き出したり引っ込んだりしていた。そばにいた二十歳くらいの青年は左肩を撃たれ、肉がぱっくり口を開けていて、まるで花が咲いているかのようだった。ゲンドゥン・ジャンツォは、寒地獄の蓮〈寒地獄に堕ちたものは全身が寒さのため蓮の花のように裂けることから〉とはこのようなものに違いないと思って、思わず「三宝よ、お助けを」ともらした。それは、還俗以来初めて口にした祈りの言葉であった。頭を帯でぐるぐる巻きにした男は真冬の冷水に飛び込んだかのようにぶるぶる震え、何度か息をしたかと思うと急に動かなくなってしまった。彼の頭を抱いてやっていた男が「おい、サンバ、サンバ！」と呼びかけながら男を揺さぶり、大声で「おい、医者はまだか？　医者はどこにいるんだ？　医者は？」と叫んだが、相手にする者などいなかった。男はその怪我人を、というか遺体を後ろの壁にもたれかけさせ、あちこちの部屋を探し回ったあげくようやく医者をみつけると強引に連れてきた。医者は左手を白衣のポケットにつっこんだまま、右手の親指と人差し指で、首のがくんと折れたその男の目を開けてさっと確認し、続けて喉に軽く手を触れると、「もうだめだ」と言った。

男は医者にしがみつき、目をかっと開いて「何だって！」と叫んだ。

「だめだ。もう息をしてない」

男は手を緩めると、急に思い出したかのように「おい、おい、アラク・ドンはどこだ。どこにいらっしゃるんだ」とわめいたが返事をする者はいなかった。そこへ別の男がすっとんできて、女の悲鳴のような声で「お医者さん、早く早く！」とせきたてながら医者を連れていってしまった。特徴あるその声はゲンドゥン・ジャンツォに何かを思い出させた。我に返ってあたりを見回すと、そこにいたのはみな同郷の者たちだった。死んで首を垂れている男は子供の時一緒に仔ヤクを追ったサンジェキャプだった。

ゲンドゥン・ジャンツォが急に兄のことが気になり出してうろうろしていると、さっきの医者が怪我人に酸素を吸わせていた。怪我人はベッドに横たわり毛布にくるまれていたので傷口こそ見えなかったが、白目をむいたまま、まるで回人の屠畜人に喉をかき切られた牛のような、間隔の長い荒い息づかいをしていた。

ゲンドゥン・ジャンツォはもう一度祈りをささげ、待合室も病室もくまなく探したが、幸いなことに兄のゴバも親戚も見かけなかった。彼は他にも死傷者はいるのか誰かに聞きたくなったが、今の自分の立場を思い出し、長居はできないと悟り、そそくさと病院を出ることにした。そして外に出ると深いため息をつき、ゆっくりと歩きだした。

「これはいったい何なの？」恐ろしさのあまりゲンドゥン・ジャンツォにしがみついていたラツォはようやく口を開いた。

「チュカル県のやつらの仕業だ」

「ターラー菩薩よ、お助けを」

「お前がチュカル県出身だと知ったら、肉と皮のミンチにされるかもしれないぞ」

「無理もないわ。でも怖い」

「ぼくだって怖いさ。本当に怖い」

「草地争いってなんて醜いのかしら」

「輪廻の世界なんてこんなもんさ」

あの日襲われて以来、ゲンドゥン・ジャンツォは僧衣を脱いで酒をやめることを決心した。戒律を完全に失ったのだから、僧衣を穢すわけにいかない。僧とも俗人ともつかぬ、人とも魔物ともつかぬあいまいな存在にすぎない。戦いに行くことになっても後悔はない――。そう思って僧衣を脱いだのに、たった今病院で目にした身の毛もよだつ光景にすっかり気勢もそがれ、ラツォの部屋に帰るやそそくさとまた僧衣を身につけた。兄や親戚を心配する一方、自己嫌悪で心は荒み、彼はすっかり落ち着きを失っていた。はてはラツォに酒を買ってこいと命令する始末だった。

「飲まないとだめなの？　困ったわねえ……お金もあんまりないのよ」

ゲンドゥン・ジャンツォと出会って以来、ラツォが客をとっていないことは彼にもわかっていた。それに家賃や食費は全て彼女もちだった。さらには酒や洋服などを買わせたことも思い出し、「そうだな。このいまいましい金が……」と言って彼はため息をついた。

ラツォはゲンドゥン・ジャンツォをなだめるように「でも、まだお酒を買うぐらい心配いらないわ。買ってきてあげる」と言うと立ち上がった。

「いや、もういいんだ。飲みたい気分じゃないし。今後も一切飲むつもりはないよ」

六

いつの間にやらその部屋からはゲンドゥン・ジャンツォの毛嫌いしていたあの臭いも薄れてい

き、今では自分の家も同然、愛着さえわくようになっていた。

週に一度「赤いネオンの酒場」に来てはただで泊まっていく、紙より白い顔をした公務員は警察官だったのだろう。今日の昼間、その男が警官の制服姿で「赤いネオンの酒場」にやって来て、女将にひそひそと耳打ちをして出て行った。その後女将は酒場の「女神」たちを集め、「今晩は公安局の抜き打ち捜査が入るよ。みんな、落ち着いてしっかり仕事するんだよ。客はとっちゃだめだ」と言った。そのためゲンドゥン・ジャンツォも外の宿に泊まることになった。

都会へ行くとホテル側がチベット人たちを同じ部屋に泊まらせるように、県都の宿では僧はまとめて同じ部屋に泊まらせる。ゲンドゥン・ジャンツォに用意された部屋にはすでに二人の老僧がいた。彼らはカム地方から来たのだと言った。

「ニセル僧院に行かれたことはありますか？」ゲンドゥン・ジャンツォは何気なくそう聞いた。

「私たちはまさにその僧院から来たのです」

ゲンドゥン・ジャンツォはそれを聞いて嬉しくなり、「そうなんですか。ニセル・ラマが金剛橛《けつ》を打ち込まれた岩はまだそのままなんでしょうか？」と聞いた。

老僧の一人が急に立ち上がり、声をひそめてもう一人に「おい、よく見るんだ。もしかしてこのお方は……」と言いかけ、今度はゲンドゥン・ジャンツォに「ニセル僧院にいらっしゃったことは？」と聞いた。

「ありません」

「おいくつですか？」

「二十五歳になります」

二人の老僧は驚きのあまり口をぽかんとさせてお互いの顔を見合わせていた。ちらちらとこちらをうかがってくるので、ゲンドゥン・ジャンツォは少々居心地が悪くなり、「お二人は……」と言いかけると、老僧たちははっと何かを思い出したかのような顔をして、一人があたふたと大きな背負子《しょいこ》をがさごそやりだした。そして一枚の写真を探しあてると、おずおずとゲンドゥン・ジャンツォの前に持ってきた。

ゲンドゥン・ジャンツォはその写真を見たとたん、「そうです。これがニセル・ラマです」と言った。

老僧たちはじっと顔を見合わせるとそのまま固まってしまった。そのうち年長の僧が支離滅裂なことをべらべらと語り出したが、言いたいことを伝えられず額と鼻の頭から流れる汗をきまり悪そうにぬぐうと、さらにしどろもどろの口上を続けた。年の若いほうの僧がその言葉を遮って、意を決したようにゲンドゥン・ジャンツォに「後頭部をちょっと拝見してもよろしいでしょうか？」と言った。

ゲンドゥン・ジャンツォは自分がまたつまらぬ幻想か夢まぼろしの中にいるのだろうかと思って、無意識に後頭部の傷跡をさわりながら、さも不思議そうに二人を交互に見た。

「あの……実は代々のニセル・ラマは頭の後ろに龍の印があるんです」

ゲンドゥン・ジャンツォは自分の後頭部をもう一度触ってようやく全てを理解した。驚いたことに彼は老僧たちよりもあわてふためいた様子で「いや、違う、違う。これが龍の印のわけがない」と言って立ち上がった。

老僧たちは目配せをしあうと、今度は狂ったようにゲンドゥン・ジャンツォに飛びかかってきた。ゲンドゥン・ジャンツォはうめき声をあげながら精一杯振り切ろうとしたが、不思議な力によって縄でもかけられたかのように彼らの腕にとらえられてしまった。二人は彼の後頭部をちらっと眺めてからぱっと手を離し、「何か他に確かめておくことは？」とささやきあっていた。

「ラマよ、誓約仏よ、空行母《ダーキニー》よ、護法神よ、感謝いたします！　任務が無事成功いたしました！」

若いほうの僧はゲンドゥン・ジャンツォに三度五体投地をし、足にすりつけるように額づくと、感極まってぽろぽろと涙をこぼした。

年長の僧も三度五体投地をし、カターの上に札束を置きゲンドゥン・ジャンツォのほうに進み出てきたので、彼はさらにあわてふためき、怖くなった。そして「やめてくれ。誤解だ！　ぼくが化身〈高僧の生まれ変わり〉であるはずはない！」と言うと、さらには自分が本物の僧ですらないことを正直に伝えた。しかし、二人の僧は全く聞く耳をもたず、先代のニセル・ラマが亡くなってから二十五年間は化身を探す必要はないこと、その時になれば二十五歳になる化身をどの方角に探しに行けばよいかなどが遺言の中にはっきりと書かれていることなどを語り、「さあ、もうそんなことはおっしゃらないでください。すぐにご自身の僧院にお戻りください」と言った。

ゲンドゥン・ジャンツォはどこまで自分の身の上を打ち明けたらよいのかわからなかったが、老僧たちは大変頑固で、説明する機会すら与えてくれそうになかった。仕方なく「それでしたら、まずはあなたたちもお座りください。きちんとお話ししましょう」と言いながら老僧たちをベッドの上に座らせて息を落ち着かせた。そして、「ぼくには妻がいます」と言った。

老僧たちは顔を見合わせると声をそろえて「化身様には明妃〈高僧の妻〉がいらっしゃる」と言った。

「しかしぼくの妻は……ぼくは酒だって飲んでいるんです」

「化身様は甘露をお召し上がりになる」

ゲンドゥン・ジャンツォはひどく混乱し、心の中では、「これはいったい何なんだ。これは幸運と呼ぶべきものなのだろうか」と思っていると、急にラツォのことが思い出され、彼女に会いたくてたまらなくなった。すぐさま外に出ると僧衣の裾をたくしあげ、小走りで駆け出した。老僧たちは警察が犯人を追いかけるように彼の後を追った。

「赤いネオンの酒場」の入り口のあたりには人だかりがしていた。二人の警官がラツォを情け容赦なくパトカーに連行し、サイレンを響かせながら去っていった。

ゲンドゥン・ジャンツォは車が走りさった後に取り残され、一人茫然としていた。

その日、町はこの年一番の寒さとなった。海抜四千メートルの山であれば、なおさら凍てつく一日であったことだろう。

一回の真言《マニ》

一

病床でゆっくりと九千九百九十九万九千九百九十九回目の真言を唱えた瞬間、ゲンドゥン・タルジは突然激しい痛みに襲われ、あっという間に死後の世界へ連れて行かれてしまった。それと時を同じくして、ゲンドゥン・タルジが義兄弟の契を交わした唯一の親友であるツェラン・サムドゥプも臨終の床にあった。彼は胸の上で両手を組み、「母なる衆生が解脱し、一切知の境地を得られますように。人類が平等かつ自由で平和になりますように。オンマニペメフン」とマニを唱えた途端、何の苦しみもなく、眠るように冥土の細道へと入っていった。

幾千万もの死者で混み合う冥土の細道のただ中で、ゲンドゥン・タルジとツェラン・サムドゥプはばったり出くわした。

「はっはっは。義兄弟は冥土でも出会うことがあるというのは本当だな」ツェラン・サムドゥプは人間界にいた時と変わらぬ調子で屈託のない笑顔を見せると、ゲンドゥン・タルジの手を握った。しかしゲンドゥン・タルジは顔を曇らせ、首を振るばかりで、すっかり蒼ざめていた。

「いったいどうしたんだい」ツェラン・サムドゥプはゲンドゥン・タルジを抱えるようにして道の端まで連れて行って尋ねた。

ゲンドゥン・タルジは悲痛な面持ちで首を振っていたが、ようやく口を開いた。「ああ、無念だ。俺の……俺のカルマはなんて穢れているんだ」彼は今にも泣き出しそうな様子だった。

「おいおい、この期に及んで何を言うんだ」

「マニを一億回唱えれば必ず極楽に行けると言うよな」

「まあ、確かにそう言うな。それがどうした」

「はあ……俺がどれだけマニを唱えたか知ってるか？」

「お前はいつもマニを唱えていたから、きっとたくさんなんだろうな。少なくとも一億回は超えているんじゃないか。だったら喜べよ」

「いや……実は俺はマニを九千九百九十九万九千九百九十九回唱えたんだが、一億回にはちょうどあと一回足りない。俺のカルマが悪かったってことだよな。はあ……」

「あはは。そんなことを心配してたのか」

「そりゃそうさ。大事なことなんだから」

「そういうことなら安心しろ」

「何だって？」

「お前も知っての通り、俺は死ぬまで呑気に笑ってきた人間さ。財産を貯めることもできなかったし、マニを唱えることも、善業を成し遂げることもできなかった。でも、俺は死ぬ間際に一回だけマニを唱えたんだよ。俺はその一回のマニをお前にやる」

「何……何だって？　聞き間違いじゃないよな。もう一回言ってくれないか」

「俺の唱えたマニをお前にやるよ」

「お……お前……お前は冗談が好きだったよな。そんな大事なことでふざけないでくれよ」

「まったく、お前ってやつは……。たかがマニ一回分だろ。俺たちは義兄弟じゃないか。一回のマニくらいどうってことないさ」

「お前、いいやつだな」ゲンドゥン・タルジはひどく感動して、涙をぽろぽろこぼしながら、ツェラン・サムドゥプに抱きついて、「知っての通り、俺は人間界に生きていた時、義兄弟の契を交わしたのはお前一人だった。それは間違いじゃなかった。俺の福徳だったんだろうな」と言った。

「その通りさ。そうだ、俺たち二人、今後もう会えるかどうか分からないから、昔の楽しかった思い出話でもしようじゃないか」

「うむ、いいね。でも……俺はまだ不安なんだ。もし閻魔大王から、お前のマニを俺のものとして数えるわけにはいかぬとでも申しわたされたらどうしよう。だから……だから俺たち、早めに閻魔大王のところへ行って事情を説明したほうがいいんじゃないか」

「おう、それでもいいぞ。この中有《バルド》〈仏教で人が死んでから次の生を受けるまでを指す〉ってのはまったく嫌なところだからな」

まこと、中有とは暗闇でもなく明るくもない、ぼんやりとした灰色の空間であり、見えるのは霧のように漂う無数の死者ばかりで、生き物も草木も何もなく、恐ろしくも侘びしくてたまらないところであった。

それから二人は再び何千何万もの死者の列に加わった。ゲンドゥン・タルジは、母が幼いわが子の手を引いて大海の波のごとき人混みの中を行くように、ツェラン・サムドゥプの手を引いて、一瞬たりとも放さなかった。

二

閻魔の事務所は、かつての古い法廷の左隣りに建てられた洋風の高層ビルにあった。よくみると、大きく五つの部局に分かれており、各職員の前にはパソコンが置かれている。職員たちは地球の五つの大陸で死んだ者たちの行いや心がけの善悪を余すことなく記録管理し、インターネット上で相互にアクセスできるようにしていた。各職員は〇・五秒で一人の死者の行いを登記し、死者が極楽浄土に送られるべきなのか、それとも六道のどこかに送られるべきなのかを判断するという。そのようにしていてもまだ、サッカー場よりも広い部屋の中には何千万もの死者が登記されるのを待っていた。

広い部屋の壁には大型モニターがたくさん置かれており、いくつかのモニターでは、人類の自由のために貢献した政界や宗教界のトップ、人間の衣食住を豊かにした科学者や思想家、芸術家、慈善活動団体の人々、環境保護団体の人々、動物愛護団体の人々の業績とともに、彼らが亡くなった時に見目麗しい天女に囲まれシャンバラへと送りとどけられる様子や、発展しつづける民主国家に再び送られて貢献を続ける様子を映したドキュメンタリーが放映されていた。また、別のモニターでは、戦争を起こした者、人種差別や特定の民族に対する人権侵害をした独裁者、原爆を使った者、生態環境を破壊した者、汚職官僚、麻薬の売買をした者などの悪業とともに、彼らが死後に悪趣〈六道輪廻のうち、畜生道・餓鬼道・地獄道の三つを指し、悪業を働いた人間が死後に生まれ変わるところ。三悪趣とも〉の地に送られ、目をそむけたくなるような拷問にあうというドキュメンタリーを放映していた。

ゲンドゥン・タルジはツェラン・サムドゥプを連れてようやく登記を行う受付へとたどりつき、事情を説明したところ、話が入り組んでいたために職員たちでは判断しきれず、上に案件を上げることになった。彼ら二人の行いや心がけに関する記録が閻魔のコンピューターに入力されたとたん、突如として閻魔の獄卒である猪頭と牛頭が現れ、ゲンドゥン・タルジとツェラン・サムドゥプを閻魔大王の御前に直接引っ張っていった。

「これは本当の話か?」閻魔大王は非常に心ゆすぶられた様子で、質問しながら思わず椅子から腰を浮かしたが、再び座りなおした。

ゲンドゥン・タルジとツェラン・サムドゥプの二人は何のことやらわからず顔を見合わせ、閻魔大王のほうに目を向けた。

閻魔大王はパソコンのモニターをちらっと見てから「そうか、ツェラン・サムドゥプは生涯でたった一度だけ唱えたマニをゲンドゥン・タルジにやったというのだな」と聞いてきた。

ツェラン・サムドゥプは何も考えずに「そのとおりです」と答えた。

閻魔大王は「お前たちの故郷チベットでは、『来世のマニのように得難い』〈来世に再び人に生まれ変わってマニを唱えられるかわからないので、人としての生を受けた今生のうちにマニを唱えて功徳を積んでおくようにという教訓〉という諺があるが、聞いたことはあるか？」と尋ねた。

「もちろんあります」

「それなら、諺の意味はわかるか？」

「その価値がはかりしれないこと、大変得難いものであるという意味だと思います」

「お前はその大事なマニを躊躇なく人にあげてしまおうというのか？」

「もちろんです。ゲンドゥン・タルジと私は義兄弟です。一回のマニすら譲れないようなら義兄弟とは言えません」

「なんとすばらしい。聖人というのはあなたのことだ」

閻魔大王ははたと座から立ち上がるとこちらへ走ってきて、ツェラン・サムドゥプの手をぎゅっと握り、無理やり彼を自分の座に座らせた。そして、電話をかけると「聖人様がお見えになっている。すぐに極楽にお送りするように。いや、まず祝宴の準備だ。お食事がおすみになったら私が直々にお送りする」と言った。

ツェラン・サムドゥプは大層きまりわるくなって立ち上がり、「閻魔様、これはあなた様の……」と言いかけるや、閻魔大王がツェラン・サムドゥプの肩をぐいっと押して、座らせ「まったく、昨今の地球上の人間どもときたら、自己愛が強くなる一方だ。ゲンドゥン・タルジがいい例だ。ゲンドゥン・タルジ、お前に聞くが、これほど多くのマニを唱えていたのに、そのいくつかを義兄弟に譲ろうともせず、義兄弟のたった一回のマニを考えもなしに奪おうとしたのか?」と言った。

ゲンドゥン・タルジは蚊の鳴くような声で「それは、その……」としか言えなかった。

閻魔大王は机をこぶしでどんと叩くと「恥知らずめが!」と続けた。

ゲンドゥン・タルジは深くうつむいてしまった。

閻魔大王はその場を行きつ戻りつ、「お前がマニを唱える時に、母なる一切衆生のためを思っていたかどうか怪しいものだ。こうなってみると、お前をいったいどこに送りこんだらよいのやら」と言った。

ツェラン・サムドゥプはあわてて、「閻魔様、閻魔様、それでは私のせいで逆に彼がひどい目にあうことに……」と言うと、閻魔大王はその言葉をさえぎり、「いや、そうではない。これはあなたとは関係のないことだ。この者がどれほどの善業と悪業を積んだのか、心がけが良いのか悪いのかは書類に記されている。どこに送るべきかも閻魔の法で明らかである。この者に思い出させただけのことだ。正直言えば、ゲンドゥン・タルジは自己中心的な男だが、大きな罪業があるわけではない。いずれにせよ、この者はマニをたくさん唱えはしたのだから、悪趣に生まれ変わることはないだろう」と言うと顔をほころばせた。

「そうですか。それならよかったです」

「さあ、食事に参ろう」

「あの……閻魔様、ひとつお願いがあるのですが……」

「なんでも言ってみなさい」

「この最後の晩餐を私の義兄弟とともに味わってもよいでしょうか?」

「なんということよ。高潔な友情よ。友情の高潔さよ。またしても深く感動させられましたな。そういうことなら、二人ともこちらへ」

二人は閻魔大王に手を引かれると、緑色の分厚い絨毯の上を通って、宴会の間へと消えて行ったのである。

D村騒動記

一

以下に記す騒動は実際に起こった出来事である。この出来事を知った私はただちに報告記事を書き、郷政府から「これは事実である」という一文とともに公印をもらい、とあるチベット語新聞社に送ったのだが、一年経っても何の返事もなかった。後に友人から聞いた話によると、その新聞の編集主幹が「最近はいろいろ誤解されることもあるから気をつけろ。慎重にしないとな」と言って、私の報告記事を職場の隅に押しやって葬り去ったらしい。そういうわけなので、騒動の内容は当時の報告記事そのままに、登場人物の名前や地名、村の名前などは仮名にして、小説仕立てで書いてみたい。

二

D村の村長ソキャプは早朝、黒いゾに乗って各家庭を訪ね、「集会を開くから、家畜を草地に出したらすぐに世帯主は全員うちに集まってくれ」と言ってまわった。ゾの口のまわりは霜に覆われて真っ白になり、息も荒く、遠くから見るとまるで鼻の穴から二筋の煙がもくもくとあがっているかのようだった。

ソキャプは懐から両端に銀の飾りのついた角《つの》製の煙草入れを取り出すと、左の親指の爪の上に煙草の粉をほんのわずかだけ載せ、あるかないかも判別できないほど小さな鼻の穴から一息に吸い込んだ。そして親指を着物の襟の内側でぬぐうと、あたりを見回してこう言った。「よし、みんな揃ったな。会議をはじめよう。単刀直入に言う。近々僧院に集会堂《しゅうえどう》を建てることになったので、柱を建てる費用として、うちの村ではまず一人あたり百元ずつ、もし現金がないなら一番いい羊を一匹拠出してほしい」煙草入れを懐にしまうと、今度は手垢まみれの小さな帳面を取り出し、「例えばわが家なら五人家族だから五百元、羊なら五匹を拠出するということになる。タムディンのところは八人家族だから、現金なら八百元、羊なら八匹、ゾパのところは十一人家族だから現金なら千百元、羊なら十一匹……」

集まった者たちはみな呆気にとられ、目を丸くして、互いにひそひそ話をはじめた。するとソキャプは帳面を閉じ、大きな声で「各家庭の家族の人数はそれぞれ把握しているだろうから、いちいち言う必要はないな。みんなに理解してほしいのは、今回の集会堂の建設は、衆生のためでもあり、われわれ一人ひとりのためでもあるのだから、現金なりが拠出できないなら、村から出て行ってもらう。そういう家は村八分とし、宿営地にテントを張るときも、村と同じ場所に張ってはならない。そうだ、これを言っておかねば。今日から数えて一ヶ月以内に全額を集めることとする」と言った。

みな開いた口がふさがらず、目を白黒させていた。一九七九年の改革開放後、ようやく開催できるようになった村の集会はこうしてお開きとなった。

三

村人たちが金策に走りまわって二十日あまりが経過した。大部分の家庭は人数に応じた合計額を計算して、ソキャプに渡していた。しかし、ゾパじいさんの家ではまだ二百三十元しか集まっていなかった。

「ああ、八百七十元も足りない。どこを探したって金などありゃしないのに」

ゾパじいさんは心労で食欲もわかない有様だった。ゾパじいさんの家はもともと村の中でも裕福な家庭だったが、二度のラサ巡礼で金を使い果たしたうえ、去年の夏、羊の群れが洪水にさらわれてからは最も生活の苦しい家庭になってしまった。

ドカル母子の家も毎年政府の生活保護を受けており、常に茶や塩を買うにも事欠くほどであり、二百元などあるはずもない。

ソキャプは毎日、各家庭を回って「金を持ってこい」とがなりたてていた。

一ヶ月が過ぎると、ソキャプは再び各家庭の世帯主らを集会に招集した。ゆっくりとかぎ煙草を吸いこむと、「ほとんどの家庭は、金がある家は金を、金がない家は羊を拠出し終わった。大変けっこうだ。たいしたものだ。チベット人であるならば、こうあるべきだ。しかしながら……」彼は声をはりあげて続けた。「満額出さなかった家が二軒ある。大変けっこうだ。たいした度胸だ。はっはっは。そんなやつらには死んだ後に行く場所などあるわけがない。よく考えろ。単刀直入に言おう。以前話し合ったことは憶えているよな。春の宿営地に移動したらその二軒は村から離れたところにテントを張るように」と言った。

ドカルおばさんは集会に出ていなかったが、ゾパじいさんは「ああ、なんということだ。封建時代だって文化大革命の時代だって、わしのような老人が村から追い出されたことなどついぞなかった。ソキャプの畜生めが。おまえなんぞろくな死に方しやしない。おまえの死骸など犬でも食わんぞ。おまえなんか……」とぶつぶつ言いながら帰宅していたところ、急に体に震えがきて、乗っていたヤクの背から転げ落ち、そのまま死んでしまった。

四

ソキャプはD村で集めた金を手に、羊を追いながら僧院に向かった。そして僧院に着くや、開口一番「やはり仏法を護る護法神は見ておられるんですなあ。集会堂を建てるための寄付を出さなかったゾパじいさんが、ヤクから落ちて死んじまいましたよ」と言うのだった。それを聞いた僧たちは「まったくだ」と言って、人に会うたびに「おい、聞いたか？ ゾパじいさんがさ……」と言いふらした。

僧院長のアラク・ドンはソキャプが期限通りに寄付金を持ってきたのをひとしきり讃えると、「今度は仏塔を建立するんだが、おまえたちの村はいくら出せるか」と尋ねた。

「他の村はいくら出すのでしょうか？」

「少ない場合でも一人三十元、一番出すところは一人五十元だ」

「それでは、うちは六十元をお約束しましょう」とソキャプは一も二もなくうけあい、村に帰るとさっそく集会を招集した。

「アラク・ドンがわれわれの村を大変褒めてくださってな。うむ……」ソキャプは右の鼻の穴でかぎ煙草を多めに吸い込むと、「僧院では今年の春、仏塔を建立する予定だそうでな。うむ……」と続けた。彼は左でも煙草を吸うと、親指を着物の襟になすりつけた。懐から手垢まみれのぼろきれのような帳面を取り出すと、口を開き、「そのためには一人六十元寄付する必要がある。そうするとうちは五人家族だから六かける五で三十、ってことで三百元だ……」と言った。

ソキャプはみながひそひそ話し出したので、帳面を閉じてしばらく待ったのち、こう切り出した。

「自分の家が何人家族か当然分かっているよな。金を持ってこないやつは春の宿営地に移ったら村八分だ。もし護法神を怒らせるようなことにでもなったら……ああ……これもみなよく分かっているはずだがな」と言って集会をお開きにした。

五

みなが春の宿営地に移ってから数日経ったある日の朝、ソキャプはヤクに乗って、何かに取り憑かれたかのように「金を持ってこい、持ってこないやつは村から追い出すぞ。金を持ってこないやつはあいつらのところに追放だ」と言って回った。ヤクにとりつけた鞍の鐙《あぶみ》を蹴ってゾパ家（今では彼の長男の名前をとってヤンペル家と呼ばれている）とドカル家のテントの方を指し示し、「金を持ってこないなら、あいつらのところに追放だ」と怒鳴り声をあげながら集落を一周してみたが、結局金を拠出したのは七家族だけだった。ソキャプは怒り心頭に発して「この罰当たりどもが。村から出て行け」と言って、ほとんどの家をヤンペル家とドカル家のテントのある方へと追い出してしまった。

ソキャプがアラク・ドンに五千元ほどの金を献上すると、アラク・ドンは「どういうことだ。たったこれだけか」と訝しげにソキャプを見つめた。

「ほとんどの家が金を出してくれなかったんです。まったく……」ソキャプはため息をつくと、「私はやつらに金を出すようにちゃんと言ったんです。上人様はもちろんご存知でしょうが」と言った。

「ああ、まったく……」アラク・ドンもため息をつきながら「そうだな。濁世《じょくせ》の衆生はしみったれとる。不信心な者たちだ。観音菩薩よ。濁世の衆生の哀れなことよ。ところで、集会堂建設のための追加資金が必要なんだが、お前たちの村はいくら出せるんだ？」とソキャプに問うた。

「他の村はいくら出すのでしょうか？」

「柱を立てる費用とは別に、一人あたり百元から二百元といったところだ」

ソキャプはすっかり気勢をそがれて（彼の家ももうほとんど金は残っていなかった）、「あまり大きな金額を約束しても間違いの元になります。うちの村の罰当たりどもは払わんでしょうね。でもできる限りたくさんお金を集めてみますよ」と言った。

「それでは五月中に必ず金を集めておくんだぞ」

「承知いたしました」

彼は村に戻った。そして、まだ集落内に留まっている数家族に対して集会堂の建設の重要性を説き、もしも金を拠出しないなら村八分になるばかりか、護法神の不興を買えば恐ろしいことになる、と言ってゾパじいさんのことを引き合いに出してこんこんと諭した。そして念を押すように「そういうわけで、今回ばかりは金がなくても何が何でも工面するんだ。もし金を拠出できなかったら、夏の宿営地に移動したときには村の近くにテントを張ってはならん」と言った。

六

D村が夏の宿営地に移ってみると、テントを張っているのはなんとソキャプ家のみで、他の家族はみな「村から追放」されてしまっていた。初めのうち、ソキャプは村人とは口をきこうとしなかったし、村人の方もソキャプとは口をきこうとしなかった。一人がみんなを無視するのは問題ないのだが、一人がみんなに無視されるとなると、これは耐え難いことである。ソキャプはついに耐えきれなくなり、ヤクにまたがってうろうろと徘徊しながら「おーい、みんな、村に戻ってきてくれ。村に戻ってきておくれよ」と叫んでみたものの、誰にも相手にされなかった。

「村から追放されてしまいました」とソキャプは郷政府に訴えた。

「今時そんな話があるわけないだろう。ありえない」

「村から追放されてしまいました」とソキャプはさらに県政府に訴えた。

「ありえない。お前は神経がいかれているみたいだな。病院に行け」

実際、彼の神経はいかれてしまったようで、日がな一日各家のテントを回って「村に戻ってこい。戻ってこないならばその家は村から追放だ」と言いながら徘徊し続けた。しまいには乗っていたヤクも舌をだらりと垂らし、鞭打たれた尻は血みどろ汗みどろ、もはや鞭をいくら振るおうとも一歩も進まなくなってしまった。

七

「みんな、村に戻ってきておくれよ」ソキャプは翌日からも「もしも村に戻ってこないなら、その家は村から追放だ」と言いながら、幾日も徘徊し続けていた。

「ああ……つぶれ鼻のソキャプのやつ、気がふれてしまったんだな」

「気がふれてしまったんだ。可哀そうに」

「本当に。奥さんと子供はもっと可哀そうだ」ヤンペルが言った。「過ぎたことは水に流そう。もしもみなに異論がないなら、何とかしてやろうと思うんだが」

「……」

村人たちにも当然慈悲の心はある。みな「こっちにおいでなさい」と言ってソキャプ家のテントを彼らの間に張らせ、医者にも連れて行き、慰めてやった。こうしてソキャプはようやく正気を取り戻しはじめたのだった。またあの悪い「病気」が再発しなければいいのだが……。

河曲馬

一

　世界の屋根と名高いチベット高原。その懐から湧き出した清冽な泉が川となって流れ出し、いつしか幾千幾万もの流れを従え、東へ東へと走りゆく。その姿はみるみるうちに若さみなぎる美しい女性となり、いつか大海の腕《かいな》に抱かれんとひた走る。だが、今にも故郷を離れようという時、不安にかられ、悲しみに襲われた彼女は、突如として踵《きびす》を返し、故郷へ帰ろうとする。後に人類が誕生し、人々が言葉を話すようになってから、故郷の人々は彼女を「マチュ河」〈黄河源流域の呼称〉と呼ぶようになる。彼女が初めて振り返った場所を「マチュ河九曲の第一湾曲部」という。そこは現代の行政区分でいえば甘粛と青海、四川という三つの省の境目となる河曲草原にあたる。果てしなく広大な河曲草原は、山地、寒冷高地、沼沢地《しょうたく》、灌木地などからなり、それらの草地にはそれぞれ、高山の、草原の、沼沢の何百種類もの草が生い茂り、あまたの花が咲き乱れ、匂やかな香気を放っている。

草原のことをよく知らない人は、河曲草原も他の草原と同じように果てしのない緑の絨毯が広がっているだけだと思うかもしれない。しかし、草原で生まれ育ち、数々の草原に足を踏み入れたことのあるあなたが河曲草原を訪れたら、牧草や花の種類、草地の密度、その成長の度合いなどすべてにおいて、他とは比べものにならないほど素晴らしいことを思い知るだろう。そして、しまいには他の草原など草木も生えぬ恐ろしい砂漠としか思えなくなるに違いない。だからこそ河曲草原がアジアで最も美しい天然の草原だと言われるのであり、こうした草原だからこそ、河曲馬《かきょくば》や銀牧羊《ぎんぼくよう》のような優れた品種の家畜が育つのである。

二

真夏の河曲草原は、色とりどりの模様に彩られた緑の絨毯のようだ。朝、大勢のチベット人やモンゴル人が老いも若きも男も女も着飾って、県都にほど近い草原に設けられた競馬場に集まってきた。その土地のお偉方や来賓たちはみな一様に白い帽子をかぶり、胸にはこぶし大の布製の赤い花をつけ、彼らの言うところの「主席」の座についている。昼になり、火のように熱い高原の日差しに照りつけられた人々は、色とりどりの日傘をさしたり、様々な形の帽子をかぶったり、着物の袖を頭に載せたりして、日焼け対策に余念がない。大げさなものいいが好きな記者たちの言葉によると、その日の観客動員数は「星の数より人が多い」ということになるが、実際は二万人あまりしかいなかったし、それはツェジョン県の人口の半数ほどである。

他の土地からやってきた露天商たちは漢語で「ビールにジュース、かぼちゃの種……」と声を上げながら人混みを歩いている。

競馬が何レースか終わると、いよいよ誰もが長い間待ち焦がれていた一万メートルのレースだ。人々は喜びを抑えきれずに総立ちになった。警備にあたっていた警官や兵士たちは警棒を振り上げたり、大声を上げたりして制止しようとしたけれども、人々は大海原の波よろしくあっちが座ればこっちが立つという有様で、歓声は雷のように轟き、ルンタ〈真言と馬の絵が印刷された小さな紙〉の紙吹雪は雪のように舞うのだった。

レースがはじまった。ひときわ大きな体格をした黒い馬が先頭に躍り出たかと思うと、他の馬をぐんぐん引き離していった。まだ若い騎手が得意げな表情で何度も振り返っては、百メートル以上も差をつけた競争相手に視線をくれていた。

興奮した観客は警官や兵士の制止も聞かず、優勝した馬と騎手、そして馬主のもとへとなだれ込み、幾重にも取り囲んだ。カターを渡す者もいれば、緞子《どんす》を渡す者、お金を差し出す者、写真を撮る者、ビデオを撮る者もいた。

三

「まさに神の馬だ！　おめでとう、おめでとう。めでたい。実にめでたい」珊瑚の飾りのついた白檀の数珠を首にかけた洋装の青年が一歩前に進み出て、馬主の手に百元札を何枚か握らせた。

「あんたは……？」馬主は不思議そうな顔で青年の顔を見つめた。

「おめでとうございます！」上はモンゴル風、下はチベット風の衣装に身を包み、首から一眼レフのカメラとストップウォッチを下げ、左肩に小さな旅行用バッグをかけた若い女性が割り込んできた。彼女は馬主にカタ一を差し出し、馬の写真を何枚か撮ると、「授賞式が終わったら河曲馬についていくつか質問させてもらえませんか？」と言った。

「あんたは……記者かい？」

「記者？　いえ、違います。私は省の馬術学校で馬術を教えているんです。ガフキといいます。馬の飼育と、乗馬もします」

馬主があっけにとられていると、スピーカーから「一万メートルのレースを制したのはツェジョン郷ツェジョン村のラプテン・ドルジです。騎手はゴンポキャプ。馬の名はタンナク。三年連続で優勝を勝ち取りました……」というアナウンスが流れてきた。人々は再び歓声を上げ、男たちの雄叫びが響きわたった。

人混みの中には狡猾な目をした二人の若い男が忍びこんでおり、タンナクをちらちら見ながら耳元でこそこそ何やらささやきあっていた。

四

タンナクの体は、大きさも長さも様々な色とりどりの緞子ですっかり覆われていた。首には白や黄色、青色のカターがたくさんかけられていた。人々の憧れの眼差しを一身に浴びながら、ラプテン・ドルジとゴンポキャプ親子はタンナクを連れて競馬場を後にした。馬にかけられたカターと緞子を取ると、ようやく馬の体があらわになった。西洋馬ほど大きくはないが、アジアにはこれほど立派な体格をした馬はいないだろう。耳は大きく、ピンと立ち、くりくりとよく動く目を鷹や鷲のように鋭く光らせていた。鼻の先は少し曲がっていて鳥のくちばしのような形をしている。これは実は河曲馬の純血種であることを示している。体全体が黒光りしており、毛並みはまるで高級なベルベットのようだ。目や毛並み、足の速さなど、どこをとっても主人が黒鷲《タンナク》にちなんでつけた名前にぴったりだった。

ラプテン・ドルジがタンナクの背中に緑と白のまだら模様の毛布をかけてやり、帰り支度をしていると、先ほど言葉を交わした青年がバイクに乗って近づいてきた。「もう一度お祝いを言いたくてね。一緒に食事でもどうかな？」

「えーと、どなたでしたっけ？」

「ああ、失礼。ロディといいます。僕も馬が好きなもんで。もっと早く知り合えればよかった……」

そのとき小さな赤い車が彼らの前に止まった。車に乗っていたのはガフキと名乗った若い女性だった。彼女が車を降りた瞬間、ロディは目を奪われた。

「本当に素晴らしい馬だわ。聞いた話ではお宅にはまだ他にも何頭か良い馬がいると聞いたけれど、本当かしら？」ガフキはそう言いながら、タンナクをためつすがめつしていた。

「いい馬は確かに何頭かいるけど」ラプテン・ドルジが口を開く前にゴンポキャプがしゃべりだした。「でもタンナクにかなう馬はいないよ。河曲草原にはタンナクほど素晴らしい馬は一頭もいない」

「あら。あなた、騎手としても素晴らしいけど、おしゃべりも上手なのね」

「とにかく食事でも行きましょう」ロディはラプテン・ドルジにそう言うと、ガフキにも「きみもおいでよ」と誘った。

五

ラプテン・ドルジがロディの誘いに乗ったのは食事がしたかったわけではなく相手の正体と目的を見定めたかったからだ。ガフキも食事がしたかったというよりはラプテン・ドルジと話がしたかったというのが本音だった。だから彼女も車に乗り込んで彼らについて街に向かった。道中、数々の車や騎馬の者、徒歩の者が行き交っていた。そこへ突然、青海から四川に向かうとおぼしき山のように大きな石炭運搬トラックが何台か、耳をつんざくようなクラクションを鳴らしながら爆走してきた。車も人々も慌てて道の端に避けた。

街の通りはどこもかしこも白抜きの文字の印刷された赤い横断幕が張り渡されており、祭らしさを醸し出していた。だが、五メートルごとに武装警官や兵士が立っており、盗みを働こうという血気盛んな輩ばかりか、腹の中にはお茶とツァンパしかない、何のやましいことのない者も、思わず震え上がるほどだった。ロディは食堂の前で待っていた。食堂に入ると、今日の競馬大会の様子が放映されており、客の視線を引きつけていた。ゴンポキャプも店に入るなりテレビに釘付けで、タンナクと自分が優勝したときの映像が映し出されるのを今か今かと待っていた。ロディに何を食べたいか訊かれても何でもいいと気もそぞろな返事を返すばかりだった。

「みなさん遠慮しないでくださいよ。僕たち馬好きばかりだし、もっと前から知り合いでもよかったくらいだ。特にラプテン・ドルジ兄さんと僕はもともと同じ集落の出なんだから」どうやらロディは話し好きのようだ。ガフキの方をちらりと見るとまた口を開いた。「うちは父が亡くなった後、マジョン県に引っ越したんですよ。うちの母はマジョンの出なのでね。僕はあっちで学校に行って、高校まで出たんだけどなかなか職もなくてね。しばらく行商みたいなことをして、今はツェジョンの県都で小さなホテルをやってるんだ。へへ。馬が好きなもんで、ホテルの名前も駿馬《タムチョク》ホテルっていうんだ」

「あら、私、そのホテルに泊まってたわ。でも数日前に値段が倍になったんで別のホテルに移ったの」

「なんだ。知り合いだったら何とかしたのに。競馬の時期はいつもそうなんだ。また戻っておいでよ。宿泊費は一切取らないから」

「まあ、そんなのだめよ」

「なあ、あんたはツェジョンの人間だったのかい?」ラプテン・ドルジが口を開いた。「そういうことなら今度うちに寄ってくれよ。うちはチュカン山の麓で、マジョン県に向かう道沿いなんだ。今日はありがたくご馳走になるよ」

「ああ、ぜひ寄らせてください。それに、義兄弟の契りを交わしたいし」

「どうしてだ」

「馬を愛好する同志としてさ」

「俺は一介の家畜追いだぜ。村じゃ何の名声もないし、他人を助ける力なんてない。だから義兄弟の契りを結ぶ謂れはないよ。せめて友人同士になろう」

「いやいや、僕たちは契りを結ぶべきなんだよ」

「誓いを立てるのは簡単でも、誓いを守り続けるのは本当に難しい。だから今まで俺は誰とも契りを結んだことはない。もういい時間だ。ゴンポキャプ、帰るぞ」

映像にはまだゴンポキャプとタンナクの姿は現れておらず、ゴンポキャプはその場を離れ難い様子で、「ちょっと待って」と言いながら映像を見続けていた。

すると競馬場で狡猾な目を光らせていた二人の若い男が店に入ってきて、ラプテン・ドルジたちの近くのテーブルに陣取った。

ロディはラプテン・ドルジに、「兄さん、今日はゴンポキャプも疲れているだろうから、街に一泊したらどうかな」と提案した。

「今日は帰るよ。今度暇な時にでもうちに寄ってくれ」

「父上には必ず会いに行くつもりだし、兄さんだって僕と義兄弟の契りを交わすことになるさ。信じられないなら、家に帰ったら父上にセンゲ・トルショという男を知ってるか尋ねてみてくれよ」

「センゲ・トルショだって？　聞いたことがあるような気がするな」

「そうだろうね。まあとにかく今夜は街に泊まったほうがいい」

六

朝のやわらかな日差しが、目を醒ましたばかりの大地に口づけをし、天を突き刺す山の峰には白い雲がすがりついている。色とりどりの花々の蕾が次々と開きはじめている。ラプテン・ドルジ親子は芦毛の馬に乗り、タンナクを引いて公道沿いの草原を歩いている。ラプテン・ドルジは眉間にしわを寄せたまま「センゲ・トルショ」という人物について考えをめぐらしていた。ゴンポキャプは、テレビに映し出された、自分とタンナクが人々の歓声に包まれた感動の瞬間を、何度も思い返してはニヤニヤしていた。狡猾な目を光らせていた二人の男は一台のバイクに乗ってラプテン・ドルジ親子の後をつけている。ふいに、山のように大きな石炭運搬トラックが何台か立て続けに猛スピードで突っ込んできたので、タンナクは耳をぴんと立てて警戒心をあらわにするのだった。

昼になったのでラプテン・ドルジ親子は蛇行して流れる澄み切った小川のほとりで馬を降り、腰を下ろし、ツァンパを食べたり、喉の渇きを癒やしたりした。日差しがあまりに強いので、着物を脱いで裸になり、タンナクを洗ってやった。タンナクが川の中で身動きもせず、水をかけられるままに身を任せているところを見ると、どうやらすこぶる気持ちがいいようだ。

黄昏時になった。狡猾な目を光らせた二人の男はラプテン・ドルジ家の左側の小山の上に腹ばいになって言葉を交わしている。

「あの獅子みたいな番犬を見ろよ。もし今夜やつらがあそこに馬をつないだら、馬を盗むどころか俺たちの命が危ねえぞ。つないだ馬には自分の家の人間以外、誰も近づけないというからな」

「それは俺も聞いたことがある。はあ……こんなことなら昨日の晩のうちにやっちまえばよかった」

「もう街に戻って他のやつを狙ったほうがいいんじゃねえか」

「ああ……確かにそうするしかねえな」

七

ガフキはロディを車に乗せて、チュカン山の麓の牧畜民の住まいを訪ねた。そこには屋根の部分に「民政救災」という漢語が大きく印刷された青色の四角いテントがあり、回りには小さな白いテントがいくつか張ってあった。ガフキにはこれが毎年競馬大会で優勝して、賞金だけでも十万元以上もらっているラプテン・ドルジの自宅だと言われてもにわかには信じられなかった。テントに入ればさらに驚かされるだろう。奥には観音菩薩の描かれた小さな仏画が掛けられており、その左右にはパンチェン・ラマ十世とジャムヤン・シェーパ六世のカラー写真が飾られた小さな仏壇が設《しつら》えられていたが、他にはバターを作るためのクリーム・セパレーターとわずかな食料品、掛け布団と敷布団、鍋に茶碗、柄杓などの日用品が少しあるだけで、他には何もないのだ。その理由は、翌日になってラプテン・ドルジの妻のドゥクモから事情を聞いてようやく明らかになった。去年、村のいくつかの家が雹《ひょう》害にあったので、村の役人が被害を報告し、政府から大量のテントをもらいうけた。そのテントが安価で売り出されたのだが、安い上に品質がいいので、彼らも一張買ったのだそうだ。ドゥクモがガフキに語ったところによると、この災害用のテントは彼らの夏営地用に使っているもので、それ以外の時期はもう少し低いところに建てた、五間あるレンガ造りの建物で暮らしているという。ドゥクモは夫とは違っておしゃべり好きな女性だ。しゃべりながらも仕事の手は休めないので、体が動くたびに親指大の琥珀のついた珊瑚の首飾りが右に左に揺れるのだった。酸素が少なく紫外線が強いため、三十歳過ぎの彼女の顔は、高地に暮らすほとんどの牧畜民と同様、猿の尻のように赤らんでいた。

彼らの質素な暮らしぶりにガフキが首を傾げていると、番犬が吠え出し、ラプテン・ドルジ家一家がそろって外に出てきた。ちょうどガフキとロディの二人も車から降りた。

ラプテン・ドルジは低い声で父のテンパの耳元にささやいた。「俺と義兄弟の契りをすると言ったのはあいつで、センゲ・トルショの話をしたのもあいつだ」

「なんと」テンパはしばし驚いた様子を見せていたが、すぐにロディのもとへ行き、手を握ると「なあ、お若いの。あんたはどうしてセンゲ・トルショのことを知ってるんだ。あんたはセンゲ・トルショの子孫なのかい?」と尋ねた。

「あなたがテンパさんですか? 僕はセンゲ・トルショの孫です。今日はあなたを訪ねて来たんです。お元気そうですね。ああ……僕の父はあなたのような幸運には恵まれなかった」

「こっちはずいぶん長いことあちこち探しまわっていたが、あんたの家の事情は何一つ分からなかったんだよ」テンパはロディの手をしっかりと握りしめ、目には涙を浮かべながら続けた。「さあ、どうぞ、お入りなさい」

ラプテン・ドルジは口数の少ない男だが、父親のテンパと妻のドゥクモが無類の話好きなので、家に入れば彼らが話すのを見たり聞いたりしているだけでよかった。

客人が腰を下ろす前に、テンパは慌てた様子で「急いで茶を沸かせ。いやいや、急いで羊を屠《ほふ》れ。ゴンポキャプ、急いで羊を追い込んできてくれ」と言った。そしてガフキを見やると、ロディに「彼女はあんたの奥さんかい？」と訊いた。

ガフキはロディが口を開く前に「いいえ。この人とは知り合ったばかりです。私はガフキといいます。省の馬術学校で乗馬の教師をしています。今回、河曲草原に来た目的の一つは学校のために競走馬を買うことで、二つ目は騎手のなり手というか、学生を集めること、そして三つ目はあなた方に馬の飼育と競馬についてインタビューをすることなんです」とまくしたてた。

「ほお、あんたみたいな若い娘さんがね」テンパが驚いて思わずもらした言葉を聞いて、ガフキはクスっと笑った。

八

ゴンポキャプは三百匹はゆうにいると思われる羊の群れを追って戻ってきた。羊の鳴き声が聞こえると、ラプテン・ドルジはテントの中にかけてあった縄を持って外に出た。ゴンポキャプが口笛を吹いたり、様々な声色で合図を出したりすると、羊たちはラプテン・ドルジの前に駆け寄ってきた。ラプテン・ドルジは神経を集中させて目当ての獲物を探しながら、縄を頭上でぐるぐる振り回していた。次の瞬間、縄が宙を舞い、よく太った六歳羊の首に巻き付いた。羊は美しく豊かな草原と永遠に別れなければならないことを悟ったかのように、縄に捕らえられたまま、ひっきりなしに飛んだり跳ねたりを繰り返していた。ラプテン・ドルジは両手を交互に動かしながら縄を手前に引いた。羊はラプテン・ドルジに引き寄せられるたびに死神に近づいているのだ。ラプテン・ドルジは羊を自分の胸で地面に押さえつけてから、縄の一方の先端で前足二本と後ろ足一本をまとめて縛り、もう一方の先端で口を縛った。羊はいよいよ命の危険にさらされ、絶望的な状況の中、ばたばたと暴れている。ラプテン・ドルジは耐え切れず、思わず目を背けて真言を唱えはじめるのだった。ほんの少し前には草原で飛び跳ねていた命がついに動かなくなった。目も青白くなったところでようやくラプテン・ドルジは羊の方に向き直り、懐刀を出して解体作業をはじめた。

ロディは「うわあ、でかい羊だな。肉だけでも五十キロはあるんじゃないか?」と訊いた。

ラプテン・ドルジは「そうだな、おそらく」と応じた。

ロディは「最近は羊肉一斤〈五百グラム〉あたり三十元だから、皮や内臓を除いても三千元になるな」と言った。

ラプテン・ドルジは黙り込んだ。

ロディはさらに訊いた。「お宅の土地では冬虫夏草《とうちゅうかそう》〈漢方薬の材料となるキノコの一種。高値で取引される〉は採れるのかい？」「まあな」ラプテン・ドルジがいかにも答えたくなさそうに言うので、ロディもそれ以上は訊けなかった。

そのうち男も女もみな手伝いにやってきた。実に慣れた手つきで、あっと言う間に肉を切り分け、手についた血もきれいに洗い落としていた。テントの外ではロープにかけた皮がようやく半乾きになったちょうどその頃、テントの中では人々が半熟の血のソーセージを食べていた。

もし後にこの小説がこのまま映画化されるようなことがあれば、この美しく純粋な生き物は映画という芸術のために貴重な命を差し出し、美しい草原に永遠の別れを告げたのであるから、人々は追悼碑でも建ててしかるべきだろう。

九

みな肉と血ですっかりお腹がいっぱいになったところでガフキが口を開いた。「タンナクを売ってくれないかしら。言い値で買い取るわ」

その瞬間みなの視線がガフキに集まった。口を開く者はなく、テントの中は静まり返り、心臓の鼓動以外何も聞こえなかった。そのまま三分ほど経ったところで、ゴンポキャプが声を荒げ、

「何を寝ぼけたこと言ってんだよ！」と叫んだ。

「こら、ゴンポキャプ。そんな口の利き方があるか。学校でそんな口の利き方を教わってるのか」

テンパに大きな声でたしなめられると、ゴンポキャプはうなだれた。テンパは咳払いをすると、普段通りの様子で数珠を繰りながらガフキに向かって語り出した。「うちが競馬大会に参加するのは娯楽のためではあるが、ここのところタンナクは毎年我が家に何万元もの賞金をもたらしてくれるから、本当にありがたい存在でね。この馬は足が速いだけでなくて人間のような心を持っているんだ。今、毎日のように人が何人も訪ねてきては高値でこの馬を買いたいと言うんだが、うちはこの馬を死ぬまで飼うつもりだから、他人には売らないよ。もっとはっきり言えば、都会に売りに出すつもりはない。馬は草原から切り離されたら不幸になるだけだ。昔の話だが、人民公社の時代わしは生産隊の会計を担当していてな、一見さして立派でもない馬を割り当てられて飼っていたんだが、あるとき生産隊長がわしの馬を山西省の馬の仲買人に売っちまった。ところが驚くなかれ、一年後、その馬が逃げてわしのところに戻ってきたんだ。それからしばらくして、生産隊長は今度は河北省の仲買人に売りやがった。しかし、またしても半年ほど経ったとき、馬は逃げ帰ってきたんだ。もう骨に皮をかぶせたみたいに痩せ細って傷だらけだった。うちの入り口まで来たところでどさっと倒れて立てなくなっちまった。さすがに生産隊の中で涙を流さない者はいなかったし、生産隊長には誰もが腹を立てていた。そういうわけだから、ここは一つ勘弁してほしい。タンナクはもちろん、うちの馬は売ることはできない」

「それとこれとは違うわ。当時漢人が馬を買いに来たのは耕作用の馬としてこき使うためでしょ。私は競走馬を買いに来てるの。うちの競走馬の飼育環境は人間よりもいいのよ……」ガフキがとうとう説明をはじめると、テンパが手に持った数珠を振ってカシャカシャいわせるので、ガフキも黙るしかなかった。

ゴンポキャップは嬉しそうな笑みを浮かべていた。

テンパは話を続けた。「しかしあんたもがっかりすることはない。河曲草原には数え切れないほどの良馬がいる。もしあんたがうまく調教できたら鳥のように速く走るだろう。もしあんたが金を惜しまないならね、はっはっは。今や馬どころか老いた母親さえ売る人間がごまんといるご時世だ。だから急ぎでないなら明日ラプテン・ドルジを連れて馬を買いに行くといい。こいつは馬の良し悪しの分かる男だからな」

「ありがとうございます」

十

外が少しずつ夕闇に包まれてくると、テンパ家のテントの中は太陽光発電の電灯が明るさを増してきた。テンパはまた話しはじめた。「聞くところによるとあんたはラプテン・ドルジと義兄弟の契りを結びたいそうだな。わしに言わせてもらえばそれは非常にいいことだ。ラプテン・ドルジは馬の飼い主として優れているし、立派な家畜追いだが、他のことは何も知らない。しかし正直者だし、因果応報の理を心得ている人間だ。あんたは視野が広くていろんなことを知っている経験豊かな方だとお見受けする。それに何よりも大事なのはあんたがご先祖様のように勇敢で、契りを交した相手を決して欺かない人間だということだ。あんたはおじいさんのセンゲ・トルショの話を――ああ、オンマニペメフン――ずいぶん聞かされたんだろうな」

「実は断片的にしか聞いていないんです」

「それなら今日はわしがあんたのおじいさんとわしの父の話を聞かせてやろうじゃないか。当時わしはおそらく今のゴンポキャプくらいの年頃だった。どこへ行っても盗賊が跳梁跋扈していてな。父が目の中に入れても痛くないほどかわいがっていた赤毛の馬が、ある晩盗賊たちに盗まれちまった。父はすぐに気づいて一人で追いかけた。馬泥棒たちは、もうすぐ自分たちの宮地にたどり着こうというところで振り返ると、父につかみかかって、殴る蹴るの乱暴を働いた挙句、その場に縛りつけたんだ。

「あんたのおじいさんのセンゲ・トルショは――ああ、オンマニペメフン、どうか極楽浄土に生まれ変わっていますように――自分の義兄弟が敵に捕えられたのを知るや、すっとんできた。父のそばに駆け寄り、縄を解くと、まず父を馬に乗せ、自分はその後ろに乗って逃げた。するとその村の男たちが総出で追いかけてきた。あんたのおじいさんの乗った馬も素晴らしい河曲馬だったから、あっという間に追手を引き離した。しかし悔しいことに追手の撃った銃弾があんたのおじいさんの左の肩甲骨に命中してしまった。結局その日、二人は敵の手を逃れることができたんだが、村に戻ってきてほどなくしてあんたのおじいさんは亡くなってしまった。

「父はあんたのおじいさんを撃ったやつを探しまわったんだが、敵は大勢いたので誰の撃った弾が当たったのか分からずじまいだった。それからしばらくして共産党がやってきたので、その件はうやむやになってしまった。だからあんたたち二人には義兄弟の契りを交わして、父とロディのおじいさんのように互いに助けあってほしいんだ。それがわしの願いだ」

テントの中は静まり返り、聞こえてくるのはストーブの中で燃料糞が燃える音ばかりだった。ロディは体が熱くなったように感じ、上着を脱いだ。しかし体が熱くなったのではなく顔が火照っているだけだと気づき、再び上着をはおった。

十一

ガフキがタンナクを売ってほしいと申し出た途端、ゴンポキャプは彼女に露骨に嫌な顔を見せるようになった。ガフキはゴンポキャプの機嫌を取ろうと車のトランクから競走馬の写真がたくさん載った分厚い写真集を持ってきて渡した。写真集の馬はゴンポキャプが見たこともないような馬ばかりで、中には尻尾のない馬もいた。ゴンポキャプはそれが不思議でたまらなかった。残念ながら解説はすべて英語で書かれていたので、ゴンポキャプには horse という単語しか読めなかった。それで勢いガフキがゴンポキャプを質問攻めにすることになった。

ガフキはゴンポキャプの質問に答えながら、「学校では英語は習ってないの?」と訊いた。

「少しだけ習ってるけど、必修じゃないし、試験に合格しなくても問題ないんだ。だから……」

「じゃあ、必修の教科って何?」

「漢語とチベット語、あと数学」

「チベット語を習ってるのはいいわね。私はチベット語を勉強しなかったのを今になって後悔してるし、苦労もしてる。チベット語を知らない都会暮らしのチベット人は何者にもなれないの」

「馬術学校ではチベット語は教えてないの?」

「ええ」

「じゃあ何を教えてるの?」

「午前中は漢語と英語、数学の授業、午後は馬術の授業。馬術の授業はもう少し詳しく言うと、馬に乗って踊る練習とか、障害物を越える練習、それからあなたがやっているみたいに速く走る練習なんかもあるわ」

「へえ、そんな学校があるんだ。僕にぴったりだ」

「あら、ほんと?」

「うん。勉強もできて、馬にも乗れるなんて最高だよ。ねえ、僕はガフキ姉さんの学校に入れる？」

「私はちょうど学生を集めに来たのよ。もし学科の試験に通れば、馬術の実技はあなたなら何の問題もないでしょう」

「もし馬術学校に入れるなら、僕、タンナクを連れて行きたいよ」

「それは……」

十二

ガフキとゴンポキャプが話し込んでいたちょうどそのとき、ラプテン・ドルジとロディは人目を避けてテンパのテントの中に移動していた。

ラプテン・ドルジは「どっちが仕切る？」と問いかけた。

ロディは「兄さんのほうが年上だから仕切ってくれよ」と答えた。

ラプテン・ドルジは右手の中指をロディの左手の中指に絡ませて、大きめの声ではじめた。

「今日この日から、死が我々を分かつまで、ロディとこの私は食べ物を分かち合い、着るものも分かち合い、できるかぎり助け合い、少しでも役に立つことをし、病気になれば医師を呼び、亡くなったらラマのところへ行きます。我が家が末代に至るまで善行をすることを誓います」と宣誓した。

ロディも「その通りにいたします」と誓った。

普段口数の少ないラプテン・ドルジは中指を外すと、注意深い口調で言った。「まあこんなもんだ。誓いを立てるのは簡単だが、誓いを守るのは難しい。だから俺はこれまで誰とも義兄弟の契りを交わしたことはない。聞くところによると、来世では母の同じ兄弟でも出会うのは難しいが、義兄弟の契りを交わした兄弟は出会うことができるらしい。だから契りを交わすというのは決して言葉だけのことではないんだ。だから俺たちは契りを交わした以上、俺の父とあんたのおじいさんのように楽しいときは一緒に馬に乗り、苦しいときは一緒に荷を運ぶ付き合いをしよう」と言った。

ロディも「もちろん。そうでなきゃ契りを交わした意味がない」と言った。

十三

馬の写真集が想像以上の効果を発揮したようで、ゴンポキャプは大喜び、テンパや、はては馬にさして興味のないラプテン・ドルジの妻のドゥクモまで見にきた。そしてすっかり夢中になり、写真集の中の黒い馬を指さして、「これ、タンナクじゃないのかしら」と言った。

「それはありえないよ。でも本当にタンナクにそっくりだね、ガフキ姉さん」

「ほんとね。そっくりだわ」

テンパは「どうやらあんたは正真正銘の馬好きのようだな。いろんな土地でたくさんの素晴らしい馬を見てきたんじゃないのかい？」と尋ねた。

「ええ、海の向こうではすごい馬をたくさん見ました。でも、国内では河曲馬ほど素晴らしい馬は見たことはないわね。特にお宅のタンナクのような馬は見たことがないわ。競馬大会のときにタンナクの走りを見たけれど、きちんとしたトレーニングをすれば、国際大会でも入賞したり、うまくすれば優勝も狙えるんじゃないかしら。ああ、そうだわ。お宅ではどんなトレーニングをしているのかしら。私が訊きたいのはそのあたりなんです。もう一つはいい馬の見分け方と馬の飼育方法などが知りたいんです」

「そういうことなら今は本もたくさん出てるぞ。もっとも何冊か見たけどたいしたことのないものばかりだったがな。若い人は学があるから読めばすぐに分かるだろう。馬にまつわる言い伝えもたくさんあるぞ。例えば、馬は最高、中、下に分けられる。最高の馬は体に七種の動物の優れた特徴、すなわちヤクの頭、蛙の眼窩、蛇の眼球、獅子の鼻、虎の口、レイヨウの耳、鹿の顎の七つを備えている、といった具合だ。他にも馬の体や毛、蹄などについても良し悪しを見分ける言い伝えがいくつもある。馬の食事制限の期間は競馬で走る距離に応じて決めるんだ。もし一万メートル走に出る場合は、一ヶ月は食事制限する必要がある。食事制限といっても草も水も一切摂らせないというわけではないんだが、とにかく厳しく制限するんだ。毎日夜明け前と、日が暮れてから一時間ほど経った後に、露に濡れそぼった新しく柔らかい草を少しだけ食べさせる。それぞれ三十分ずつな。水も毎日少しだけ飲ませて腹を空っぽにして、贅肉を落とし、体重をできるかぎり軽くするんだ。同時に朝晩一回ずつ走る訓練もする必要がある。地面に目印を置いて徐々に速く走れるようにするんだ。さらに毎晩馬の左右両側と胸に柄杓に百杯ずつの水をかけるか、または馬の背丈と同じ川の中に一時間ほど浸からせたりする。競馬大会が終わったら、草を食べたり水を飲んだりする時間を少しずつ長くしていく。いきなり好きなだけ食べさせたらダメなんだ……」ガフキはそんなテンパの話をスマートフォンで録音していた。後に彼女はこの話を漢語に翻訳させ、さらには良い馬の見分け方に関する本も探したが、そこに書かれていたのは「顔は鹿、耳はレイヨウ、目は蛙。頭は鹿、肩甲骨はヤク、胸は獅子。毛は鹿、腹は牛、背は魚。尻尾は狐、肌は仔鹿、関節はガゼル。これぞ最高の馬の印なり」というものや、「足の翼は外向き、速く飛べる翼となる。鞍の下の三つの山は、百の欠点を補って余りある」とか、「痩せた雌鹿のような頭、痩せたゾモのような関節、痩せた老人のような胸。三つ揃えば前を飛ぶ鳥をもとらえる」といったようなことばかりで、彼女は「研究」するつもりだったが、すっかりわけが分からなくなってしまった。

ゴンポキャプはガフキのスマートフォンを見てすっかり興奮してまくしたてた。「父さんが買ってくれると約束した手機《ショウチー》（携帯電話）はこういうのだよ。うちの班《パン》（クラス）じゃみんなこういう手機《ショウチー》を持ってるんだ。これってすごいんだぜ。上網《シャンワン》（インターネット）もできるし、写真も撮れるんだ。それにチベット語も書けるし、チベット語で信息《シンシー》（メッセージ）を発《ファ》（送ること）できるんだよ。他にも功能《コンヌン》（機能）がたくさんあるし、遊戯《ヨウシー》（ゲーム）だってたくさんある」

残念なことにゴンポキャプが使った漢語の単語は家の人たちには誰も理解できなかった。

十四

その晩ガフキとテンパ、ゴンポキャプの三人は鞍の形をした白いテントで休んだ。朝、ガフキが目を醒ますと、テンパとゴンポキャプはすでに起きていた。ガフキがダウンの寝袋を片付けていると、急にビャクシンのいい香りが漂ってきて、それと同時にこんな声が聞こえてきた。

「キーヒヒ！　無垢なり、無垢なり、清冽なり、清冽なり。神の青やかなビャクシンは無垢そのもの。岩清水は清冽そのもの……雪の国チベットの十二柱の女神、仏塔のごとくまします雪山でありアムドを守護する山神アムニェ・マチェン、勇猛果敢で最強の土地神アムニェ・キュラン、仏陀の教えを司るジャムヤン・シェーパ、虚空蔵菩薩の化身と名高いラカ僧院の代々のラマの方々、ラジャ僧院のシャンザ・ラマなど、仏陀をはじめ、山神、土地神のみなさまに、この穢れなき薫香を捧げます。人間や家畜の無病息災、あらゆる願いが成就しますように……キーヒヒー！　神に勝利あれ。龍神に勝利あれ……」と、三世代の男たちが祈りをあげていた。

ガフキは「男の人たちが焚き上げ〈山神供養の儀礼〉をしているのね」と独り言を言った。

ちょうどその頃、二、三キロ圏内の牧畜民の女たちが、伝統的な木桶や様々なポリタンクを持って、ピンクや黄色の花々が咲きほこる水汲み場に集まってきていた。太っちょの女がにこにこしながらラプテン・ドルジの妻に話しかけてきた。「ねえ、ドゥクモ、お宅に馬を買いたいっていう美女が来てるっていう噂だけど、ほんと？」

ドゥクモは「そうなの。馬術学校の先生なんだって。この間の競馬大会でうちのタンナクが気に入って訪ねてきたのよ」と返事をした。

「あらま、ほんとかね？」太っちょの女はほくそ笑んで「タンナクが気に入ったとか言って、ほんとはお宅の旦那に惚れちゃったんじゃないの？　あんたも気をつけなさいよ」と言ったので、女たちはみな大笑いだった。

「そんなの望むところだわ」ドゥクモは臆面もなく、「だってあのひと、馬のことしか考えてないんだもの。あんなのいたっていなくたって同じよ」と言ったので、女たちはどっと沸いた。

「ほら、前のうちの党支部書記だって、農民の女を連れこんじゃったじゃない」

「そうよ。自分の奥さんをないがしろにして他の女を連れこむなんて、ひどい話だわ」

「うちの支部書記ってさ……あはは、六十歳じゃなかったっけ？」

「そうよ、ちょうど六十歳。あたしの父親と同い年」

「まったくあの人ったら……」女たちの話題が支部書記の噂に移ったので、ドゥクモはなんとか難を逃れることができた。

十五

その日、ガフキはラプテン・ドルジの案内でほうぼうに足を運び、牧畜民が飼っている馬を見て回った。しかし彼女の意にかなう馬がいても法外な値段をふっかけられたり、絶対に売らないと断られたりした。それで彼女は翌日街に戻ることにした。一方ロディはこれといってやることもないのに帰ろうともしない。どうも何か言いにくいことでもあるようだとテンパが察して「なあ、ロディ、何か相談事でもあるんじゃないか。あんたの問題はわれわれ親子の問題なんだから、無下にはしないよ。どんなことでも構わないから包み隠さず話してごらん」と語りかけた。

「うーん……」ロディは大きく息を吐いてから「相談したいことはあるんですが、でもとても言えないので忘れてください」と答えた。

「そんな言い草はないだろう。さあ、話してごらん。もしわれわれにできることなら心配することはない。あんたとラプテン・ドルジは昨日義兄弟の契りを交わしたんだ。今日になって隠し事をするなんて道理が立たない」

「昨日義兄弟の契りを交わしたばかりだからこそ、今日助けてくれとは言いにくいんです。だから忘れてもらったほうがいい」

「いやいや。何としてもわれわれに相談してくれ」

「うーん……じゃあ分かりました。あの日、競馬大会でタンナクを見て以来、タンナクを夢に見ない日はないんです。タンナクが好きでたまらないんです。タンナクを僕に売ってください」

テントの中は静まり返り、聞こえるのはみなの心臓の音とストーブの燃料糞が燃える音だけだった。ロディの顔はみるみる真っ赤になった。いたたまれないと同時に重い荷を下ろしたような気持ちにもなった。

少ししてテンパが口を開いた。「売るも売らないもないさ。明日タンナクを連れて行っていいよ」

「だめだ！　タンナクは僕のものだ。誰にも渡さない」ゴンポキャプが声を張り上げて立ち上がると、テントを飛び出して暗闇に消えた。

ガフキは初めゴンポキャプが寝に行ったのだと思って特に気にもとめていなかったが、テンパと二人で寝間のテントに行ってもゴンポキャプの姿がなかったので、びっくりして背筋が凍りついた。しかしテンパはゴンポキャプは姉のところに行ったんだろうとたいして心配もしていないようだった。

「お姉さんのうちってどこにあるんですか？　ここからどれくらい？」

「四、五キロはあるかな」

「なんですって！　もしオオカミに襲われたらどうするんです！」ガフキは悲鳴のような叫び声をあげた。

「心配することはない。わしがゴンポキャプくらいの年の頃には、夜になるとよその村に家畜を盗みに行ったものさ。だからオオカミの心配はしていないんだが、あいつの大切な宝物のタンナクが人の手にわたってしまうのが不憫でな。タンナクとあいつは一緒に生まれ育ってきて、兄弟のように大事な存在なんだよ。ああ……しかしどうしようもないよ。ロディの家は我が家にとって恩人だからな」

十六

漆黒の草原。四方八方からオオカミの遠吠えが聞こえる。突然二つの火の玉のような目をしたオオカミが現れ、牙をむき出したものすごい形相でゴンポキャプに襲いかかる。ガフキは悲鳴を上げて飛び起きた。心臓が波打ち、全身汗びっしょりだった。

テンパは寝返りを打ちながら、目をつぶったまま「怖い夢でも見たのか？」と言った。

「ゴンポキャプは本当に大丈夫なんでしょうか？」

「安心して眠りなさい。もしゴンポキャプに何かあるとしたらわしがこんなに呑気に寝ていられると思うかい?」テンパの一言でガフキは落ち着きを取り戻した。しかし彼女はすっかり眠気が醒めてしまい、タンナクのことを思ったり、ロディのことを考えたりした。ロディは恥知らずで姑息な男だわ。彼にはもう関わらないようにしよう。彼女がそう思っていたちょうどその頃、ロディはこんなことを考えていた。「あのガフキって女は美人だなあ。特にあのきれいな目と長いまつげ。それに……ともかく腰から上は言うことなしだ。残念なのはちょっとO脚なところだな。競馬大会の日、初めてガフキを見たときは民族衣装を着ていたから気づかなくて、非の打ち所のない美人だと思ったけど。でも後日彼女がジャージを着ているのを見てO脚だと気づいたんだ。もしズボン下とか、あるいはスパッツなんかを履いたら足の形がもっと気になるだろうな。でもまあ、あんないい女ってのもそうそういるもんじゃないし、明日ちょいと口説いてみるか。一夜限りの相手でもいい。ここのところ運がいいし、十日くらい後にあるマジョン県の競馬大会でタンナクが優勝したら……。うはは。あれは賞金がかなりのものだからな……」

十七

昨晩ガフキはロディとはもう付き合わないと決めたけれども、今朝テンパ家に別れを告げて街に向かっている途中、ロディにひとこと言っておかなければと思って車をUターンさせた。するとそこへタンナクに乗ったロディが現れた。くねくねとした小川の回りにはたくさんの花が咲いている。ガフキが川べりに車を止めるのと同時にロディも手綱を引いて馬を降りた。そしてどちらからともなく地面に腰を下ろした。

ガフキはタンナクを見つめながら「ゴンポキャプがかわいそうだわ。あの子の命を奪ったのと同じよ」と言った。

ロディは「それを言うならきみだってあの子の命を奪おうとしてたじゃないか」と反論した。

「最初はそのつもりだったけど、だんだん嫌になっちゃったのよ」

「なぜ?」

「私にもわからないんだけど」

「そうか。でも人間と人間も、人間と動物も、ひとたび集えば必ず別れがくるのがこの世の習いだ。僕にはどうしようもないことだ」

「ふふ。そこまで悟ってるなら、タンナクを私に売ってよ」

「なんだって? タンナクを売れだって?」

「そうよ」

ロディは冗談なのか本気なのか分からずに、「へへ。タンナクを売るよりも、僕たち二人のものにして、きみが女馬主ってことでどうだい?」

ガフキは真面目な顔をして、「あら、冗談で言ってるんじゃないのよ」と言った。

ロディも真面目な顔になって言った。「僕も冗談を言ってるわけじゃない」

ガフキは一瞬言葉を詰まらせたが、こう返した。「じゃあ、私もタンナクに乗ってみてもいい？」

ロディは「いや、それは……」と困惑の表情を浮かべた。

「あはは、やっぱりね。たった今二人のものにしようって言ったじゃない。嘘つき！」

「誤解しないでくれよ。きみがうまく乗れるかなって心配しただけだよ」

「それなら安心して。私、どんな暴れ馬だって乗りこなせるのよ」

「じゃあいいけど。でもタンナクに乗る前にきみに贈りたいものがある」ロディはそう言いながら、バッグの中からトルコ石の首飾りを取り出してガフキの首にかけようとした。

ガフキは戸惑ったが、ロディの手からひょいと首飾りを取り上げると、「洋服には合わないわ。民族衣装を着てるときだったらよかったけど」と言って、バッグにつっこんだ。そして車のトランクから騎手用の帽子を出してきてかぶり、車のキーをロディに向かって放り投げると、慣れた手つきで手綱と轡《くつわ》をつかみ、タンナクにひらりとまたがって、道路の脇の草原を矢のように駆け抜けていった。タンナクの蹄が草原に薄皮の如く貼りついている草や花々を勢いよく剝がし、空中に撒き散らしていくさまは、まるで雹が降っているかのようだった。

十八

ロディの経営するホテルは各階に十六部屋ずつある二階建ての小さいもので、裏手の三十坪ほどの敷地が宿泊客用の駐車場となっていた。これくらいのホテルのオーナーであれば生活に心配はないように思えるが、実際には夏のほんの短い期間以外は閑古鳥だった。それに使用人の女性たちはいつも冬のように冷たい表情で、豚のように怠惰なので、ロディは何度かこの死んだ魚のような目をした女たちに仕事をさせようと努めてはみたものの、結局どうしようもなく、今のように死に体の状態で何とか経営している有様だった。

ロディは肉体労働者を何人か呼んできて、金網の扉のついた馬小屋を作らせ、タンナクをそこに入れた。初め穀物やら果物を好きなだけ食べさせ、それから草と水を一切絶った。ホテルの名前も「駿馬《タムチョク》ホテル」から「黒鷲《タンナク》ホテル」に変えた。

数日後、ロディはタンナクを連れて意気揚々とマジョン県の競馬大会に現れた。そのとき狡猾な目を光らせた二人の馬泥棒も群集の中にいて、こそこそ話をしていた。タンナクが現れたことで、自分の馬の優勝に期待を抱いていた馬主たちは落胆し、せめて準優勝を狙おうと頭を切り替えるのだった。

ロディはゴンポキャプと同じ年頃の騎手の子供を探してきて、一つだけ指示を与えた。「とにかく必死で鞭を打て」と。

ところが騎手の子供が必死で鞭を打ちまくったにもかかわらず、タンナクは予選落ちしてしまった。さらに恐ろしいことに、観衆たちが喧しく批評合戦をはじめたのだ。「これはどういうことだ」「ありえない」「これほどひどいレースはありえない。タンナクの時代は終わったな」「ツェジョン県にはいい馬はいないのか」

ロディは恥ずかしさのあまり腹が立ってきて「死に損ないの畜生めが。雪が降っても吹雪いても枯れ草をなめてでも歩むというお前は、走れば速いんじゃなかったのか。せっかくお前を小屋に住まわせて、穀物も与えて養ってやったのに、恩を仇で返すというのか。お前ってやつは……。馬は叩くのも薬というよな。よし。お前に薬をお見舞いしてやろう」と言うと、思い切り鞭を振るった。そこへ突然ガフキが現れ、ロディとタンナクの間に割って入り、大声で「あなた慈悲の心ってものがないの？　馬が好きっていうのは嘘だったのね。あなた全然馬のこと分かってないじゃない。タンナクの走りが悪かったのはあなたのせいよ」とまくしたてると、踵を返してその場を立ち去ろうとした。

ロディはあっけにとられていたが、ふと「そうか。あの女がタンナクに乗ったせいで、馬に女の穢れがついちまったんだ」とつぶやいた。

「何ですって？」ガフキは振り返って、泣くでもなく笑うでもない顔で「女の穢れがついたですって？　ふざけないでよ。私は国際大会で入賞したこともある騎手よ。ふんっ」と言って立ち去った。

十九

牧畜民たちにとって血沸き肉踊るニュースが河曲草原を駆け巡った。甘粛と青海、四川という三つの省の合同の大規模な競馬文化祭がまもなくツェジョン県で開催されるというのだ。

ロディはあの惨憺たる結果に我慢できなかった。何度も考えた挙句、たどりついた結論は以下の二つだった。一つはタンナクにガフキという女の穢れがついてしまったせいで、もう一つは報酬をはっきり言わなかったため騎手の少年が本気で鞭を打たなかったせいであると。その後、彼はタンナクを連れて、先祖代々ずっと信仰の拠りどころとしてきたラブラン僧院に向かった。僧院では知り合いのゴマ塩頭の僧侶が左手に壺を持ち、右手にクジャクの羽根とクシャ草〈釈迦牟尼が悟りを開いた際に敷いていたという伝承のある草。吉祥草とも〉を持って壺の飾りの部分を持ち、馬頭観音のお祓いのやり方でお清めをしてくれた。この簡単な儀式でロディの心の重荷は半分以上も軽くなった気がした。騎手の子供も他の子を探しだしてきて、優勝したら報酬は何元、準優勝なら報酬は何元……入賞できなかったら報酬はなしだと伝えた。ここまでしても、先日の惨憺たる結果は彼の心に重くのしかかっていた。

二十

以前の競馬大会では「星の数より人が多い」というのは言い過ぎだったけれども、今回はそう言っても過言ではないくらいの人が集まっている。競馬場の近くの小さな丘の上もまるで蟻の巣のようだった。以前の何倍もの数の警察や兵士、私服刑事がおり、国家の最高指導者が会議場に現れたのではないかと思えるほどだった。しかし人混みの中では相変わらず狡猾な目をした二人の若い男が何やらこそこそささやきあっていた。

「ビール、ジュース、かぼちゃの種……」他所の土地から来た大勢の露天商たちが漢語で声を上げながら人混みの中を歩き回っている。

ラプテン・ドルジとガフキも競馬場に現れた。ロディは手綱をしっかりと握りしめ、レース場にやってきた。タンナクは頭を振ってはいなき、落ち着かない様子で、普段とは全く違っていた。うかうかしているとロディの手を振り払って逃げていってしまいそうだった。それを見たラプテン・ドルジは、近づいて行って「おいおい、こいつはいったいどうしたことだ」とつぶやくように言った。

ロディは「甘やかしてしまったのかも」と言った。

元主人と今の主人の二人がかりでやっとのことでなだめ、ようやく騎手の少年を馬に乗せた。手綱と轡《くつわ》を左右からしっかり握り、スタート地点まで連れて行った。銃声が響き、タンナクは矢のように飛び出した。一見したところ、かつてのように優勝しそうな勢いだった。観客たちの大歓声が会場中を響き渡り、波のように大きく盛り上がった。ロディは興奮を抑えきれず、あたふたしていた。しかし突然タンナクの動きが鈍くなったかと思うと、コースを外れて観客の中に飛び込んでいった。騎手の少年が全力で馬を引き戻そうとしたが、馬から落ちてしまい、手綱も放してしまった。元主人と今の主人が死に物狂いでようやくタンナクを捕まえたが、タンナクは完全に取り乱しており、コースに戻すことなどとてもできなかった。

「うーむ、いったいどうしたことだ」ラプテン・ドルジは言った。「喧騒から離れた草原に連れて行って落ち着かせたほうがいいんじゃないか。調子がよくなったら連れて帰ればいい」

「はあ……確かにそうするしかないな」ロディは肩を落として言った。

翌日、地元のテレビではこんなニュースが流れた。昨日の競馬大会の一万メートル走で優勝した鴉《ホロク》という黒い馬が、昨晩盗難被害に遭いました。馬の所在について情報提供してくれた方には高額の懸賞金が与えられます。連絡先の電話番号は××××××です。

二十一

ガフキはロディの「黒鷺《タンナク》ホテル」を訪ねた。ロディに別れのあいさつをして、ついでにトルコ石の首飾りも返してしまおうと思ってやってきたのだが、ロディは留守だった。彼女は開けっ放しになっている空っぽの馬小屋の方へと吸い寄せられるように向かった。馬小屋の入り口にはアンフェタミンの空箱が二つ転がっていた。それを見た彼女は愕然とした。

「あの馬鹿、タンナクに興奮剤を飲ませるなんて!」ガフキはそう言うと、空箱を拾って車に乗り込み、箱の上のバーコードを携帯電話でスキャンしてみたが、該当するものは見つかりませんという文字が表示されるばかりだった。

「どうやらこれは偽物だわね」ガフキは運転席に座ったままため息をついて、首を振った。ロディにもらったトルコ石の首飾りを一方の空箱に入れると、それを封筒に入れた。それからもう一度首を振ると、車をUターンさせて、テンパの家の方に向かって車を走らせた。

一ヶ月前にテンパの家を訪れた際にはテントの回りに青々と茂っていた草も、家畜たちに食べ尽くされて、坊主の頭のごとくであった。それに色も白茶けて、すっかり寂しくなっていた。ガフキは悲しくなって思わず涙があふれ、視界がぼやけてしまった。犬が吠えたのでテンパ家の人々がみな外に出てきた。ガフキは慌てて涙をぬぐい、車を降りると尋ねた。「タンナクの具合はどうですか?」

「うむ……なかなかよくはならんな」テンパ父子は口をそろえてそう言うと、客人をテントの中に迎え入れた。

ガフキは腰を下ろす前に薬の空箱を取り出すと、「タンナクはどうもこの薬を飲んで中毒を起こしたみたいなんです。この箱を持ってタンナクを医者に診せたら、何か治療法があるかも」と言って、箱をラプテン・ドルジに渡した。

ラプテン・ドルジは箱を受け取りながら、「ロディはなんで来ないんだ?」と訊いた。

「私は彼には会ってないの」

「それじゃあどうしてタンナクがこれを飲んだって分かる?」

ガフキは言葉に詰まって何も言えなくなってしまった。

テンパは何か悟ったようで、すっかり肩を落として首を振っていた。

ガフキは「ゴンポキャプはどうしてますか?」と訊いた。

ラプテン・ドルジは「まだ怒ってるよ。八月十五日から夏休みになったんだが、やつは街の友達の家に出かけたまま帰ってこないんだ。欲しいと言っていた携帯電話を買ってあげようといってもいらないと言うし。うーん……もしご無理でなければお宅の学校に連れて行ってくれないか? 馬と一緒にいればかなり気分も楽になるんじゃないかな」と言った。

ガフキは「そうね……それは私も考えたわ。でもうちの学校では民族語の授業がないから、彼はまだ学科の勉強を続けたほうがいいと思う。中学を卒業したらその時点で相談しましょう」と言った。

テンパは「競走馬を買うって言ってたのはどうなった?」と訊いた。

「気に入ったいい馬はいたんですけど、馬は草原から切り離されたら不幸になるだけだとおっしゃってましたよね。それは真実だと思うんです。馬を都会に連れて行って自由を奪うことなんて私にはできません。それに恐ろしい話ですけど、馬術学校の馬は年を取ってレースに出られなくなったら、動物園か馬肉の缶詰工場に売られてしまうんです。だから私、馬を買うのは止めることにしました」

「じゃあ手ぶらで帰るのかい?」

「手ぶらじゃありません。今回私は河曲草原でたくさんのことを学びました。だから決して手ぶらなどではないんです。あ、そうだ。これをロディに渡してもらえませんか? 私は県都には寄らずに直接西寧に向かうので」ガフキはそう言いながら、封筒をラプテン・ドルジに手渡すと、立ち上がってテントを出て車の方に行った。そしてトランクから騎手用の帽子を出してきて言った。「これはゴンポキャプに。今度競馬で走る時はこれをかぶってと伝えてもらえますか?」

二十二

半年ほど雨の降らない日が続いた。強い日照りのせいで大地は焼け焦げてしまいそうだった。呑気な人たちなら黄金を塗ったような草原と形容するかもしれないし、心が塞いでいる人たちなら憂いを帯びた草原と形容するかもしれない。ラプテン・ドルジは赤褐色の毛織物に身を包み、薬の空箱を懐に入れ、頭にはクリーム色の帽子をかぶり、小ぶりの芦毛の馬に乗り、タンナクを引いて幹線道路を歩んでいた。タンナクは時おり天を仰いでは引き返そうとするのだった。道路を横切って峠を越えて県都まで行こうとしていたちょうどそのとき、一台の車が猛スピードでこちらに向かってきて、ラプテン・ドルジとすれ違いざまに耳をつんざくようなクラクションを鳴らした。タンナクが動転して急に体を後ろに引いたので、ラプテン・ドルジは握っていた手綱をうっかり離してしまった。するとタンナクは鳥が翔ぶが如く逃げ出した。ラプテン・ドルジの芦毛馬はタンナクの走りにはまったくかなわず、引き離されるばかりで、ついには峠の向こうに消えてしまった。ラプテン・ドルジが芦毛馬に鞭を打って追いかけていると、前方の峠でバイクに乗った若者がこちらに向かって走ってきた。彼はラプテン・ドルジの側にバイクを止めて訊いた。「黒い馬を探してるのか?」

「そうだが」

「急いだほうがいい。峠の向こうの道路で石炭を運ぶ大きなトラックが黒い馬を轢き逃げしたんだ。ひどい衝突事故だったんじゃないかな」

ラプテン・ドルジは雷に打たれたかのような衝撃を受け、体中に鳥肌が立った。彼は必死で馬を鞭打って前へ前へと駆けた。峠からまたしてもバイクに二人乗りした男たちがやってきた。二人はラプテン・ドルジの親戚だった。ラプテン・ドルジは息を切らして訊いた。「タンナクがトラックに轢かれたって？」

「確かに黒い馬が車に轢かれたんだけど」前の男が言った。「でもあんたのとこのタンナクじゃない」

「間違いないか？」

前の男は首を傾げ、薄目を開けて思い出そうとしているようだったが、口をつぐんだままなので、後ろの男が代わりに答えた。「たぶんタンナクじゃない。でも……自分の目で確かめてみたほうがいい」

そのとき秋の風がひゅうと吹いて、二人とラプテン・ドルジの間の枯れ草をさわさわと揺らした。ラプテン・ドルジは芦毛馬に思い切り鞭打って、峠に向かって駆けていった。風がさらに強くなった。ラプテン・ドルジの帽子は遠くまで吹き飛ばされたが、彼は構わず峠に向かって駆けていった……。

鼻輪

一

「頭に触れても髪ばかり、足に触れても爪ばかり」またもやこの諺通りになってしまったドゥッカル・ツェランである。彼は一トンの重荷に押しつぶされてしまったかのように、よろよろとした足取りで県都から村に向かっていた。実際、銀行に数万元もの借金があるわけで、貧しい牧畜民にしてみれば一トンの重荷を背負っているも同然、己には何の益もなく、人様に顔向けのできない状況としか言いようがない。筋骨たくましい、三十路に入ったばかりの男は自らの苦境を思い、後悔の涙を浮かべるのだった。

氷の世界から解き放たれた植物たちは芽を出しはじめ、鳥たちは大空に向かって伸びやかな歌を歌い、空気中には大地の香りが広がり、今や春の輝きがそこここに訪れている。どこからかうら若い娘の歌う声が聞こえてくる。

マチュ河のあっちの岸の鳥の群れから
カッコウの歌う声が聞こえてくれば
心うきうき飛び立つ思い
マチュ河のこっちの岸の人の群れから
愛しい人の呼ぶ声が聞こえてくれば
心うきうき飛び立つ思い

こんな歌を耳にしても、ドゥッカル・ツェランは鬱々としたまま、重い足を引きずっていた。彼の脳裏には麻雀牌のさまざまな模様が浮かんでは消え、耳には牌を混ぜるジャラジャラという音が聞こえるばかりだった。ああ、これほど胸糞悪いことがあるだろうか。唇を嚙むと目がうるみ、視界もぼやけてきたので、歩みを止めて腰を下ろした。

「俺は人間じゃない。もう家には帰れない。家族にどうやって顔向けしたら……。ああ、なんてことだ……またやっちまった……」ドゥッカル・ツェランはひとりごちながら胸に拳を叩きつけた。ふと口寂しくなって懐に手をやったが、煙草はおろかマッチ一本すらない。彼はがっくりと肩を落とし、首を振りながら、「またしても数万元すっちまった。なんてことだ。俺は人間じゃない。犬だ。いや、犬にも劣る」とつぶやいた。

「みなさん、今日ここにお集まりいただいたのは他でもない。うちの馬鹿息子が麻雀で数万元もすっちまったんです。おかげでうちは食うや食わず、嫁も二人の孫を連れて出て行った。だからみなさん……ここにお集まりのありがたいみなさん、もう一度助けの手を差し伸べていただけないだろうか」ドゥッカル・ツェランの父親は集会の場で包み隠さず話し、村人たちに懇願した。

「しかしな、ドゥッカル・ツェランには村人たちの前で賭け麻雀は金輪際やらないと誓いを立ててもらわないと。人が食わぬは誓い、犬が食わぬは金気の物だ〈食言をしてはならないという意味〉」

「その通りだ。今回だけじゃない。再三繰り返してるんだ。やつがこのまま賭け事にうつつを抜かしてたら、あんたのところだけじゃなく、うちらの放牧集団《ルコル》もおしまいだ。だから村人全員の前で賭け麻雀は金輪際やらないと誓ってもらわないと困る。もし誓ってくれるなら今回もできる限りの支援はするよ」

「そうだ、その通りだ」村人たちはみな二人の発言に賛同の声を上げた。

この集会がはじまってからずっとうなだれたままのドゥッカル・ツェランは、さすがにどうしようもなくなって、おずおずと誓いの言葉を口にした。「もし今度賭け事に手を出したら私は人間ではなく犬畜生です」

村人たちはドゥッカル・ツェランの妻を連れ戻し、ある者は雄ヤクを、ある者は雌ヤクを、ある者は雄の羊を提供してくれた。彼は昨日の朝、もらったヤクや羊を追って県都の市場へ売りに行き、三万元あまりを手にした。

当初はまず銀行に行って、最低でも借金の半分を返し、それから穀物市場に行って麦を買い、ハンド・トラクターを一台雇って麦を積んで帰る心づもりだった。しかし一旦まとまった金を手にしてしまうと、得も言われぬ衝動に突き動かされ、彼の足は銀行どころか穀物市場へも向かうことはなかった。「人間」と「犬」の一言も思い出すことなく、ある公安幹部の経営する、外壁に漢語とチベット語で「賭博禁止」という警告文が貼られた遊戯場に引き寄せられていったのである……。

二

黄昏時になった。黒い馬に乗った男がドゥッカル・ツェランの後ろから近づいてくる。同じ村のオジェン老人だった。オジェンは六十過ぎで、痩せた浅黒い体にぼろの皮衣をまとった、ちょっと近寄りがたい雰囲気の男だ。その彼がドゥッカル・ツェランの姿を目にするや、「おや、ドゥベ公じゃないか。まったくしけた面して。さてはまた賭博に手を出したな」と声をかけてきた。

これこそドゥッカル・ツェランが今一番聞きたくない言葉だったので、恥ずかしさと腹立ちのあまり、「いや」と一言発しただけで、だんまりを決め込んだ。しかし、ドゥッカル・ツェランの表情から賭け麻雀をして負けたことは火を見るよりも明らかだったので、オジェンは、阿片《アヘン》と賭博をやる人間は昔も今も出世できないとか、賭け事にはまる前のドゥッカル・ツェランがいかにまともで思いやりのある人間だったか、そして今や人間はおろか、犬畜生にも劣る有様だと、くどくどと小言を述べ立てるのだった。

ドゥッカル・ツェランはますます苛々が募ってきて、歩みを止め、何をするでもなくオジェンをじろじろと眺めていた。するとオジェンの懐に、パンが何個か見え隠れしているではないか。パンが目に入った瞬間、みるみる顔は蒼ざめ、体もがたがた震えはじめた。考えてみれば昨日の朝から何も口にしていなかったのだ。強烈な飢えに襲われても無理はない。それよりもっと切実なのは、昨日の朝、県都に出かける前に、八十歳の祖母があちこちひっくり返して探し出した五元札を彼の手に握らせて、パンをいくつか買ってきてほしいと言っていたのを思い出したのだ。その五元札は、よその村へ嫁に行った彼の姉が、またしても窮状にはまった弟を見かねてバターとチーズ少々を持って、雄ヤク二頭を引いて訪ねてきてくれ、涙をぽろぽろこぼしながら、もう賭け事はしないでと何度も言って、帰り際に祖母に渡したものだったのだ。

「しまった。ばあちゃんにも何も買ってやれない。俺は人間じゃない。犬畜生だ。いや、犬畜生の風上にも置けない……」

オジェン老人の説教はまだまだ続いていたが、ドゥッカル・ツェランの耳には一言も入ってこず、目は老人の懐のパンに釘付けだった。「手を伸ばしてこのじいさんを馬から一気に引きずり下ろして押し倒し、すぐさま喉に手をかけて絞め殺したら、あのパンは俺のものになるじゃないか。運が良ければ懐には金がたんまり入っているかもしれない。そうだ。見かけは貧乏ったらしくてぼろい皮衣を着ちゃいるが、こういうじいさんに限って質素な食生活で金をたっぷり貯め込んでるに決まってる。それに今は冬虫夏草の季節じゃないか。確かじいさんのところは冬虫夏草がたくさん採れる土地だったな。今日は県都に冬虫夏草を売りに行ったのかもしれない」などと考えながら、あたりを見回すと、人っ子一人いないばかりか、鳥の姿一つ見えず、間もなく日も沈むというところだった。急に心臓が波打ってきて、体も火照り、汗も吹き出してきた。

オジェンは真面目な表情を崩さずにドゥッカル・ツェランを諭しつづけている。傍から見れば実の息子かと思えるほど、心から心配してくれているのだ。実際、彼のような心優しい村人たちが汗水たらして貯めた財産を惜しげもなく差し出し、穴に落ちた自分を何度も救い出してくれたのではなかったか。

「いやいや、恩を仇で返すような真似をしていいわけがない。こんなことでは今生は何とかやりおおせても、来世は地獄に堕ちてしまう」ドゥッカル・ツェランはそう思って何とか心を落ち着けた。しかし再び「ああ、しかしこのまま手ぶらじゃ帰れない。家族にどう顔向けしたらいいんだ。ばあちゃんへのお土産はどうしよう……」と思いは千々に乱れるのだった。再びあたりを見回すと、日はとっぷり暮れて、遠くはもう見えなかった。彼の心臓は再び波打ち、体は火照り、喉は渇き、唾も飲み込めないほどだった……。

三

ちょうどその時、二人の前にウサギがぴょんぴょんと飛び出してきて走り去った。それを見た馬が驚いて鼻をびゅうと鳴らして飛び跳ねたので、オジェン老人は射落とされた鳥のように、馬から転げ落ちてしまった。馬から転げ落ちただけならたいしたことはなかったのだが、老人の右足が鐙《あぶみ》に引っかかったままだったので、体が馬に引きずられる格好になった。馬は動揺し、わなわなと震え出した。馬が飛んだり跳ねたりしながら右往左往するたびに、老人の体は空《から》の頭陀袋よろしく、馬の腹の下でぶらんぶらんと宙吊りにされ、気づけばパンとおぼしきものも懐から飛び出していた。よく見るとそれは木製の鼻輪だった。端っこだけを見れば、形も色もまるでパンなのだが。

ドゥッカル・ツェランはようやく恐ろしい悪夢から醒めたかのように、馬に駆け寄って飛びかかり、手綱をつかんだ。馬は鼻から息を吐き出し、ぶるっと体を震わせたかと思うと、動かなくなった。老人は馬の腹に逆さまに吊るされたまま、うめき声を上げていた。

ドゥッカル・ツェランは左手で馬の口を押さえつけ、右手で老人の足に引っかかっていた鐙を外し、頭を支えてやった。

オジェンは口からも鼻からも少し出血してはいたが、大怪我はしていないようだった。少し休むと老人は口を開き、「助かったよ。お前がいなかったら今頃は冥途の道だ」と一言一言嚙みしめるように言った。

「一緒に県都に行って医者に診てもらいましょう」

「大丈夫だ。それより俺の体を支えてくれるか？　立てるといいんだが」

オジェンはやすやすと立つことができ、支えもなしで歩き回りながらこう言った。「俺はもういつお迎えが来てもおかしくないんだが、まだ両親が健在でね。齢八十過ぎて息子に先立たれるほど悲しいこともないというから、まだ死ぬわけにはいかないんだ。だからお前さんの恩は決して忘れないよ」

ドゥッカル・ツェランはあちこちに散らばった鼻輪を拾い集めながら、さっき自分の脳裏をよぎったあまりに愚かで身の毛もよだつ計画を思い返した。すると後悔の念と恐怖心が渦巻いて、思わず「あのウサギのおかげであなたは命拾いしたんですよ。私も命拾いできました。ウサギは菩薩の化身とはよく言ったものです」と漏らした。

「何を言ってるんだ。あのウサギ野郎のせいで俺は死にそうになったというのに」

「……」

「明日になったら俺の命を救ってくれたお前さんの善行を村人たちに知らせて、俺が先頭に立ってもう一度お前さんを助けてやろう。だがもう金輪際、賭け事に手を出すな」

「今後賭け事に手を出すようなことがあったらもはや人間ではありません。犬畜生です。三宝に誓って」ドゥッカル・ツェランは自ら進んで、きっぱりと誓いの言葉を述べた。

「よし。男たるもの約束は守れ。ヤマイヌが自らの足跡を踏んで歩いていくようにな」

「心配ご無用。でも今度こそ、みなさんの手は借りず、自分で頑張って借金を返します」

「それはいい心がけだが、俺はどうやって恩返しをすればいいんだ」

ちょうどその時、十五夜の月が空高く上がり、大地は昼間のように明るくなった。

オジェンを馬に乗せて引いて歩いているうちに、ドゥッカル・ツェランは背負っていた一トンもの重荷がすっかり消え失せたかのような愉快な気分になった。そして思わず口ずさんだ。

東の山の彼方《あなた》から　月が皓々《こうこう》と昇りゆく
愛しい貴方《あなた》のかんばせが　心に幾度もよみがえる

親を介護した最後の人

ある報道カメラマンが青蔵高原で最後の一頭となった麝香鹿《じゃこう》を探していた時、ひどい暴風雨にみまわれ、ツェタルブムという牧畜民の男の家で一晩雨宿りをすることになった。

数日後、彼は「親を介護した最後の人」という表題の記事を書き、それが新聞とネットに掲載された。その記事によると、ツェタルブムはツェジョン県のごく普通の牧畜民であり、彼の家は県の中心から百キロほど離れた谷にある。そこで彼は「家」と呼んでいる十平方メートルほどの土の小屋に住んでいる。ツェタルブム一家は三十年もの間、町に一切出かけていない。父親が病床についてから十年以上経ち、その間ずっとツェタルブムは父親の下の世話をしている。母親が失明してから九年が経っている。老人二人がこんな状態になってからというもの、ツェタルブムの妻は子供を連れて出て行ってしまった。ツェタルブムには妹と弟が一人ずついるが、妹はずいぶん前に嫁に行き、弟は出家している。ツェタルブムは自分の家の草地を他人に貸して得たわずかな収入に頼り、体の自由のきかない両親を介護しながら、経文を口ずさみつつ、不満もなく質素な生活を送っているということであった。

そして、何日かすると、あちこちからたくさんの記者がその記事に納得できないといった様子でツェジョン県に秋の雲よろしく集まってきたので、県の党委員会の手配で、党宣伝部の部長自ら記者たちをツェタルブムの家まで連れて行き、通訳までした。国家の一大事が起きた際の記者会見となんら違わず、記者たちはわれ先にと挙手をして、部長が許可した質問のみツェタルブムに直接訊いてよいことになった。

記者A「ツェタルブムさん。現在、全世界で親の介護をしているのはおそらくあなただけだということをご存じですか?」

「全世界で俺だけだって? なんてこった。そんなわけがないだろう」

記者B「ツェタルブムさん。あなたが親の介護をする理由は何ですか?」

「ちっ。何を訊くかと思えば。親の介護をするのに理由が必要だなんて聞いたことないぞ」

記者C「ツェタルブムさん。われわれが知るところでは、あなたには妹と弟が一人ずついるそうですね。もし本当にそうなら、あなた方三人が交替で介護をするべきでは?」

「交替でだって? 何の話だ。親を介護する機会があるということは、大きな福徳でもある。それに、妹はだいぶ前に嫁に行ってしまったから今は向こうの家の人間だ。弟は出家して仏に仕える身なのだから、下の世話などできるわけがない」

記者D「ツェタルブムさん。それでは、ごきょうだいはあなたの生活面で援助をしてくれている
のでしょうか？」

「もちろんしてくれるよ。妹はいつもツァンパを挽いて持ってきてくれるし、バターやチーズ、ヨーグルト、ミルクも持ってきてくれる。弟もお茶や塩を買ってきてくれる」

記者E「ツェタルブムさん。私の知るところでは、県都には養老院もあるそうですね。あなたもそこにご両親を預けたらいいじゃないですか。そうすればあなただって結婚して、子供をもうけて幸せに暮らすこともできるじゃないですか」

「おかしなことばかり言いやがるな。自分の息子が生きているのに、親を養老院に入れる必要なんてないだろう。はっはっは。結婚して子供をもうけたところで、俺が年をとったら、今度はそいつが俺を養老院送りにして、自分たちだけ楽しく暮らすってわけか」

記者F「ツェタルブムさん。大変ぶしつけなことを伺います。あなたの頭は正常なのですか？医者に診せたことはありますか？　失礼ですが」

「はっはっは。もし世界中で俺一人しか親を介護していないというのが本当なら……はっはっは。俺の頭は誰よりも正常だと思うよ」

記者G「ツェタルブムさん。聞いたところでは、あなたはこの二、三十年の間外出を一度もしていないそうですね。県都にも行ったことがないというではありませんか。この三十年の間に天地がひっくりかえるような変化があったというのに、あなたは外に出たいとも思わなかったのです

か？」

「はっはっは。親の介護をしているのが俺しかいないってのも変化の一つにちがいないな。まったく、そんな変化、わざわざ知りたいとも思わないよ」

記者たちはみな口をつぐんでしまった。彼らの目にはこのみすぼらしい牧畜民が次第に、国際的に著名な大人物のように見えてきて、みな彼の威光に圧倒されたかのように質問しようとする者もいなくなった。

最後にある記者がしたり顔で、「あなたのこのような行いは、ツェジョン県が長期にわたって、精神文明の宣伝活動を行ってきた成果なのでしょうか？」と訊いた。

ツェタルブムは宣伝部の部長に「質問の意味がよくわからない」と言った。

部長は記者たちに、「彼は『それは言うまでもないことだ』と答えています」と通訳した。

記者たちが部長の我田引水の一言を入れて記事を書きまくったおかげで、この出来事は津々浦々に広まり、ツェジョン県は「全国精神文明先進県」という栄えある称号を手にしたのだった。

あるエイズ・ボランティアの手記

ふぅ……。何も質問なんかする必要はないよ。すべて包み隠さず話すつもりだからね。正直に、じっくりと語ってあげよう。話したことは録音して、書き起こしてすべて公開してしまって構わない。私の職場と本名だって書いて構わないよ。どうせ私はすべてを失ってしまったんだから、今更、何の配慮もいらない。唯一の望みはといえば、みんなが私の失敗の轍を踏まないことだけだ。

私は××省の××地区の経済貿易建設局で局長をしていた。名は××という。これまで何度か、現場監督たちと一緒に女を買いに行ったこともある。だが、そういう時はいつもコンドームをつけていたから、この病気をうつされたのはその時のことじゃないはずだ。おお、痛みが……ふぅ……。

それじゃあ、いつだったかといえば、二〇〇×年のことだろうと思う。うん、そうだ。その年の十月の国慶節の時に間違いない。四川省から来た現場監督の張が賄賂として二十万元をよこして、私はその見返りに資本金四百万元の事業を彼に任せたんだ。張は本当に喜んで、××市の最高級レストランに招待してくれ、麻雀でわざと負けたふりをしてさらに三万元ほど儲けさせてくれた。酒飯を思うままに堪能した後で、彼は私を風呂屋に連れて行ってくれた。風呂屋と言っても、実際には体を洗うために行くところじゃなくて、女を買うためのところだ。ふぅ……。

三、四人の女たちの中から一人を選んで見てみると、私の末娘よりもまだ若くて、しかもたおやかな美人だった。乳房は硬く張って、尻は柔らかで豊満、見るからに健康な感じだ。東北地方の出身だと言っていたな。なまりのない漢語を話していたところを見ると、きっと本当のことだったんだろう。何にせよ、これまで会ったことのある売春婦たちとはまるで違っていたけど、今、その女についてこれ以上細かく話すつもりにはなれないな。彼女は私の体を洗ってから、「お兄さん、あなた、男らしくて格好いいわ。それに、すごく健康そうだから、コンドームはつけなくてもいいのよ」と言ったんだ。

私が戸惑っていると、女は満面の笑みを浮かべ、「あなたと一緒に来た人がね、どんなことをしてでも必ずあなたに満足してもらいなさいって私に言ったの」と言いながら、飢えに長く苦しんでいた子がようやく母の乳にありついたかのように私の股間に顔を埋めて唇を這わせてきたものだから、こっちもコンドームのことなんか頭から吹き飛んでしまったんだ。ふぅ……。一瞬の快楽のために一生を、そして家族の将来までをも失ってしまうことになるとは誰が知ろう。こういうわけなので、あの時の女に病気をうつされたってことで間違いない。

多分それから六、七年ほど過ぎた頃、私は発熱と節々の痛みに悩まされるようになった。最初はただの風邪だろうと思ってさほど気にもとめなかったんだが、日に日にひどくなっていくので薬を飲み、注射をした。だがさしたる効果もなく、体は痩せおとろえ、あちこちにあざが浮かぶようになった。田舎の医者がいくら診察したところで原因はわからず、都会の大病院に行かざるを得なくなった。

ふぅ……うぅ……。そうして初めて「エイズ」という、耳にしたことはあっても自分とは関係のないものだと思っていた病気に自分が感染して、命の危険にさらされていることがわかったんだ。すがるような気持ちで感染症予防センターに駆け込んでみたが、残念なことに検査結果は変わらず、目の前が真っ暗になり、気を失いそうになった。

その時になって、あの憎むべき張が私をこの災厄の業火の中に放り込んだことに、あの因業者《いんごうもの》の売女《ばいた》が私を地獄へと突き落としたことに、ようやく気がついたんだ。私は張に耐えがたい怒りを覚えた。あの売女にも耐えがたい怒りを覚えた。そして何より、自分に対して、耐えがたい怒りを覚えたんだ。だがこれこそまさに「後悔先に立たず」というやつだ。私はそれまでは、地位があれば金は手に入るし、金があれば何でも手に入ると思いこんでいて、下の者から奪えるだけ奪って上の者に献上し、そうやってどんどんと昇進していった。だが勘違いもいいところだった。たとえ独裁国の指導者であって、金の山を手にしていたとしても、そんなものは何の役にも立たないのだということがようやくわかった。

ふぅ……。徐々に喉にも、それからあれにも……。君はエイズ・ボランティアだというから、こんなことは言わずもがなだろうな。体には想像もしなかったような病いのしるしが色々と現れてきて、心には言葉にすることもできない様々な苦しい思いが生じてくる。どうせ打つ手もないなら、いっそ自らの手ですべてを終わらせてしまおうかと何度も考えたよ。だが、自殺する術もなく過ごしているうちに、徐々にそうするだけの気力も失せてしまった。今となっては、目に映るものすべて、知り合いも見知らぬ人も、山も川も草原も森林も家も道路も、すべてが愛しくも美しく感じられてならない。だがもう体も心も疲れ果ててしまった。今はとにかく一刻も早くこの世からおさらばしたい。早ければ早いほど良い。死は怖いが、それ以上に生きることが恐ろしい。私はいつも幻覚や悪夢にさいなまれているんだ。ある時は、映画で目にするような最新式の武器を手にした大勢の公安たちから追われたり、またある時は密林に迷い込んで木の棘が体中に刺さり、性器を切断され身ぐるみ剝がれた挙句に大勢の人が集まっているただ中に放り出されたりする。あるいは家族や同僚、医者、さらに君みたいなボランティアの人までがみんな一尋もある長い舌と一尺はある長い牙の持ち主に化け、私の皮を剝ぎ、血を啜り、肉を喰らい、骨を齧ったりもする。関節から五臓六腑、細胞に至るまで細かく切り刻まれ、何やら器材を用いてじっくりと研究されたりもする。人気のない谷で猛獣に延々と追われた挙句、底なしの断崖から転落し、何とか木の枝をつかんではみたもののよじ登ることもできず、ひたすら中空にぶら下がっていたりもする。またある時は、体中血まみれの女たちが寄ってたかって私の身ぐるみを剝いでうめき声をあげながら、私の体のあちこちに口づけをしたりあれを口に含んだりするんだ。

ふぅ……。ああ、見ての通り、今の私は半死半生の有様で、まさに生き地獄のただ中にいる。だがそれにもまして、死んでも死にきれないほど耐えがたいことがある。私は妻にまで病気を……。もしも来世というものがあるなら、私は何度も何度も羊や豚に生まれ変わって、彼女に屠られて当然だ。それに二人の娘たち。恋人を見つけて結婚するなんてもってのほか、それどころか人前にさえ出られやしない。私は、我が一族の血統を絶やしてしまったんだ。私は一族の敵であり、家系を滅ぼした張本人だ……。なんとかしてそんなことは考えないようにはしている。実際のところ、激しい病痛のために何か考えるなんて力も残ってはいないんだが、それでも時として、知らず知らずのうちにそのことが思い出されてしまって、一層の苦しみを味わうことになる。

ううう、ふぅ……。後になって君のようなエイズ・ボランティアたちと出会って、ようやくチベットにも私みたいなエイズ患者がたくさんいて、しかもその数は増える一方だということを知った。だから、こうして包み隠さずすべてを君に話したんだよ。みんながこの失敗の轍を踏まないためだ。私の希望は、いま話したことをそのままみんなに伝えてほしいということだ。ふぅ……。すまないね。もう本当に疲れ果ててしまって、口をきくだけの力もなくなってきたようだ。すまない……。

手記作成者の注

1この患者は、私がインタビューを行った二週間後、急逝した。またその一年後、彼の妻も世を去った。

2この手記では、地名と人名は実名を伏せて××と表記した。

3インタビューでは、「工頭（現場監督）」など漢語が多く混じっていたが、それらは手記作成者がチベット語に改めた。

ブムキャプ

おのれの顔がひんまがっていても、鏡を責めるな

——ロシアの諺より

正直な話、僕には特に出世できるような資質もないのに、こうも次から次へと要職に抜擢されていくと、自分でも当惑してしまう。僕は母方のおじの口添えのおかげで、世の人々のように他人に媚びへつらうことも、賄賂をしこたま渡す必要もなく、今回も上層部の采配どおり美酒の宴とともに送り出され、歓迎のカターが出迎える中、めでたくツェジョン県委員会の書記となって赴任したのであった。ツェジョン県は省から貧困県認定されているという話だったが、その歓迎の宴たるや、都会のものとなんらひけをとらない立派なものであった。その上、この地の人々のもてなしのよさ、性格のよさときたら！　僕が煙草を手にするやいなや、たちどころに四方八方

から何十ものライターが現れて、煙草に火をつけてくれる。はたからみても、彼らが名実ともにすばらしい「同志」になってくれることは疑うべくもなかった。

歓迎の宴には、県の有力者がことごとく出席していた。宗教界を代表して化身ラマのアラク・ドン、郷・鎮や各機関の長、末端の幹部、すでに引退したお歴々などなど、言い換えれば県四万の民衆の「エリート」がその場に結集していたのである。

県委員会の前書記と県長は僕の両脇に陣取り、漢語で一人ひとり紹介してくれた。「こちらが県委員会の副書記のセルウーキャプ、すばらしい指導能力の持ち主だ。これほどの人材はめったにあるまい。あなたのいい助手になってくれるはずだ」

実際のところ、これら幹部たちは先ほど道の真ん中で僕を出迎え、挨拶もしてくれていたので、ほとんどの人々とすでに顔見知りになっていたのだが、セルウーキャプらはまたしても顔に笑みを浮かべ、ぺこぺこと頭を下げて、怪しげな漢語で「よくいらっしゃいました、扎西徳勒《ジャシデレ》〈チベット語の「初めまして」の漢語なまり〉といいつつ、一人ひとり僕にカターを献じてくれるのだった。

「こちらがアラク・ドン・リンポチェだ。県の最高位のラマであられる」

アラク・ドンはわざわざ漢語がかった発音で「ジャシデレ、ジャシデレ」と言い、両手で僕の頭に触れ、額をつけて挨拶してくれた。

「こちらが県の牧畜局局長の康《カン》ゴンポ、今日はちょっと酔っぱらっているようだ」

康ゴンポは本当に酔っているとおぼしく、「ジャシデレ」と挨拶することもできなかった。

「こちらは県人事局局長の王訊《ワンシュン》」

「ジャシデレ」

「こちらは、県文化局局長の華《ホワ》カルザン、麻雀の達人だよ」

華カルザンはその名前がそうであるように、漢語とチベット語をちゃんぽんにして「お暇なときお電話《ディエンホア》ください。是非お手合わせを。ジャシデレ」と言った。

「こちらはツェジョン村の党支部書記ペマジャ。今日は村の役人の代表として、歓迎の挨拶をしにきた」

ペマジャは僕の手を握り「書記さん、お願いです。今じゃあ、草地はマーモットとイナゴに食い尽くされ、その上、夏の草地の水源も干上がってるんです。この数年、畜牧局《シームージュー》と草原站《ツァオユエンジャン》（草原センター）にさんざん報告《バオガオ》をあげているのに……」と訴えかけたが、県長はその言葉を遮って、「あー、そのことなら、あとで彙報《フイバオ》（報告書）を出しておいてくれ」と言った。

人々の挨拶がおわると、山ほどのご馳走と、河ほどの酒が運び込まれた。みな次第に酔っていき、僕もまた少々酔いが回ってきた。僕に酒を勧める人はひきもきらず、というよりさらに増えていった。だが、喜んで僕の代わりに飲み干してくれる人が大勢いたので、おじけづくまでもなかった。逆に僕が酒を勧めると、断るものは誰一人おらず、はては「高僧の前で断酒を誓って何年も経ちますが、今日は何はともあれ飲みませんとね」と宣言する者まで現れる始末であった。

まったくなんて気持ちのよい「同志」たちなんだろう！　その中にひとり、ひときわ気配りを絶やさない「同志」がいた。ここに集っている人々より年齢は上のようだったが、いつでも笑みを絶やさず、頭をぺこぺこ下げ、腰を低くして、僕をはじめ全員にサービスしてまわり、どこかに尻を据える様子はまったく見うけられなかった。そんな彼に興味を示す人もおらず、僕も初めのうちは彼のことをレストランの従業員か、マネージャーに違いないと思い込んでいた。ところがしばらくして彼は僕の目の前に現れるや、頭を恭しく下げながら酒杯を勧めてくるではないか。誰かが「あー、こちらは、県委員弁公室〈管理運営を担当する部局〉の副主任のブムキャプだ」と紹介した。

「ありがとうございます。そちらもお疲れじゃないですか？」僕は立ち上がって杯を空けようとしたが、誰かが口をはさんだ。「いやいや、今日、書記さんはもうさんざん飲まれたからな。この地は標高も高いし、そんなに酒を飲むのはよくない」ブムキャプは頭を深々と下げて、背を向けて去っていった。

午前三時ごろ、ふと目が醒めるとともに酔いも醒めた。頭が少々痛み、心臓もバクバク打っている。これも標高が高いせいだろう。おまけに、自分がどうやって部屋に戻ったのか、どう身を横たえたのか、てんで思い出せない。県委員弁公室の副主任のブムキャプが部屋にいて、僕が目を醒ましたと見て取るや、顔に笑みをうかべ、頭をぺこぺこ下げながら僕のもとにやってきて、「書記さん、お目醒めですか？　ご気分は悪くないですか？　何か飲まれますか？　飲み物は？　桔子《ジュズ》（オレンジジュース）でもいかがでしょうか？」と訊いてきた。

部屋の中には、ありとあらゆる食べ物、酒、煙草、ヨーグルト、ジュースなどが取り揃えてあった。あとで分かったことだが、これはこの時こっきりというわけではなく、常備されているのであった。

　僕は頭を振って、煙草を一本取り出した。と、ブムキャプが電光石火の早業でライターを取り出し、火を点けてくれた。あとで徐々に分かったことだが、ブムキャプは自分では煙草をたしなまないのに、上等な煙草一箱とライターを常に持参していた。高原では酸素が薄いため、ライターの火は点きにくいものだが、ブムキャプのライターは特殊仕様とおぼしく、必ず一回で火が点いた。いつだって僕が煙草を取り出すや、みなライターを取り出しカチカチ鳴らすが、みなが手間取っているのを尻目にブムキャプがさっさと火を点けてしまうのである。そんなとき彼の顔には大事を成し遂げたような満足げな表情が浮かんでいた。さらに僕がブムキャプからいかに離れていようと、例えば食事の時など、僕と彼の間にいかに大勢の人がいても、僕が煙草を口にくわえたその瞬間に、ブムキャプが目の前でライターに火を点けて待ちかまえているのだった。その素早さ、手際のよさときたら、ただ感嘆するほかない。これは揺るぎない意志と目的を持って長い時間をかけて培われた技であることは疑うべくもなかった。

　ブムキャプは上唇が短すぎるのか、はたまた前歯が長すぎるのか、いつも前歯をみせて笑みを浮かべ続けていた。僕の面前に現れる彼はいつもそんな様子で、たとえ僕がむかっ腹を立てて、彼を叱りつけてもそれは変わることはなかった。頭をぺこぺこ下げている彼の姿を見ていると、その昔土産にもらった張り子の犬が思い出されてならなかった。一九六〇年代、僕の兄が蘭州の学校に在籍中だった時のこと、夏休みか冬休みに帰郷した兄は、僕に色のついた張り子の犬のおもちゃを買ってきてくれた。その張り子の犬は頭と胴体が分かれるようになっており、首から出ている短い針金を胴体側のバネにさしこんで頭を押すと、長いこと頭を上下しておじぎし続けるのである。張り子の犬には尻尾はあったが振ることはなく、逆にブムキャプは尻尾こそなかったけど、もしあったなら確実に振っていたことだろう。その一点をのぞけば、ブムキャプはまさに張り子の犬であった。

ひょっとしてこいつの体にはまっとうな骨などないんじゃないか。そんなことを考えているうちに少々吐き気を催してきたので、「あなたもそろそろ休んだらどうですか」とブムキャプに言うと「天に誓ってそんなことができるわけありません！　こんな高地に着いたばかりの、それも昨晩あんなに痛飲なさったあなたを見捨てることなどどうしてできましょうか」という返事が返ってきた。「いやいや問題ない。体調も悪くないし。ただもうちょっと寝るつもりなんで、あなたも休んで下さい」こうは言ったものの、実際のところ目が冴えてしまって眠るどころでない。ブムキャプもどうしても帰らないと言うので、それならひとつここで話でもしてこの地域の情報でも仕入れることにしようと、いろいろな質問を浴びせてみた。この地域の標高や面積がどのくらいなのか、人口はいかほどで、どのような民族がいるのか、児童の就学率や中学や高校への進学率はいかほどなのか、僧侶人口や人民の平均収入はいかほどなのか、民衆の最大の関心事は何なのか等々。ところが、呆れたことにブムキャプはこうした質問に何ひとつ答えることができず、唯一答えが返ってきたのは、役人たちの関心事のみであった。そして、彼の答えるところの役人たちの関心事というのは、今年、月給がどのくらい上がるかだという。それを除くと、この男は今年の牧畜民の平均純収益がどの程度になるのかも知らなかった。さらに驚いたことに、ブムキャプは文字がろくに、あるいはまったく読めないのだという。唯一習得できた技能は自動車の運転であった。後で徐々にわかったことだが、ブムキャプは元兵士で、仕事についてからまもなく運転手養成クラスに入り、そこを出てからはずっと運転手を務めてきたのである。ただひたすらいろいろな部署で大小さまざまな自動車を運転し、上下隔てなくどんなボスにも誠心誠意仕えたため、ついには県長の運転手職にありついた。

県長はもともと多くの家畜を有する資産階級の出身であり、一方ブムキャプの父親は無産階級の進歩的な末端幹部だったため、文化大革命のとき両家は命がけの壮絶な階級闘争を繰り広げたが、今のご時世、そんなことに拘泥する者などおらず、みなもっぱら「乳さえ出れば母牛〈甘い汁さえ吸わせてくれれば誰にでもなびくという意味〉」の精神で生きている。そんなわけでブムキャプも公私を問わず、昼夜なく県長にひたすら仕え、「ブムキャプときたらまさに運転手の鑑《かがみ》だ」という評判がツェジョン県の津々浦々に広まったのであった。県長自身の口添えでブムキャプは「先進人士」なる栄誉証書も頂戴することができた。これぞブムキャプが生まれて初めて得た賞で、ブムキャプの喜びようたるや筆舌に尽くしがたいものがあり、目には涙を浮かべ、声を震わせながら「この御恩は決して忘れません」と言うのであった。一説によると、ブムキャプの口にいつも笑みが浮かぶようになったのはこの時からだという。

まもなくブムキャプは当時の県委員会の姚《ヤオ》書記に気に入られて彼の運転手となった。一年余りにわたって「特別に目をかけられ」、県委員会の弁公室の副主任に抜擢された。ブムキャプはたちどころに自分の古女房と娘を放り出し、自分の娘より若い女を連れ込んだ。その頃になってブムキャプは県長からもらった「先進人士」なる栄誉証書は何の役にも立たない紙くず同然の代物であり、県長は自分をただ利用していただけであること、真の恩人は姚書記その人なのだと悟って、しばしば自宅に招いては酒とご馳走をふるまい、ふんだんにもてなした。何年も前の話だが、当時、書記の陰口を叩く人は多く、書記とブムキャプの後妻はできている、あいつときたらブムキャプの在宅中ではなく、出かけている時をねらってブムキャプの家を訪ねているじゃないかと噂する者さえいた。だが書記が昇進してしまうと、人々はそのことを徐々に忘れていった。ブムキャプはとっくの昔に定年の年になっており、役人の中でも最年長になっていたが、上級幹部にぺこぺこと頭をさげて笑顔をふりまき、付け届けを欠かさなかったので、誰も彼を無理に引退させることができずにいた。

ブムキャプがストーブにせっせと石炭をくべ続けていたため、部屋はひどく暑くなっていた。彼が上着を脱ぎ、さらにシャツの上の二つのボタンも外すと、首にかけていた数珠と、とりどりのお守り紐が目に入った。あとで次第にわかってきたことだが、ブムキャプはとてつもなく信心深い人間であった。というか信心高じて盲信になりかけていた。県内で化身ラマや高僧と名のつく者なら誰かれかまわず自宅に招き、宗派なんてなんのその、乞食僧やら神おろしやら、はたまた詐欺師まがいの者まで家に招いてもてなし、袈裟をまとった者に会えば必ず帽子をわきにはさんで深々と合掌するのであった。

ある時、豆でも食べるように茶碗を嚙み砕いてシャリシャリと食べることができるという、どこからやって来たのかも定かでない、坊さんとも俗人ともつかぬ行者がブムキャプの家に長らく居候していたことがあった。ブムキャプは彼のことを「うちのラマ」と呼んでいただけでなく、人と会うたびに誰かれなく「うちのラマはそんじょそこらのお人じゃない。そのことは天に誓ってもいい。昨日だって、クント家から車を盗んだ泥棒がどの方面に逃げたかお告げを下してくれた。そのおかげで犯人を捕らえることもできてね」「うちのラマはそんじょそこらのお人じゃない、そのことは天に誓ってもいい。タナク地方の人が病気にかかって今にも死にそうになっていたんだが、ラマが加持のこもった息をふっと吹きかけたら、たちどころに生き返った」と力説するのだった。

悲しいかな、最後にこの行者はブムキャプの後妻ともども一家の蓄えをすべて持って逐電してしまった。ブムキャプの顔に長らく張り付いていた笑みも、さすがにその時には消え失せたという。さらに残念だったのは、彼に同情の気配をみせようとする者すらいなかったことで、みな口々に「ざまあみやがれ。こんなことになると思ってたよ。猪首《いくび》のブムキャプのやつ、つまらぬ役職にありついたくらいでいい気になって古女房と娘を放り出して、売女《ばいた》を家に引きずり込みやがった。こうなるのも当然の報いだ。因果応報ってのはこのことさ」と言うのであった。

これを耳にしたブムキャプは怒り心頭に発し「県委員会の金があるかぎり、俺の懐が空っぽになることはない。こんなはした金を失ったからってそれがどうしたというんだ」と公言していたという。

二ヶ月ほど過ぎて後妻は一文無しになって戻ってきた。それだけではない、身につけていたはずの金のイヤリングや珊瑚のネックレスも消え失せていた。聞くところによると、ブムキャプは日ごろから相手かまわず、いたく親しげに「兄弟」「ともだち」「同胞《はらから》」と呼びかける癖があったのだが、実のところ彼の人生には気心の通じた親友などひとりもいなかった。たった一人の実の兄からも、「おい、ろくでなし。今度あの魔女を家にいれたら、俺たち兄弟の仲は終わりだと思え」と念を押される始末。兄が「今度」という言葉を使ったところから察するに、これまで幾度も同様の事件が起きていたのだろう。あとでわかったことだが、このあたりでは「ブムキャプの後妻」については触れてはならない禁句となっていたのである。

ブムキャプは「売女め、糞でも食らいに戻って来やがったのか。今度ばかりは決して許さんぞ」と激高した。

「あらやあね、なんでもラマの命じるとおりにしなさいと言ったのはあんたじゃないの。それから言っときますけどね、ラマとあたしの間には何もなかったのよ。ただ聖地にお詣りに行っただけなんですからね。ああ、なんてこと、こんな風に運命に弄ばれるなんて……」後妻が目からはらはら涙をこぼし「もう死ぬしかないわ」とその場を立ち去ろうとすると、ブムキャプはそれを押しとどめて「いや、行くな。本当にラマとは何もなかったんだな」と念を押した。

「まあ、なんてこと。ということは、まだ私のことを疑ってるのね。ああ、なんてことかしら。もう自殺するしかないわ」

「誰もお前のことなど疑っちゃいないさ。さ、行こうか。家に戻ろう」

ブムキャプは本当に後妻の言葉を信じたようだった。というのも以前のように「化身ラマ」の類を家に招いてはご馳走や酒をさんざんふるまっていたからだ。

ブムキャプは牧畜民の平均純収益がいくらか、民衆の最大の関心事が何かは知らなかったが、県の人間関係にかけては、特に上層指導部の人間関係については舌を巻くほど詳しかった。彼はこのように説明してくれた。「天に誓って申し上げますが、この地域のほとんどの幹部はロ主任の配下に入ってるんです」彼の言うところの「ロ主任」とは、現在の県人民代表大会常務委員会主任のロサルのことで、過去二期にわたって県長を務めていた。「天に誓って申し上げますが、今のセ書記はなかなか権力もあるし、まあ清廉潔白なほうです。正直に申し上げるとそうなんです」ここで言うセ書記とは県委員会副書記のセルウーキャプのことで、「まあ清廉潔白なほう」とは他の幹部たちと比べると、多少は分相応をわきまえているという意味のようだった。なぜかというとブムキャプはさらにこう言葉を続けたからだ。「天に誓って申し上げますが、腐敗しているのは誰かと問われればやはり唐常務委員でしょうね。煙草や酒は言うまでもなく、鞋油《シエヨウ》（靴墨）にいたるまで政府の金で買わせるんですから。買い与えるとそのまま家に持ち帰る。プロジェクトひとつ担当すれば、予算の五分の一は自分の懐に入るんですよ」

あとで聞いたことだが、セルウーキャプは金には汚くなかったが、派閥をつくって権力争いをし、対立構造を作ることをいたく好む人物だったため、みな彼にはうんざりしているという話であった。

またブムキャプに言わせると県長はなかなか正直な人物であるが、ペマ・ドルジという副県長は「奸臣」で、県長を操っているのだという。そのためみな県長を信用することができず、なかなか本音を口にできないでいるとか。それからしばらくして、ほかの人からも同様の話を耳にした。おまけに、ペマ・ドルジとブムキャプの後妻はできているという。

「じゃあ、県の上級幹部同士の仲はどうなんだい？」と僕が尋ねると、ブムキャプは顔に笑みを張り付け、頭をぺこぺこ下げながら「書記さん、天に誓って申し上げますが、傍から見るといかにも和気あいあいとやっているようですが、腹の中では、他人はみなくたばって、自分だけが生き延びられればいいと思ってるんですよ」と答えた。

これがろくに文字も読めない男の発言か。ひょっとして彼は哲学者なのではないか。僕はすっかり驚いてしまった。「それは本当なのかい？」

「はっはっは、あなたもそのうちわかりますよ」

「じゃあ、みなはどんなところで角突き合わせているんだ」

「権力と金をめぐって争っているんですよ」

「ふうん」僕はほとんどブムキャプの生徒と化していた。「例えば？」

「例えばあなたが誰かを幹部に据えたなら、私も誰か別の人を据えるとか。あるいはあなたが誰かにプロジェクトを任せたなら、私も誰か別の人に別のプロジェクトを任せるとかです」

僕は前にもまして驚いて考え込んでしまった。

「ははは、天に誓って申し上げます。そのうちあなたもおわかりになると思いますが、弁公室のツェド主任はたいした秀才で本も何冊か著してますが、ひどく傲慢な奴ですから、初めからびしっと抑え込んでおいたほうがいいですよ。今日もあなたの歓迎の場に来なかったでしょう」

僕が返事をせずにいると、ブムキャプはたちどころに話題を変えた。「ははは、天に誓って申し上げますが、最近じゃあ、愚かな牧畜民はともかく、役人は自分たちの子供を民族学校に入れたりなんぞしませんね」その大きな理由はというと、学校を卒業して公務員になるにも、いや運転手になる程度のことでも、少数民族語では試験を受けられないため、仕事にありつけないからだそうである。

これは僕も前から重々承知していることで、いくら自分の民族が大切でも衣食の役にはたたないと、自分の二人の子供は漢語で教育を受けられる普通学校に入れていた。

児童の就学率も中学・高校への進学率も知らないとはいえ、また資料やら統計の裏付けはないといえ、ブムキャプの言葉は実態に即したもっともなものであった。「愚者の口から気の利いた格言」とはまさにこのことだった。おまけに心に思ったことをそのまま口にできる正直な人物とおぼしく、初めて出会ったときとがらりと印象が変わったのだった。

まだ夜は明けない。僕は外に小便に行こうとした。するとブムキャプは僕を押しとどめ、目の前にプラスチック製の尿瓶をおいて、「外になんか行かないでくださいよ。感冒《ガンマオ》（風邪）をひきますよ」と言うではないか。

僕が慌てて「いやいや、問題ない。だいたいこれまで尿瓶なんか使ったことなどないし」と答えると、ブムキャプはさらに強硬に押しとどめようとするので、僕は困り果てて「いや……実は大の方をもよおしているもので」と嘘をついた。

「大便もこの中にすればいいんですよ」

「そりゃあ無理だよ」

「無理なんてことはないですよ、前の書記さんもやってましたから。兎にも角にも外に出たりしたらダメですよ」

ブムキャプは僕を押しとどめ、さらにこう付け加えた。「前の書記さんが発たれたら、トイレつきのいい部屋に住めばいいんですよ」

宴席でしこたま酒やお茶を飲んだせいで、もう、漏れそうだ。そうはいっても、これまでの人生、尿瓶なんてものを使ったことなどない。相当気まずい思いをしながら苦労しいしいようやく尿瓶の中に放出した。

驚いたことにブムキャプはごく当然だという顔つきで、尿瓶を宝物のごとく両手で胸に抱きかかえて外に中身を捨てに行った。心して長らく精進し続けなければ、あれほど素早く巧みに処理することなどできなかったに違いない。

ようやく夜が明けた。ブムキャプの髪の根元が、ナイフの背幅ほど白くなっているのが見えた。もともと彼は髪を黒く染めていたのである。

最後にブムキャプは、この県の書記にチベット人が就任したのはあなたが初めてなのでみな喜んでいる、それにもまして自分は喜んでいる、もし私の家に足をお運びいただけるならこれ以上の名誉はない、と言って五体投地でもせんばかりに頼んできたので、僕もたちどころにその招待を受けざるを得なかった。

続く何日かは一瞬たりとも腰を落ち着ける暇はなく、地方幹部や党のお偉いさんや宗教界の大物たちが次々と招待してくれるので、せっせと家庭訪問に励まなければならなかった。行ってみるとどれも贅をつくした豪邸ばかりで、正直度肝を抜かれた。これだけの富がいったいどこから湧いてきたのかはなはだ怪しいところではあるのだが。驚いたことにブムキャプの家もそれとまったく遜色のない豪邸であった。高いブロック塀が二畝《ムー》ほどの敷地を取り囲み、敷地の真ん中には大きな香炉台があり、もくもくと煙が立ち昇っている。木造兼レンガ造りの家は間口十間ほど、全面がガラス張りになっており、温室のように温かい。仏間には、よくよく見ると各宗派いりまじっての仏像や高僧らの写真、さらには毛沢東の様々な写真まで飾られていて、その前には銅製や銀製の灯明台があまた並べられていた。高僧のためにしつらえられた寝室は、ベッドにもソファにも黄色いサテンの布がかけられている〈黄色やえんじ色は出家者の色とされる〉。ブムキャプが誤って「クテン」と呼んでいる一般客用の客庁《クーティン》（客室）、「ツァンテン」と誤って呼んでいる餐庁《ツァンティン》（ダイニングルーム）、さらに夫婦の寝室もあった。思わず「いやあ、これまたすばらしいお宅ですね」という言葉が口をついて出た。

するとブムキャプは顔に笑みを浮かべ、ぺこぺこと頭を下げつつ、こんなことを言い出すではないか。「どれもこれも御仏と共産党のお陰です。恩義という点ではどちらも同じです。とはいえ、私が政府に奉職してすでに三十八年、入党してすでに三十六年経ちますが、いまだ副科《フークー》（一番下っ端の役人）のままです。いつの日か正科《ジョンクー》（副科級の上のクラスの役人）にとりたてられたなら、それで私の望みはすべてかなえられたことになります。書記さん、お取り計らいのほど、どうかよろしくお願い致します」

僕だって、みな何かの心づもりがあってそれぞれの自宅に招いてくれていることぐらい百も承知の上だ。だがブムキャプが遠慮もへったくれもなく、不意にこんなことを言い出したので、僕もどう対応したらよいのかわからず、つい「ああ」と返事をしてしまった。

するとブムキャプはまたしても五体投地でもしかねない勢いで「書記さん、ありがとうございます。ありがとうございます。これですっかり安心しました」と答えるのだった。

僕はブムキャプはそれ相応の年になっているので、上層部の職務につけるべきだと県委組織部に推薦し、「わからなければ年寄りに訊け、見えなければ高い山に登れ」という諺もあるのだから、彼を手元におくのも悪くないだろうと思って、県委弁公室の主任に任命した。正直に言うと、弁公室の前主任が傲慢な人間だというのは本当らしく、お役所仕事でもないかぎり、僕の前にいっこうに姿を見せようとしない、そんな関係だったのである。

ところがブムキャプは昇進を感謝するどころか、その一年後には「副県級《フーシエンジー》クラスの地位を得られたら私も退休《トイシウ》（退職）できるのですが。ここはひとつお願いしますよ」と頼んでくるではないか。

それまでにブムキャプと僕はかなり知った仲になっていたので、こちらも遠慮することなく、

「ひとつに君は学校を出たという卒業証明書を持ってないし、二つにこんなに年をくっちゃあ、上級幹部になんぞとうてい推薦できないよ」と突き放した。

するとブムキャプは顔に笑みを浮かべ、ぺこぺこと頭を下げつつ、紙の証書入れを取り出して、それを開き、通信教育で党の学校を出たという卒業証書を取り出して僕の手に押し付けてくるではないか。

「文字も読めないくせに、どうやってこんな卒業証書を手にいれたんだ」

「うちの弁公室《バンコンシー》の秘書《ミーシュー》が私の代わりに試験を受けて卒業証書を手にいれてくれたんですよ。それから、私の実際の年齢は五十七歳なんですが、檔案《ダンアン》（人事記録）の上では四十九歳ってことになってますので」

「それじゃあ、君は十一歳から仕事に就いてることになってしまうじゃないか。そんなこと誰も信じやしないぞ」

「はは、大勢の人がそうやってごまかしてますよ。コネさえあれば、調査しようって奴も出てこない。だからこれはひとえに書記さんにかかっているんです」

「いやいや、これは僕一人で決められることじゃないから」

「セ書記だって私にそう約束してくれたんです。アラク・ドンも気にかけておくとおっしゃってく

れたし、そのほかのラマの方々も、私の望みは確実に叶うと請け合ってくれています。私自身常々、三宝にお祈りし、お坊さんたちを敬い、土地神には薫香の供養を絶やしません。そんなわけで、すべては書記さんのお気持ち次第なんですよ」

「ううむ、仮に上層部が許可してくれても、聞くところによると、君は末端の役人や民衆の支持がないから、候補者になるのは難しいんじゃないか」

するとブムキャプの奴、「確かにそうですけどね。そうはいっても、もし私たちが本当の意味での民主選挙というやつをやったなら、今の上層部の大半は選ばれちゃいないでしょうよ」とのたまい、さらに一歩僕の方にすりよってきて「そんなわけでもし選挙になるなら、是非とも書記さんのお力添えを」と言うであった。

すると、ブムキャプの後妻が「書記さんだったら、うちの家族も同然、あれこれ言うまでもないわよ」と言いながら、僕の手に酒杯を押し付けてきた。それから誰かに電話をかけて呼び出し、麻雀がはじまったのだった。

上級幹部と麻雀やポーカーをするのは、こっそり賄賂を贈る方便のひとつであり、瞬く間に僕の懐には一万元ほどころがりこんだ。何かのプロジェクトの責任者となって得られる利益と比べればささやかなものだか、それだって「塵も積もれば山となる、滴り積もりて大海となる」と言うではないか。

僕をはじめ、ツェジョン県の県委員たちがこぞって強力に推薦したため、ブムキャプはめでたく副県長候補に選ばれることとなった。だが、風の噂に、牧畜民の人民代表たちは、ブムキャプではなく県委弁公室の前主任ツェドを副県長に選ぶつもりで、みな口をそろえて、「猪首のブムキャプを副県長に選ぶくらいなら、アポウトウを選んだほうがまし」と言っていると伝わってきた。アポウトウとはこの県で物乞いをしている回人の乞食男のことである。

この噂を耳にしたブムキャプはこうつぶやいた。「ならまず、アラク・ドンを抱き込まないとな」

任期満了に伴う選挙の時期は、アラク・ドンが最も忙しくなる時期でもあった。村支部の書記や村長志願者たちはこぞってアラク・ドン詣でをし、みなが自分を書記なり村長なりに選ぼうとしているのに、不届き者が嫉妬の念からこれを覆そうとしているので、どうかご用心なさってくださいと訴えると、アラク・ドンの方も心得たもの、たちどころに村の何名かの有力者や長老を呼び出して、かの人物を書記だか村長だかに選べば、さぞや村のために利益があるだろうとご託宣を下す。するとほとんど誰もが「かしこまりました」と応じるのであった。

県幹部の選出の時でも、アラク・ドンの長子に上級幹部の職を与えたり、下の息子に公の職を斡旋したりすれば、アラク・ドンをまるめこんで本領発揮してもらえるはずであった。だが、さすがにブムキャプを副県長に推すとなると、牧畜民の人民代表らはあからさまに拒絶反応をおこし、アラク・ドンのご託宣にさえ「かしこまりました」と応じるものは五、六名のみ、その数名だって腹の底で何を考えているか知れたものでなかった。

ことここに至っては、すでにブムキャプ一人の問題ではなくなっていた。もしブムキャプが選出されなければ、上層部組織の希望を達成できないことになり、とすると、僕に指導能力が欠けていると見なされる怖れがある。とすると、僕の将来にも暗い影が差すであろうことは疑うべくもない。

追い詰められた僕はむかっ腹を立て、牧畜民の人民代表を前についいこう口をすべらせてしまった。「はっきり言わせてもらおう。いくら大口たたこうと、所詮、口は鼻の下だ。つまるところ、お前たちはお手拭き程度の存在でしかない。だからブムキャプを副県長に選びたいなら、選ぶべきだ。たとえ選びたくなくても、選ぶべきだ」

役所の各機関の代表たちは「お前を殺してやる」と言われても、言い返せないような腰抜けぞろいだったが、牧畜民の人民代表たちは激高して、「前からこんなことじゃないかと思ってたよ。あんたがこの地にきて、ようやく意味のあることを言うかと思ったらこれかよ。よくわかったぜ」と言い捨てるや、オートバイのスロットルを全開にして、それぞれの村に戻って行ってしまった。

僕はあわてて各郷の書記と郷長を呼びつけ、明日のこの時間までに郷の人民代表を一人残らず呼び寄せるように、さもなくばそれぞれの職務から解任すると通告した。書記と郷長たちは人民代表に頭を下げて拝み倒し、翌日、一人も欠けることなく連れ戻してくれた。

僕はまず人民代表たちに謝罪し、今年、それぞれの村に最低でも十万元の公共事業費を出すこと、代表全員が内地見学に行けるよう、一人頭五千元の予算を組むことを約束し、さらに千元以上もする携帯電話を全員に贈ったところ、「手厚くもてなせば、死神にも情け」の諺のとおり、彼らも少しは友好的になってきた。だが、県委員会が提案したように、賛成ならただ白票を投じるという投票方式にはまっこうから反対の構えであった〈票に字を書くことで誰が反対票を投じたかわかってしまうので〉。これでは、はなからブムキャプに投票する気がないのは丸見えで、僕は困り果ててしまった。県の幹部たちもこの一件をすべて僕に丸投げのかまえだったので、もう孤立無援の気分であった。なぜかブムキャプに腹が立ってたまらず、さりとて今の僕にはブムキャプを除けばそばに寄ってくる者とて一人もいないのだった。

　するとブムキャプが顔に笑みを浮かべ、ぺこぺこと頭を下げつつ、僕の傍らにやってきた。

「ツェドを副県級《フーシエンジー》の幹部に推荐《トゥイジエン》（推薦）するからと約束して、それと引き換えに人民代表らを説得してもらえばいいじゃないですか」

「黙れ、犬畜生！　インテリを丸め込むのは、世界で最も厄介な仕事だってことを知らないのか。帰れ、帰れ！」口ではこう言ってみたものの、よくよく考えてみると悪くないアイディアのような気がしてきたので、ツェドに電話をかけて呼び出すことにした。

　傍から見ると、ツェドは生まれてからこのかた一度たりとも笑みを浮かべたことのないような陰鬱な顔をした男で、まこと傲慢きわまる人物であった。彼はふんぞり返って足を組み（この県にあって、これまで僕の前でこんなふとどきな態度をとった者は一人としていなかった）、煙草をふかしながら僕の話に耳を傾けていたが、「ふん、副県長にまつりあげられるなど、俺にとっちゃ、侮辱もんだ。だからそんなものに選ばれたって、翌日即刻辞任してやるよ。ははは。奴の一件については、あんたらがこれまで人が思いつきもしなかった奇策を次々くりだしてくるのをたっぷり拝ませてもらったが、今回はさらに期待できそうだな」と答えるや僕に返事をする暇も与えず、立ち上って出て行こうとしたので、県委員副書記のセルウーキャプが叱責した。「おい、なんだその態度は」

ツェドはセルウーキャプに「ツェジョン県のありとあらゆる紛争や反目を引き起こした総元締めのくせに、どの面下げて俺に口をきいてやがる」と言い放ち、その場を去っていった。

「馬を水飲み場まで連れて行くことができても、水を飲ませることはできない」と言うではないか。こうなっては仕方ない、僕は役所の各機関の代表たちを招集して、投票用紙の裏には各々の名前を記すこと、もしブムキャプに投票しない者がいたら、その地位を剥奪すると宣言した。各機関の代表者の人数は牧畜民の代表者の人数をわずかに上回っていたので、こうすればブムキャプが当選できるだろうと踏んだのだ。ところが残念なことに、投票用紙を検めてみると、各機関の代表の中でもそれなりに地位ある者はブムキャプに投票していたが、何人かいた下っ端役人は誰一人ブムキャプに投票していなかった。また牧畜民代表のうち、ブムキャプに投票したものは二、三名のみで、それ以外全員がツェドに票を投じていた。県の代表者はちょうど百名、票の内訳はツェドに五十三票、ブムキャプに四十七票であった。

茫然となったものの、どうしようもない。僕は選挙の結果を公表せずに、県の四大部門のトップと県委副書記と組織部長を除くスタッフ全員に休息をとるようにと口実を設けて外に出した。

僕が押し黙ったままひたすら煙草を吸っていると、県委副書記のセルウーキャプが投票用紙をしげしげと検めて、「これはなんだ」と言った。

ツェドへ投票したものの中に、「ツェラン・ドルジ」と記されていたものが九票あったのである。県委員組織部副部長でもある選挙管理委員長が「ツェドの本名はツェラン・ドルジだ。役所の文書でも両方の名前を使っているから、二種類の表記があっても同一人物とみなすべきだろう」と宣言した。

「何を言う。奴の身分証《シェンフェンジョン》にはどう表記されている？」副書記が怒鳴ると、選挙管理委員長は黙ってうなだれてしまった。

そこで僕は宣言した。「ブムキャプの獲得票数四十七票、ツェドの獲得票数四十四票、どちらも投票総数の半分を超えられなかったので、明日、再度投票しなおすことにする」

最近、アラク・ドンの下の息子が賭けで五十万元の自動車をすってしまっていたため、アラク・ドンはもっぱら徒歩での移動を強いられていた。その晩、僕らが地方政府の金で上等な自動車を買って差し上げますとアラク・ドンに約束すると、向こうも心得たもの、牧畜民代表五名にブムキャプに投票すると誓わせてくれた。僕は僕で、各機関代表の下っ端役人たちに、ブムキャプに投票すれば役職付きにすると餌で釣り、ブムキャプに一票を投じることを約束させた。

これでなんとかなりそうだったが、先日の一件で手痛い教訓を得ていたため、さらに完璧をはかって、機関の代表一人ひとりに、牧畜民代表一人ひとりを責任もって監督させることにした。

こうして選挙は成功裡に終わった。だがブムキャプ選出にかかった経費に、公約したプロジェクトへの予算を加えると軽く百万元を超えてしまったため（ブムキャプ個人が注ぎこんだ金を除く）、人々はすぐさま彼を「百万元県長」と呼びならわすようになった。僕が人々に約束していたことは、すべて空手形に終わった。しばらくして全県の就業希望の若者たちを対象に採用試験が行われ、成績上位者を学校の教師や病院の医師として採用するはずだったのが、成績など顧みられることなく、全員縁故採用になるという事態も出来した。その中には文字の読み書きもできないブムキャプの後妻も含まれていた。このようなことが次々と起きていったので、県の役人たちも一般民衆も僕のことをまったく信頼しなくなってしまった。さらにツェドに至っては、今年一年、ツェジョン県の生態環境がいかに悪化したかを書きつらね、それをネット上に公開した。ツェジョン県の評判を貶めたと彼を批判しようとしたところ、逆にツェドから公衆の面前で指を突きつけられ、罵られる始末。「あんたみたいな腐れ県幹部は、州都をうろつくロバの数より多いわ。俺から見ると、あんたらは他人に巣くう寄生虫の群れだね」正面切ってこう罵倒する者がいるくらいなのだから、裏では僕とブムキャプの妻ができているだのなんだのさぞやいろいろ噂されていることだろう。

こうなってしまったら、これ以上この地にとどまっても意味はない。新たな職場を求めて、手土産持参でおじのもとを訪れることにした。

ははは、自分でも驚いたことに、しばらくして僕は副州長に昇進することとなった。僕がツェジョン県を去る時、県の四大部門の代表を除くと僕を見送ろうとする役人や民衆は誰一人いなかった。もちろん、ブムキャプの姿もそこにはなかった。

黒狐の谷

一

ツェジョン県の県都から六十キロほど北に行くと、小さなラプツェと祈禱旗のはためく峠に至る。峠から見わたすと北側には谷が開けており、そこには様々な草がうっそうと生い茂っている。谷の中ほどにある羊囲いほどの広さの沼沢地では、あちらこちらから水が湧き出ており、それが澄んだ小川となって谷に流れこんでいる。七、八月になると谷の奥にはシモツケやキンバイ、ムレスズメなどが茂り、色とりどりの花を咲かせ、山の斜面にはエーデルワイスやジンチョウゲが広がり、秋の草原を彩っている。谷の中央を流れる小川の両岸には黄トリカブト、黄シオガマギク、オオバナリンドウなどが咲き、下手の盆地にはメタカラコウ、ムカゴトラノオ、ドクオイチミ、ハイイリンドウ、イソギク、タンポポ、白ヨモギ、ツルキンバイなど、植物学者でも判別に困るほど様々な花が咲き乱れている。数日のうちに色が変わり、新たな香りが広がるたびに、「ケサル王物語」に出てくる「千本蓮の園」とはまさにこのことだと思わざるをえない。牧畜民のテントの周りには、あわせて五、六百頭の馬、ヤク、羊がおり、時に鳴き声をあげながらのんびりと草を食んでいる。その様子を見れば、思わず「美しく豊かなる草原」という言葉が頭に浮かぶ。

　この谷は「黒狐の谷《ワナクロンワ》」という、一風変わった名前で呼ばれている。この名は、谷に生息する狐だけでなく、マーモットまでもがみな黒い体をしていることからつけられたものだ。以前、ツェジョン村の人はみなこの事実を気にもとめていなかったのだが、草地が分割され、この谷が自分たちのものとなってからは、サンジェは口髭を抜きながら、「なんてこった。他の土地では狐はみな赤いっていうのに、この谷だけ黒いのはいったいどうしたことだ」とつぶやきながら考えにふけるようになった。さらには、ツェジョン村の高僧であるアラク・ドンを家に招いた時にも、サンジェはアラク・ドンの前に膝をついて「貫主様、よそでは狐は赤いのに、うちの草地の狐はなぜか真っ黒なんです。それでこの場所は『黒狐の谷』と呼ばれています。このことについてお祓いなどをしていただけないでしょうか?」とたずねた。彼が「うちの草地」と言った理由は、それ以前に県と郷の役人たちが土地を測量して、図面を引いた後で渡された草地使用証なるものの中に、草地の総面積と範囲が明記され、五十年の間はサンジェに帰属する旨がチベット語と漢語両方で書かれていたからだ。

アラク・ドンは草書体で何やら二行したためると、その紙をサンジェに渡した。サンジェはその手紙を手にツェジョン僧院に行き、知り合いの坊さんに百元札とともに差し出した。

二

サンジェは今年で五十歳になる痩せ肉《じし》で色黒の男だ。顔の下半分には長さの不揃いな髭がまばらに生え散らかっている。何年か前までは、コウモリ印の毛抜きを持っていたので、彼の髭も今みたいにたくさんはなかった。しかしある時、誰かがうっかり毛抜きを踏んづけたか膝をついたかして、毛抜きの口が歪み、髭をつまむのが徐々に難しくなってしまっていた。さらにはテントの引越しをする時にその毛抜きをなくしてしまったので、以来、彼の髭は伸び放題となっていた。しかたなく、彼は暇さえあれば、左手では数珠を爪繰《つまぐ》りつつ、右手の親指と人差し指の爪でもって髭を抜くようになった。特に考え事をする時や忙しくなった時などは目にも止まらぬ早業で髭を引き抜くのだが、残念なことに、毛抜きと比べてみれば爪で抜ける髭などというのはたかがしれたものであった。

サンジェは普段は物静かで穏やかな性格なのだが、いざとなればかなりの口達者でもあった。草地が個人単位に分割される前は、集落の若者たちはいつも集まってはおおげさな口ぶりで暴露話や馬鹿話をしたりして過ごしていた。ある時、色黒ででぶっちょのゴンポ・タシがサンジェに「おい、ガリガリサンジェ、お前は入り婿だから舅のジャムヤンじいさんに皮なめしの皮みたいにがしがし揉まれているんだろ。飯も満足に食わせてもらえないで、この長い春をどうやって乗り切るつもりなんだ?」と言ってみなを笑わせたことがあった。

するとサンジェは「おい、でぶっちょゴンポ、お前は人の分までがつがつ食って、今じゃすっかりヤクの腹みたいじゃないか。それじゃ立ち上がるのも辛いだろう。でももしお前が本当にヤクだったら最高だよ。ナイフを腹に突き立てて切り裂けば、うまい脂が出てくるんだからなあ。もっともお前の脂なんて臭すぎて人はもちろん犬だって近づけやしないだろうけどな」と言い返し、みなは爆笑した。

ゴンポ・タシは何か言い返そうとしたが、サンジェはその隙を与えずに「おい、でぶっちょゴンポ、お前、最近は妹に情歌を歌ってないのか」と言葉を継いだ。みなは先ほどよりもさらに大きな声で笑った。ゴンポ・タシは、今日のところはもう勝ち目はないと悟り、だらしなく笑うと、「わかったわかった、今日は俺の負けだ」と言った。

「妹に情歌を歌って」というのはゴンポ・タシがしでかしたある出来事を指している。彼が結婚してまだ間もないころ、街へと出かけていって帰ってくる時の道中でのことだ。彼は、自分の前を一人の娘がヤクに乗って進んでいることに気づき、自分が独身であること、娘に恋人がいるのかいないのか、いないなら自分と懇ろになってほしいことなどを次々と情歌のメロディにのせて歌いつつ娘を追いかけた。娘はひどく怖がってしまい、ヤクの脇腹を蹴って急いで逃げようとしたのだが、馬とヤクでは競争にならない。ゴンポ・タシはすぐに娘に追いついたのだが、よくよく見てみるとそれはよその村に嫁いだ自分の妹であった。彼は恥ずかしさのあまりどうしていいのかわからなくなってしまい、そのまま馬首を返し、その場から逃げ出してしまったという。

サンジェの妻ルドンは、眠る直前まで休むことなく話し続けるおしゃべりであった。やれ村の支部書記の家の子が出家したとか、村長が小さな自動車を買ったとか、よそ者の何某が羊を五十匹売って得た代金は贋金だったとか、今年の冬はお母さんに皮衣を作ってあげなくちゃとか、娘をあの独り者の口唇裂男にやるかどうかさっさと返事をしたほうがいいわよとか、いつ終わるともなく話し続けていたので、サンジェもついに「おい、少し黙ってくれないか。お前の口は痛くならなくても、俺の耳が痛くなってくるんだ」と言った。

「あら、口があるんだから話すのはあたしの自由じゃない。あなたの耳が痛いなら聞かなきゃいいだけのことだわ」

サンジェは妻と喧嘩したくなかったので、髭を抜きながら黙っていた。しかしルドンがなおも「草地が分割された時、五十年はこの政策は変わらないって言ってたじゃない。放牧をやめて草原を守れ、なんていまさら言われたって。街に引っ越してコンクリートの家で暮らしたら肉やバターはどうやって手に入れたらいいのよ。ソナムおじさんの家も街になんか引越さないって言っているわ……」と愚痴を言ってくるので、さすがのサンジェも切れて、「おいこら、そんなこと言ってなんの役に立つっていうんだ。家畜は全部売り払ってしまったし、引っ越しの自己資金だってもう払い込み済みだ。政府が建てた新住居ももう完成している。ほとんどの家は街に引っ越していった。草地のことだって、何年か土地を休ませなきゃいけないってだけのことで、土地の権利はこれまで通り俺たちのもののはずだ。もし本当に食えなくなった時にはここに戻って来ればいいいさ。義父《とう》さんたちがラサ巡礼から戻ってきたら俺たちも街へと引っ越すんだ」と言った。

「何を言っているのよ。ここで年を越してからじゃなかったの?」

「もうほとんどの家が街に移ってしまったんだから、ここで正月を過ごしても誰も会いに来てくれやしないぞ。それに聞いたところじゃ、街の家とやらはそれなりに住み心地がいいんだそうだ。だったら真新しい家で正月を祝うのも悪くないだろう」

「……」

ルドンの父のジャムヤンは七十二歳で、母のヤンゾムも七十歳になっていた。二人とも働くだけの体力はそこそこ残っていたが、家の実権はすべて婿のサンジェに譲っていたため、集落の人たちもこの一家のことを「ジャムヤン家」とは呼ばずに「サンジェ家」と呼んでいた。サンジェの息子のラゴンキャプはもともと学校に行っていたのだが、小学校を卒業してからラブラン僧院に入り、ゲンドゥン・ジャンツォという法名を名乗っていた。彼は数日前から、祖父母と姉のラツォキ、さらにその娘を連れてラサに巡礼に出かけていた。

今サンジェにはするべき仕事は何もなかったけれども、以前にも増してせわしない様子でひっきりなしに髭を抜いていた。

三

ひどく寒い朝のこと、サンジェは牧畜民たちが「手扶《ショウフ》」と呼んでいるハンド・トラクターを二台雇って、一台には燃料用のヤクの糞を詰めた袋をたくさん並べ、その上にさらにヤク肉一頭分と、バター一包みなどの食料品、四角く折り畳んだテント、皮衣、皮の敷物、鍋、茶碗や衣服など家財道具一式を積み上げた。もう一台のトラクターには羊の糞をつめた袋をいくつか積み、その上に仏壇をのせ、さらには家族全員と犬が乗りこんだ。一家は耳を聾する爆音ともくもくたる黒煙をあげながら峠を登っていった。途中、誰もが何度も振り返っては自分たちの小さな土の家と谷全体を見つめていた。峠にたどりつくと、サンジェは懐からさっと一つかみのルンタをとりだして、空に撒き散らし、全身全霊を傾けて「キキ・ソソ・ラギャロー」と祈りの言葉を叫んだが、折も折トラクターのスロットルは全開だったため、彼の雄叫びもほとんど聞こえぬ有様だった。

一家は午後三時頃にようやく県都に到着した。この地で、一家は、何はさておき脳みそに刻み込んでおくべき言葉に出くわした。それは「幸福《シンフー》生態移民村」という単語であった。というのも、「退牧還草政策〈放牧を停止して、草原の生態環境を回復させようという政策〉のせいで街に住むことになったがどこへ行けばいいんだ」と訊ねる度に、「それじゃあ生態移民村に行くはずだな。だが生態移民村はたくさんある。あんたがたはどこの郷から来たのかね」と訊かれたからだ。

「ツェジョン郷からだ」

「ツェジョン郷、ツェジョン郷ね……。ツェジョン郷の生態移民村のほとんどは街の北側にあるんじゃないかな。いずれにせよ『幸福生態移民村』といって訊いてみればわかるよ」

「なんだって?」サンジェは休みなく口髭を抜きながら聞き返した。「うまい《シンプ》……?」

「幸福《シンフー》生態移民村だよ」

この時、トラクターの運転手がここで下りるか、それとももっと先まで乗るつもりなら運賃を上積みしてくれと言いだした。

「いくら上積みすればいいんだ」

「トラクター一台につき十元払ってくれ。そうしたら幸福生態移民村まで運んでやるよ」

「じゃ、頼むよ」

トラクターが向きを変えたとたん、交通巡査が手を振ってトラクターに止まれと合図した。運転手二人は顔面蒼白になってブレーキをかけると同時に地面に飛び降りた。だが巡査は運転手たちを気にも留めず、トラクターの上の荷物をしげしげとながめ、「古い品で売れるものはあるかい? 鍋ややかん、仏像や仏画、古い絨毯や壊れた火おこし道具とか、亡くなった人の茶碗入れとか、髪飾りとか、古ければ古いほうがいい」

「馬の鞍……」ルドンが言いかけたところで、サンジェが遮った。「うまい生態《シンプ》……村っていうのはどこにあるんだい？」巡査はサンジェの言葉が理解できず、ルドンのほうに向きなおって「売り物の鞍があるのかい。飾り鞍かね？　古いものかい？」

「あれよ」とルドンが一台のトラクターの上にあるサンジェの飾り鞍を指差しながら「もう馬もいないのに、鞍だけ残してどうするのよ。買い手がいるなら売ったほうがいいわよ。それが現実的よ」

巡査は鞍をつぶさに眺め「五千元払おうじゃないか」と言った。

「鞍は売らないぞ」

巡査は急にサンジェ家の番犬をしげしげと眺めやり「あの犬はいくらなら売るんだ？」と訊いてきた。

「犬は売り物じゃない」一家のほとんど全員が口をそろえて答えた。サンジェは再び「うまい生態《シンプ》……」と言いかけたが、巡査はそれを無視して、またトラクターの運転手のことなど気にもとめず、バイクに乗って去っていった。

三キロほど行ったところで、トラクターが止まり、「ここが幸福生態移民村だ。下りて金を払ってくれ」と運転手が言った。

四

遠くから見ると、そこはまるでレンガ工場のレンガ乾燥場のようだった。大きさも色も同じ、数え切れないほどの家々が整然と並んでいる。同じく高さの揃った塀がそれらの家々を囲んでおり、そこには「幸福生態移民村」という大きな漢語の看板が掛かっていた。もしあなたがここに来て誰かの家を探すことになったら、「あの、ツェジョン村のサンジェさんの家はどこですかね」なんていう時代遅れのとんまな探し方はやめて、サンジェの家の番号を覚えておけばいい。例えばサンジェの家が21番地の17棟目の4軒目ならば、「211704」という番号のついた家を探すのだ。文字の読めない牧畜民にしてみればけっして簡単なことではないが、今日はサンジェの息子であり僧のゲンドゥン・ジャンツォがいる。さらに運の良いことに、十日あまり前に引っ越した同じ村の人間がサンジェを役所に連れて行ってくれたのだ。そこにいたのは茶髪で無愛想な女役人だったが、ともかく彼女から鍵束と、番地の書かれた紙切れを受け取ることができた。

三部屋ある建物の前には小さな庭もある。鉄パイプを支柱にして扉枠に鉄板をはめ込んだ門もある。門の上には五星紅旗が掲げてある。壁はコンクリート・ブロックに漆喰を塗ったもので、上部は赤茶色の塗料で塗られ、さらにその上には白い塗料で法螺貝がずらりと描かれている。そんな民族らしさを際立たせた住居を目にして、サンジェたちは心温まる思いだった。とりわけジャムヤンは感涙にむせびながら「お上のこの御恩にどう報いたらよいものやら。アラク・ドンのお住まいよりも立派じゃないか。我々ごときにはもったいない」と言うと、家の中をつぶさに見て回るのだった。

ある部屋は壁一つで間仕切りされていた。一方は台所で、もう一方はトイレのようである。というのも隅に白い陶器製の大きな桶状のものが置いてあったからだ。サンジェと妻が、これは洗い桶かなと言ったところ、ゲンドゥン・ジャンツォが小馬鹿にしたように笑って「これは大小便をするのに使う便器さ」と言った。

「なんだって？　こんなきれいなものに大小便をしようものなら福徳も尽きちまって、ケツの穴もすぼんじまうよ」ジャムヤンがそう言うと、妻のヤンゾムもこう続けた。「わけが分からないものなら放っておいたほうがいい。ともかくこれを大小便をするのに使うなんて言ったら、このばあさまが人様に笑われちまうよ」

「これは便器に決まってるだろう。三宝に誓ってもいい。今どきこんなトイレはあちこちにあるさ。俺はこういうトイレで何度もやったことがあるぜ」折も折、便意を催してたまらなくなったゲンドゥン・ジャンツォは、すぐさま僧衣の裾をまくりあげ、便器にまたがって大の方をひり出すと、ほっとしたような顔をしてみせた。しかし、驚いたことに、ボタンをいくら押しても水が一滴も出てこない。よく見てみると、便器には給水管がついていなかったのだ。結局、姉のラツォキが左手で鼻と口を覆ったまま、右手で便器の中の汚いものを取り出して掃除するはめになった。

家にトイレはあってもかまどがなかったので、サンジェは県都まで出て調理用ストーブを買い、ついでにミルクを一瓶買い、通称「三本足」という三輪のバイクを借りて戻ってきた。ルドンがお茶のお初を撒きに〈新しい家に引っ越した時に行う儀礼〉外に出た頃には日もとっぷり暮れていた。庭の片隅につながれた犬が悲しそうな声で吠えているのを耳にして、その時初めて一日中餌をやっていなかったことに気づいた。あまりにかわいそうだったので、すぐさま家に駆け込み、ヤクの血のソーセージが半キロ余っていたのを持ってきて犬にやった。犬は話もできないし、家の中で暮らしてもいないが、それ以外は家族と何ら変わるところはないのだ。しかし思いも寄らないことに、その食事は、六、七年もの間ずっと寄り添って暮らしてきた犬が家族とともに楽しんだ最後の食事となってしまった。というのも、翌朝、犬は鎖もろとも地に潜ったかのように姿を消してしまったからだ。家族みな心にぽっかり穴が空いたようになったが、同時にまた、別れる前に心ゆくまでたっぷり食べさせてやることができてよかったとも思ったのだった。

五

牧畜民たちは、食べ物を盗む犬のことを「泥棒犬」と呼ぶ。同様に、恥ずかしげもなく他人のものを盗む人のことも「泥棒犬」と呼んでいたが、犬を盗むような輩はまさしく恥のかけらもない「泥棒犬」である。サンジェは髭を抜きながら、泥棒犬はいったいどこのどいつなんだと何度も一人ごちながら、一方で、テレビ、冷蔵庫、ベッド、ポット、カーテンなど、買う必要のある品々に思いをめぐらせていた。

この時、新暦の正月が過ぎて、旧暦の正月が近づいていた。県と郷の長たちは退牧還草の補償金と正月二回分のねぎらいの品として小麦粉や米、油、茶、カラー印刷のカレンダーなどをもって移民村にやってきた。さらには、「困ったことや要望があればなんでも言ってくれ。すぐ対応するから」と言って、サンジェ家の家族みなを心底感動させた。特に、ジャムヤン老夫婦は涙を流しながら、「党と国に感謝しなくては。なんの仕事もしていないわしらに金や贈り物をくれるなんて、まるで夢のようだ。ありがたや、ありがたや。困っていることや要望などあるわけがない」と五体投地せんばかりの勢いで言った。役人たちが帰った後も、老夫婦は、家の者たち、とりわけサンジェ父子に「共産党の恩を忘れるんじゃないぞ。どこに住んでもそのことを肝に銘じて行動するんだぞ」と説教するのだった。さらには「県都に行ったら主席の写真を買ってきてくれないか」と頼みもした。ジャムヤンが言う「主席」とは毛沢東一人のことだったのだが、サンジェは新華書店で売っていた他の主席の写真も買ってきただけでなく、さらには、何年も買い手がつかずに長いこと陳列棚に放置されていた色あせたスターリンの写真まで買ってきた。それらをアラク・ドンなど諸々の高僧や化身ラマたちの写真でいっぱいになった仏壇の上の壁に貼ると、家にこれまでにない威光が加わったように感じられた。そのため、マニ車を回すジャムヤンも髭を抜くサンジェも、ついつい主席たちを畏敬のまなざしで見つめてしまうのであった。

仕事をせずとも衣食を心配しなくてもよい暮らしが手に入るなんて夢想だにしていなかった。そのため、「幸福生態移民村」は傍から見ると本当に幸せな場所のようにみえた。ある時、ジャムヤンはふと、街を見物がてら行方知れずになった犬の消息を聞きに行こうと思い立った。昔、彼が村の役人をしていた時はよく街に出て「三幹部会議〈県政府、人民公社、生産大隊という県郷村それぞれの行政単位の役人の合同会議〉」なるものにも参加していた。さらに、小さな街のことは自分の手のひらのように知りつくしていた。ところが、昨今、県都は疾走する駿馬のようなスピードで発展し、天地がひっくり返ったように変ってしまっていたので、出かけたが最後、この移民村に戻ってこられるかも定かではなかった。その上、移民村にたどりつけたとしても、天文学的な数字にも思える自宅の番号をまったく憶えていないので、彼はたちまち自信を失ってしまった。外に出る機会もない今の住まいが牢獄のように感じられた。なすすべもなくなった彼は、他の家に視界を遮られ遠くのまったく見えない自宅の戸口に毎日座り込んでは、かつて犬をつないでいた敷地の隅をじっと見ていた。脳裏には黒狐の谷が浮かび、耳には番犬の吠える声が鳴り響いた。そして、日を追うごとに言葉少なになっていったのである。

サンジェはカラーテレビと冷蔵庫、ソファーなどを買ってきた。テレビではチベット語の番組も見られるので、彼らの生活には新しい楽しみが増えた。特に、大晦日の晩の「春節晩会」という番組の歌と踊りにはみな心を奪われた。

この頃、サンジェ家には二つの大きな変化があった。一つは娘のラツォキが独り者の口唇裂の家に嫁に行ったこと、もう一つは、ヤンゾムの望みでラツォキの私生児である孫娘のラリキを母親の嫁ぎ先に連れて行かせず、サンジェ家にとどめおいたことだ。秋口にはじまる街の学校に彼女を通わせるためだった。

六

春になると、冬虫夏草を採る者、建築現場で働く者、道路建設に従事する者など、多くの男女がツェジョン県の県都に集まってきたので、できたてのヨーグルトのように静かだったこの草原は、まるで熱湯が沸き返っているかのように騒々しくなった。

サンジェ家が正月の前に黒狐の谷から持ってきていた肉や乳製品、それに燃料用のヤクや羊の糞は徐々に少なくなっていた。そのため、ルドンとサンジェが交替で少なくとも一日に一度は街まで買い物をしに行く必要があった。それに物価も徐々に高くなってきていた。サンジェは移民村から三、四キロも離れた県都で仕事を探していたので、大至急バイクを買う必要が出てきた。だが、ものごとを大げさに言うのが好きな牧畜民たちに「油断したら金玉まで抜かれる」と称される泥棒たちの目当ての品が、まさに金玉ならぬバイクなのだ。やつらにバイクを盗まれたくなければ、一日中家の中に置いて玄関に鍵をかけておかねばならない。そんなことをしてしまえば、最初は本当に広く大きく感じた三部屋ある家も、引っ越しの時に持ってきた家財道具に加えて新たに色々とものを買いこんだせいで、ずいぶんと狭苦しくなってしまう。サンジェは万策尽き果て、今となっては使い道のない大きな便器を取り外して家の外に放置した。

「ちょっと！　これはどういうこと！」かつてサンジェに鍵を渡し、家の番地を教えてくれたあの茶髪の女役人がサンジェの家にやってくるや、いきなり「馬桶《マートン》〈便器〉を取り外して外に捨てるなんて、なにしてくれてんのさ！　明日には視察《シチャ》の人たちが来るんだよ。まったく、とんでもないことするんだから。本当に迷惑な人たちだねえ」と罵り、苦りきった様子で家の前を行ったり来たりしていた。

サンジェは恐ろしくなって、押し黙っていた。するとルドンが「場所をふさぐばかりで使い道もないので……」と弁解した。

「使い道がなくったって、『シチャ』が来た時に見せなきゃまずいんだよ。本当にまったく。ひどいもんだ」

ルドンはまた何かを言いかけたが、サンジェはそれを遮って「そしたら、どうしたらいいんですかね？」とすがるような目で茶髪女の顔を見た。

「私の言う通りにしなさい。急いで工人《コンレン》を呼んで、元通りにしてもらうんだ。『シチャ』にばれたらお終いだよ」

「コンレン……?」

「そうだよ。仕事してくれる人を呼んで来るんだよ」

サンジェは急いでバイクにまたがって街へ行き、値段交渉もせずに百元払って職人を一人連れて帰ってきた。その男は一つかみのコンクリートに砂を二つかみほどまぜあわせると、便器をもとの位置に取り付けた。しかしサンジェは、茶髪女の様子からすると、明日か明後日にやって来る「シチャ」というやつはひどく恐ろしいものに違いないと思って心落ち着かなくなり、せっせと髭を抜きながら家を出たり入ったりしていた。

強風が吹き荒れて目を開けているのが辛いような時でも、ジャムヤンはいつも日がな一日、扉のところに座ってマニ車をまわし、犬をつないでいた中庭の隅を見つめているばかりで、昔よりも口を開くことが徐々に少なくなっていった。たまに妻のヤンゾムが彼に話しかけようとそばに腰をおろすと、その度に埃が舞う。だがジャムヤンは一言二言短く返事をするだけで、あまり相手にしようとしなかった。そのため、ヤンゾムもどうしようもなくなり、しばらくすると再び埃を舞い上げながら立ち上がって、家の中へ戻っていき、テレビを見るのだった。彼女は漢語だろうとチベット語だろうと構わず、とにかく映像が流れていれば気にせずにテレビを見た。テレビの言葉には文語的な表現が多いため、ヤンゾムはチベット語であってもあまり理解できていないようだったが、彼女はテレビを見るのが本当に好きだったので、夫のジャムヤンよりは容易にこの環境の中で日々を過ごすことができていた。

サンジェが心配していた「シチャ」が、たくさんの県と郷の役人、それにたくさんのテレビや新聞の取材班を引き連れてやってきた。しかしそれは心配していたように恐ろしいものではまったくなかった。それどころか、いつも目にしていた中国の布袋様の像のように福々しく肥え、にこやかな笑みを浮かべた親しみやすい人物であった。彼は誰が何を言おうと「はっはっは。結構ですね。素晴らしい」と答えるばかりで、果ては場所をふさぐばかりで役にも立たない便器すらも、遠目で見るや「結構ですね」と笑うので、サンジェはようやく安心することができた。

「シチャ」一行が帰ってからは、みなが便器を取り外して外に放置しても茶髪の女役人は何も言わなくなった。そのため、数日後にはサンジェも勇気をふりしぼって再び便器を取り外して外に放置したのである。

七

二ヶ月あまり暴風が吹き荒れた後、今度は雪まじりの雨が降ってきた。その後、途切れることなく小雨が降り続き、「幸福生態移民村」の家の屋根からも雨漏りがしはじめ、家の中にいることもままならなくなってしまった。もっとひどいことに、屋根の雨水が家の四方の壁を伝わってしみこんできた。もともとコンクリート・ブロックをくっつけていたのはセメントではなく土だったので、壁の漆喰が黒い泥水に流されてしまい、「裸」になった家の壁の隙間から中が丸見えになる始末。はてはサンジェ家の壁に貼ってあった「主席」たちの写真も無残な状態となってしまったので、サンジェも写真を剥がすほかなかった。

「あれほどの大金を自己資金として召し上げといて、こんな家しかつくれないなんて。それを上回る政府の補助金もつぎ込まれているっていうのに」ルドンはむかっ腹を立てて、「黒狐の谷の土の家はみてくれこそ悪かったけど、雨漏りはしなかったわよ。それに暖かかったし。父さんと母さんにはそれで十分だったのに」と言い、さらに不意に思い起こしたかのように「ねえ、庭にテントをはって、鉄のストーブを設置したらどうかしら」とつけくわえた。

「そうだな、そうするしか手はないかな。だが……」サンジェは髭を抜きながら答えた。「茶髪女が何と言うやら」

「そうだ、それを言うなら、茶髪女はここの責任者なんでしょ？　あの女を呼んで、この家を見せてやったらどうなのよ。あんな大金をとられて、こんなぼろ家なんてほんとありえないわよ」

「経典に誓ってもいいが、実は俺は茶髪女が怖いんだ」

「びびってどうするのよ。あんたが怖いならあたしが言ってやるわよ」ルドンはそう言い捨てると、立ち上がって外に出た。正直なところ、茶髪女とやりあうだけの度胸があるかどうか自分でも怪しかったが、夫の前で啖呵を切ったからには、女のもとに行くしかなかった。運よく、茶髪女の役所にはツェジョン郷の書記などのお偉いさんたちや、牧畜民の男女がたくさん詰めかけていた。チベット語のできる幹部によると、すでに県の党委員会と県政府に話は通っており、彼らもこれを重要視し、今日明日にでも天気がよくなれば、全家屋を修理する予定であり、しばらく我慢してほしいとのことだった。

「そういうことなら、これ以上言うことはない。党と国家さまさまだ」野太い声の若者が、みんなを代弁するかのように言い、そのまま外に出ていった。他の者もぞろぞろと続いて出ていった。ルドンは笑みとともに帰宅し、「お偉いさんたちが、何日か我慢してくれ、急いで修理するからって」と言った。

「党とお国は、まったく親のようなものだな」しばし黙りこくっていたジャムヤンがようやく口を開き、満面の笑みを浮かべた。サンジェも髭を抜く手を止めて、「俺は街に行って羊肉を少々買ってきたんだが、街っていうのは本当にびっくりだな、三月だというのに、それはそれは脂ののった羊肉を売っていたよ」

ようやく雨が降りやんだ。壁際に指幅四本分くらいの長さの青草がぱらぱらと生えてきた。県都の周囲では、以前にもまして拡張した「幸福生態移民村」の家々の補修がはじまった。とはいえ、この補修たるや、ごく簡単なもので、家の屋根の瓦をはがし、ビニールシートをかぶせて指幅一本分くらいの厚さに黒土を塗り、その上に瓦をもとのように並べる。壁の表面には全面的にセメントをナイフの峰ほどの厚みに塗る。さらに、白い漆喰を塗り、上の方を赤褐色の塗料で塗り、そこに法螺貝の絵をずらりと描けば完成であった。次に州からだとかいう「シチャ」がやってきて、「まことに結構ですな」と言って去っていった。たしかにまことに結構な仕上がりではあった。その年はそれ以後どんな大雨が降ろうと雨漏りひとつしなかったからだ。だが期待に反して、翌年、春の雨の季節が到来すると、すべての家に前年と同様の事態が出来したのだった。牧畜民たちはまたしても茶髪女の役所に集まり、中には自己資金を返してくれ、俺は草原に戻ると食ってかかる者すらいた。県の党委員会と県政府も事態を重く見て、無料で家を修理したが、残念なことに、その修繕法たるや去年とまったく同じであった。人々はこの修繕法を「糞の上に土撒き」と呼ぶのであった。

八

県都では燃料用のヤク糞売りがめっきり減った。かわりにかつては県の幹部や金持ちの家にしかなかった石炭を売りにくる者が増えた。しかし石炭は極めて高価なので、牧畜民たちは「高価な黒石」と呼んでいた。石炭は高価なだけでなく危険でもあった。「幸福生態移民村」だけでも最近三つの家庭の合計九人が一酸化炭素を吸いこんで死んだし、街でも四人の役人が一緒に酒をしこたま飲んだ後、酔っ払って寝てしまい、真夜中に喉が渇いてふらふらとストーブのそばに行ってやかんを持ち上げた後、きちんともとに戻さなかったせいでストーブの口が開けっ放しになり、夜明けには全員死亡するという事件があった。そんなわけで「幸福生態移民村」の人々はここのところずっと震え上がっていた。サンジェ家は仏のご加護でそんな恐ろしい目には遭わずにすんでいたものの、お金もほとんどないうえに、最近買った「高価な黒石」のうち三分の一ほどは燃えるわけもない単なる石ころであった。サンジェが物思いにふけりながら髭を抜いていると、ルドンがこう言った。「この間買ってきてくれたバター、とんでもなく古いやつだったわ。昨日父さんがトゥマ〈ツァンパとバターに熱いミルク茶をかけた食べ物〉を食べたら一日中お腹が痛かったって。だから今朝はバターなしのツァンパを食べたんだよ。あんたもバターが新鮮かどうかくらい確認してくれないと……」サンジェは妻の言葉をさえぎって「新鮮かどうか確かめなかったからじゃないさ。新鮮なバターは高くて手が届かないんだ」と腹立たしげに言いながら、髭を抜いていた。

「そろそろ鞍を売るしかないわね。馬もいないのに鞍を持ってたってしょうがないし」

「馬は安いが鞍は高いと言うだろ」

「それを言うなら馬は高いが鞍は安いでしょ？」

「普通の鞍なら安いかもしれんが、俺のこの鞍は普通の鞍じゃない」

「そんなこと言っても新鮮なバターがなけりゃ、父さんたちはもちろん、私たちだって大変なんだから」

「どんなに大変だからって、草地の補償金がまだ出てないんだから〈補償金は毎年もらえる〉、俺だってどうしようもない」
「お茶に入れるミルクもなけりゃバターもかび臭い。まったく父さんたちが不憫でしかたない」
「ミルクを買いに行って来る」年老いた義父母を不憫に思ったのか、はたまたルドンに辛く当たられて嫌気がさしたのか分からないが、サンジェは立ち上がって家を出ようとした。するとそこへ息子のゲンドゥン・ジャンツォが現れた。

ゲンドゥン・ジャンツォは両親の表情を見て何かを悟ったかのように、祖父母のもとへ行ってキスをすると、腰掛けるよりも先に懐から二千元を取り出して父親に渡した。

今や実に大勢の僧が還俗し、若者たちはサイコロ賭博にうつつを抜かし、盗みを繰り返している。そして娘たちは体を売るという有様だ。「幸福生態移民村」に限っても、去年から今年にかけて五、六人の若者が逮捕され、三、四人の娘が行方不明だ。そして僧も四、五人は還俗している。そのうちの一人など、僧院に忍び込み、由緒ある貴重なパンデン・ラモ〈チベットで広く崇拝されている護法尊〉の黒地金泥の仏画を盗み出し、よその土地に逃亡を企てていたところを逮捕され、いまだに留置場にいる。そんな聞けば身の毛もよだつような事件が次々と起こっているのだ。しかしゲンドゥン・ジャンツォはひたすら読経と善行に勤しむ人間だ。他の僧のように奢った生活にふけることもなく、敬虔な信者たちがくれるお布施を貯めた金で家計を助けようとしている。そう思ったサンジェはゲンドゥン・ジャンツォを抱きしめてキスをしたくなった。しかしゲンドゥン・ジャンツォが大人になってからはそんなことはしていないし、とてもじゃないができそうになかった。でも感動のあまり鼻の奥がつーんと痛くなってきたので、「肉でも買ってくるよ」と言って出かけようとした。

するとルドンが追いかけてきて、「ミルクを一瓶買ってくるのを忘れないでね。工商局《コンシャンチュー》の隣の商店では買わないで。ニセモノを売りつけられるから」と言った。妻の言うニセモノにも様々な種類があって、ミルクに水を混ぜたもの、ミルクから乳脂肪分を取り除いたもの、ヤクの乳だと偽って牛乳を売りつけるものなどがあるのだが、魔物に取り憑かれてもそこまでは思いつかないだろうというものとしては、防腐剤を入れて暑い夏でも腐らないミルクなんてものがある。

サンジェはバイクのスロットルを全開にしていて妻の声が聞こえなかったのか、ともかく返事をしなかったので、ルドンは「またあの人ニセモノのミルクをつかまされるわ」とぶつくさ言いながら家に戻ろうとした。とその時、番犬をつないでいた場所をじっと見つめている父ジャムヤンの姿が目に入ったので、袖をつかんで「父さん、家に入りましょ」と家に引っ張りこんだ。

九

ジャムヤンが家の中に入るとゲンドゥン・ジャンツォがすっと立ちあがった。ジャムヤンは孫の顔をみて、「このお坊さんはどちら様だい？」とたずねた。

ゲンドゥン・ジャンツォは面食らってルドンの顔を見た。ルドンは「おじいちゃん、ぼけちゃったのよ」とささやいた。その時、ヤンゾムが「まったく、うちのおじいちゃんたらどうしちゃったのかしら。この人はうちの孫でしょ。さっきあんたにあいさつしてくれたじゃないの」と言った。しかし、ジャムヤンはあいさつをしたことを認めようともせず、まだ「なんだ、いつからいたんだ？　来てからわしに一言も口を聞こうともしないで」と腹を立てていた。ゲンドゥン・ジャンツォはしかたなく、半泣きの顔で祖父ジャムヤンの首に抱きついてキスをした。それでジャムヤンはやっと満足して腰をおろした。

「おじいちゃんはぼけちゃったのよ」とルドンは再び声をひそめて言った。

「夕方に門のところに行っては『犬に餌はやったのか？　黒い角なしのゾは囲いに帰ってきたか？灰色の馬と黒い馬の前足を互いに縛り付けておくんだぞ』なんて言ってくるの。うちにそんな家畜がいたかどうかも思い出せないわ。おばあちゃんが言うにはそのゾや馬は若い頃に飼っていたやつだって言うんだけど……」と早口で話し終えた時、孫娘のラリキがドアを勢いよく開けて、「おじさん来てるの？」と言いながら中に入ってきた。

ゲンドゥン・ジャンツォより先にルドンが口を開き、「あら、今日はどうしてこんなに帰りが早いの？」と訊いた。

ラリキはかばんをおろすと、チベット語と漢語のちゃんぽんで二つのニュースを披露した。一つは、教室の天井が落ちてきて二人の児童が下敷きになって死に、四人がけがをしたこと。もう一つは、昨日学生が一人、先生の家に侵入してお金を盗み、先生に殴られてけがを負ったこと。

そして今日はその学生の兄が何人かの若者をひきつれて先生のもとに行き、先生を足腰立たなくなるまで殴ったことだった。

「それで、校長《シャオジャン》が今日は上課《シャンク》〈授業〉をやめようって言ったの」とラリキは今日の帰宅が早くなった理由を一言で説明した。

「まあなんてひどい。もしうちの子が天井の下敷きになんかなったら。明日から学校に行かせるのはやめましょう」とヤンゾムはラリキを抱きしめて決心したように言った。家族の中でもっとも大事なのはラリキだ。ラツォキが嫁に行く時も頑として連れて行かせなかったし、学校にやるのもそれほど乗り気ではなかった。そのため、今回の事件に乗じてラリキを自分のそばにとどめおこうと思ったのだ。

ちょうどその時、外からけたたましいバイクの音が聞こえてきた。すぐにサンジェが左肩に重そうな袋を担いだ女性を連れて入ってきた。それは彼の妹のユドンだった。ユドンの嫁ぎ先はまだ街に移住せず、牧畜を続けていたので、肉や乳製品などは買う必要がなく、売ってさえいた。余裕があればよそにあげてもいた。そのため、彼女は街に出てくるたびに兄の家に肉や乳製品などを運んでくるのだった。今回も彼女は羊の尻肉一塊、一キロほどのヤクの内臓一袋、二キロ半ほどのバターの塊、黒いビニール袋にはチーズ一キロ半、ヨーグルトをバケツ一杯、ミルクをペットボトル二本分持ってきてくれただけでなく、さらに、ジャムヤンとヤンゾムにあいさつしながら、ラリキも含め三人に十元ずつ渡すのだった。

サンジェもコーラのペットボトルを何本かと一キロ半ほどのヤク肉の塊を買ってきたので、ルドンはすぐにそれをひき肉にし、小麦粉を練って皮をつくり、肉まんをこしらえた。石炭を惜しげもなくくべたので、ストーブは赤々と燃え、家中が暖かくなった。彼らは四方山話をし、家の中にはしばらく耳にしなかったような笑い声がいくども響いたので、数時間前にサンジェ夫婦が金がないと気をもんでいたことやラリキが語った学校内の恐ろしい事件のことも忘れられそうだった。ジャムヤンは早々に床につき、ほどなくしてヤンゾムもラリキを抱いて寝床に入った。他の者たちはいつもより二時間ほど遅れて寝る準備をした。

みなが大いに盛り上がったこの日の最後の最後、用を足しに外に出たサンジェが突然、「なんてこった。俺のバイクが……俺のバイクが……盗人のやつらめ！」とわめきたてた。彼はやる方なく敷地の中をうろつき回るほかなかった。

十

「幸福生態移民村」の村人たちが陰で「茶髪女」呼ばわりしている女役人がサンジェ家の門口に現れて、「今すぐに料金を払わないと電気も水道も止めるわよ」と通告した。

今やサンジェもすっかり胆がすわり、悪ずれしていたため、及び腰になるどころか「あんたらが草地の補償金を払ってくれさえすれば、すぐにでも払ってやるよ。電気を切りたきゃ切るがいい。俺たちにゃ、太陽電池があるぜ。水を止めたきゃ止めるがいい。ツェチュ河に行って水を汲んでくるまでよ」と言い放った。

「きゃははは」茶髪女は吹きだした。「ツェチュ河は汚染《ウーラン》がひどくて、今じゃ豚だって飲みゃしないわよ。そんなことも知らないの」

サンジェがなんと答えようかと思案していると、ルドンが耳をつんざくような悲鳴をあげた。そして三、四歩後ずさりしたかと思うとサンジェを見やり、魂が抜けたかのように口をぽかんと開けていた。

サンジェが慌ててそちらを見ると、ジャムヤンがうつぶせに倒れているではないか。急いで駆けよって義父の頭をもちあげたが、すでに体は冷たくなっていた。

ルドンによると、ジャムヤンがずっと外に座ったままだったので家に連れ戻そうとちょっと袖をひっぱったらそのまま地面にくずおれたという。父の顔に手を当ててみたが、すでに石のように冷たくなっており、すっかり取り乱してしまったのだという。

「傍らにいながら、父さんが亡くなる時、頭を支えてあげることもできなかった。私ときたら……」

ルドンは泣きながら言った。

「泣くな。泣くんじゃない……マニを唱えるんだ、マニを……」サンジェはルドンの涙がおさまったかどうか窺ったが、「父さんが亡くなる前に、ミルク茶一杯飲ませてあげることができなかった。

新しいバターの入ったツァンパすら食べさせてあげられなかった。今朝もバターなしのツァンパしかなかったわ。可哀そうなお父さん……」と、ルドンは前にも増して悲痛な声で泣くばかりであった。サンジェもこらえきれず思わず涙をこぼした。義父が亡くなる前にミルク茶や新鮮なバターひとつ口にさせてあげることができなかったのは、まことに可哀そうな話で、婿としては無能もいいところ、恥じ入るしかない。だがそれもすでに終わった話、今さら悔いてもなんの役にも立つまい。ならば来世義父がよりよい境界《きょうかい》に転生できるように追善供養を行わなくてはと思い、それ以上ルドンを慰めることはせず、古布に包んであった飾り鞍を取り出し、背中に背負って街に売りに行くことにした。だがそこではたと遺体の傍らに女二人を残しておくのはまずいと思い直して、鞍を置いて外に出ると、泣き声を耳にした隣の夫婦がどうしたのかと訝しんでやってくるところであった。「義父さんが急に亡くなったんだ」サンジェは隣の主人に言った。「悪いが、しばらくここで義母さんたちと一緒にいてやってくれないか。俺は街に行って、親戚に知らせてくるから。それにアラク・ドンがいらっしゃるかどうか見てこないとな」サンジェは再び鞍を背負って出かけようとした。そこでまたもやなにか思いついたのか、家に戻って、遺体を覆っていた皮衣をゆっくりともちあげてみると、ジャムヤンは左手に数珠、右手にはマニ車をしっかりと握りしめていた。サンジェはそれを取ろうとしたが、サンジェより年上の隣の主人が、「おや、なんとまあ。福徳のある方だ。実に素晴らしい。そのままにしておいた方がいいんじゃないか。どうしても取りあげたいなら、ラマにお願いしてやってもらったほうがいい」と言うので、サンジェも元通り皮衣をかぶせることにした。

「古物高ネばいしゅー」と綴りも間違いだらけなら、ミミズがのたくった跡のような字体のチベット語の看板を掲げた店の主人は、鞍をはじめ、鐙《あぶみ》などの各部品をしげしげと検分したあげく、指を一本立ててみせた。サンジェが頭をふると、主人はたどたどしいチベット語で「じゃ、そっちでネダンをイッテクレ。イクラならウッテクレル？」

「八千」

「八千？」

「八千だ」

「八千、八千ネ」主人は吹き出しそうになるのをこらえ、かぶりをふりつつも、たちどころに札を数えて金をわたした。

サンジェは多少は溜飲が下がった思いで、店の外にでた。ちょうどその時、自動車から降りるアラク・ドンの姿が目に飛び込んできた。サンジェは急いでアラク・ドンのもとに行き、義父が亡くなったので、是非とも枕経を上げに来てほしいと頼んだ。驚いたことにアラク・ドンは車に戻ると「じゃ、行こうか」と言うではないか。

アラク・ドンのこの言葉にサンジェは慌てふためいて「ええっと……、まだ何も準備ができておりませんので……明日、おいで下されば……」と答えたが、アラク・ドンは「明日は西寧に行く用事があってな。乗り物がないなら、この車に乗りなさい」とぴしっと命令するのだった。

サンジェが帰宅してみると、有難いことに幸福生態移民村在住のツェジョン村の人々は電話で連絡をとりあって、すでにサンジェ家に集まっており、年寄りたちがアラク・ドンにお伺いをたてて、遺体を鳥葬場に運んでいく日取りもさほど苦労せずに決めることができた。

アラク・ドンがたちどころに死者の魂を極楽往生に導き、帰ろうとしているところに、隣の主人が「貫主様、これをご覧になってください」と言って、遺体の上にかぶせた皮衣を持ち上げ、数珠とマニ車を握りしめている様を見せた。だががっかりさせられたことに、アラク・ドンは「なんでまだそんなものを握らせたままにしておくんだ」と言うばかり、これは吉祥のしるしだなどという説明はついぞしてくれなかったのである。

十一

夫を亡くしてからというもの、ヤンゾムは朝遅くまで寝床を出ようとしなくなった。起きてからも、以前のようにテレビを見ようとはせずに玄関を出て、かつて夫がいつも座っていたところに腰掛け、門のほうを凝視してラリキが学校から帰ってくるのを心待ちにしているのだった。ラリキは帰宅するとテレビが伝えるよりももっとたくさんのニュースを話すのだが、悲しいことにそのニュースは人を慄然とさせるものばかりであった。例えばこの間彼女は二つのことを話していた。一つは寄宿生たちが食中毒で病院に運ばれ、そのうち五人が治療のかいもなく亡くなってしまった話であり、もう一つは山のように大きく河のように途切れないたくさんの石炭輸送車の一台が四人を乗せた小型車をぺしゃんこに轢きつぶしてしまったという話だった。

ヤンゾムはこうした話を耳にするたびに、両目をつぶり手を胸であわせて、「三宝よ、ご加護を。生きとし生けるものにそんな災いが降りかかりませんように」と言っていた。だが、まさにそのような災いが自分たちの家族に近づいていたとは知るよしもなかった。ある底冷えのする寒風吹きすさぶ朝のことである。ラリキはとっくに学校に行っていたが、ヤンゾムはまだ寝床の中だった。サンジェ夫婦は外で古くぼろぼろになった腰帯を裂いて壁のひび割れたところに詰め込んでいた。しかしサンジェは心ここにあらずで、県のある役所が門番を募集するという話について考えていた。その時、二人は突如として立っていられなくなった。目の前で一瞬のうちに住宅が列をなして倒壊し、黒々とした埃が舞い上がって何も見えない。夫婦は驚きのあまり茫然と立ちつくしていたが、その時近くを一人の男が「地震だ！　地震だぞ！」と大声で叫びながら駆けていったためにようやくはっと我にかえり、ほとんど同時に「母さん！」と叫び、狂ったように石とレンガを掘りかえしはじめた。四角く折り畳まれたテントの上に垂木《たるき》が何本も突き刺さっている。それをどかしてみると、かすり傷ひとつ負っていないヤンゾムが現れたので、サンジェ夫妻は大喜びだった。我が目を疑う思いで老母を助け起こして傷がないかどうかをもう一度確認した。見ての通り無事だとわかって、三宝に幾度も感謝を捧げていたその時、何者かが「大変だ！　生徒たちがみんな校舎の下敷きになってるぞ！」と叫びながら駆けていくではないか。夫婦はまたしても同時に「ラリキ！」と叫んで立ち上がり、一緒に駆け出していった。

ヤンゾムにしてみれば一年も待たされたように感じられたが、実際には一時間後、サンジェが血まみれになったラリキの小さな亡骸を胸に抱き、「神様はどうしてこんなことを……」と呪いの言葉を吐きながらよろよろとした足取りで帰ってきた。不思議なことに、ルドンは父が亡くなった時のように悲痛な叫びをあげることはなく、ただ涙をぽろぽろと流しながら長い嘆息をもらすのであった。

後に判明したことだが、この地震はマグニチュード四しかなく、「生態移民村」といくつかの学校以外では大した被害はなかったという。政府は今回の地震で被害を受けた者たちに布製のテントと食料を提供し、震災によって亡くなった者や障害を負った者に補償金を与え、さらにできる限り迅速にこれまで以上に良質で頑丈な住居を無償で建築することを約束した。そのため、牧畜民たちは再び大いに感動して涙を流した。しかしもともとこんな場所に住みたくもないのに、孫娘のラリキを学校に通わせるために我慢してきたサンジェ家としては、ラリキ亡き後、これ以上留まるつもりはなかった。ある朝のこと、一家はトラクターを雇って、黒狐の谷へと出立した。

道中、山のように大きく河のように途切れない石炭輸送車の列が黒い埃をまきあげながら往来しているため、トラクターは何度も轢かれそうになった。いっそう意気消沈したルドンは長い溜息をつき、胸を手でなでさすっていた。サンジェもすっかり気落ちしてしまったようで、道中せわしくなく髭を抜いているばかりで一言も口を開こうとはしなかった。

車が多すぎるためにトラクターはゆっくりとしか進むことができなかった。あまりにゆっくりすぎて、黒狐の谷を一望できる峠へと到達したのはもう日も暮れようとする頃のことだった。まさにその時、彼らはラリキの無残な遺体を目にした時をもしのぐ驚愕と衝撃を覚えた。なんと、黒狐の谷全体の土と岩が掘りかえされて真っ黒になっていたのだ。そこには掘削機やブルドーザー、それにショベルカーやトラックなどがあちこちにひしめきあって蟻の巣でも掘りかえしたかのようになっており、まるで千もの雷が轟いているかのようなけたたましい騒音が響き渡っていたのである。

峠から先はたくさんの道が作られており、どこから進めばいいのかわからなくなったトラクターの運転手はブレーキを踏み、雇い主に指示をあおいだ。しかし雇い主であるサンジェは一声も発することができず、髭を抜くことさえも忘れてしまっていた。ふと我に帰ったサンジェは道でも間違えたのではないかと思い返してあちこち見回してみたが、峠のラプツェや祈禱旗は黒く汚れてしまっているけれども昔のままであり、道を間違えたわけではないのは明らかだった。

「ようやくわかったぞ。だから谷の狐たちは真っ黒な体をしていたのか」サンジェはそうつぶやいた。

「『高価な黒石』も、もともとここから掘り出したものだったんだわ」それまでずっと黙りこくっていたルドンがこう嘆息したのだった。

訳者解説

ツェラン・トンドゥプ（一九六一―）はチベット語現代文学の歴史とともに歩み、作品を発表し続けてきたベテラン作家であり、チベットでも屈指の人気を誇る。ドライで機知に富んだ文体から繰り出されるブラックユーモアに満ちた作品は、人生が悲劇と喜劇の背中合わせであることを思い出させてくれる。闘う作家として知られるツェラン・トンドゥプは、強烈でユニークなキャラクターを切り札に、政治に翻弄されてきた人々の苦しみを真っ向から取り上げ、公務員や宗教者の腐敗にも舌鋒鋭く切り込んでいく。その語り口は痛快、爽快。どの物語もあちこちに毒が仕込まれていて滅法面白い。

以下、作家本人のエッセイや、本人へのインタビュー記録、ツンポ・トンドゥプ氏の研究書『ツェラン・トンドゥプ小説研究』（*tshe ring don grub kyi sgrung gtam la dpyad pa*　民族出版社、二〇一四年）などを参照しながら、ツェラン・トンドゥプとその作品について若干の解説を加えたい。

一、作家について

チベット語で書くモンゴル人の作家

作家の出身はチベット・アムド地方ソクゾン（中国青海省黄南チベット族自治州河南モンゴル族自治

県）である。ソクゾンは青海省の西南部に位置し、黄河上流の肥沃な草原地帯が広がり、牧畜民が多く暮らす地域である。ソクゾンのソクとはチベット語で「モンゴル」を、ゾンは「県」を意味する。この地ではモンゴル人が総人口の九割以上を占めるのだが、実は日常的に用いられる言語はチベット語である。ツェラン・トンドゥプも民族籍はモンゴル人であるが、チベット語を話し、チベット語で書く作家である。

ここで作家の故郷の民族的背景について少し触れておきたい。彼らの祖先は、十七世紀にチベット仏教ゲルク派の軍事的要請を受けてチベットにやってきたモンゴル系牧畜民オイラトの一部族（ホシュート部）である。彼らの長は清朝皇帝から親王の地位を授かり、河南親王と呼ばれた。一七一一年、彼らはゲルク派の大僧院ラブラン寺を建立し、宗教面での権力の安定をはかる。河南親王はラブラン寺における僧院教育はもちろんのこと、一般民衆に対する宗教活動も全てチベット語で行わせるなど、チベット語使用を推進する政策をとったため、この地域の言語的・文化的なチベット化は急速に進んだ。特にソクゾンの中央と北部は親王の統治が直接及んだ地域であり、また周囲をチベット人居住地域に囲まれていたこともあり、ツェラン・トンドゥプの祖父母の世代でもすでにモンゴル語は話せなくなっていたという。

一九六一年、ツェラン・トンドゥプはこうした背景を持つ土地のごく普通の牧畜民家庭の六人きょうだいの末っ子として生まれた。父親は親王からの信頼も厚い、腕の良い鍛冶職人として名を馳せた人物だった。父親のまわりにはいつも、銃や剣、鞍、蹄鉄などの修理を依頼する男たちが集まっていた。男たちは英雄叙事詩『ケサル王物語』から、笑い話、ほら話、冗談に至るまで、ありとあらゆる種類の語りを楽しんでおり、それがツェラン・トンドゥプ少年を魅了したという。チベットでは巧みな語り手であることは立派な男の証とされるが、魅力的な語りのできる男たちに囲まれて育ったことは、作家の文学的素養の形成にとって、重要な役割を果たしたに違いない。

学校教育

頑固な父親が末息子を学校に行かせたがらなかったため、十三歳になるまで父の鍛冶仕事を手伝ったり、家畜を追ったりして過ごした。その後、他の家族の強い勧めで、初めて小学校に入る。当時はまだ文化大革命の最中で、学校教育は決して整ってはいなかったが、兄や姉のもとで読み書きを学んでいた少年は、二年間という短い期間で小学校を卒業し、ちょうど文化大革命が終わったその年、ソクゾンの県都の中学校に進学する。ここでみっちりチベット語教育を受けたツェラン・トンドゥプは、その後、州都レプコンにある黄南民族師範学校に進学し、今度は漢語を専門的に学ぶ。一九八〇年代には多くの外国文学が漢語に翻訳されていたので、漢語を通じて西洋の文学や美術にも触れるようになり、西洋への憧れが徐々に高まっていった。また同時にチベット語の伝統文学の作品もどんどん読み進めていった。彼の小説は発想の新しさと端正なチベット語で知られるが、それも師範学校時代の幅広い読書経験が基礎となっていると言えるだろう。

トンドゥプジャとの出会い

さて、一九八〇年代前半、チベットの文学界に新風を巻き起こしていたのがトンドゥプジャ（一九五三―八五）である。チベット文学に伝統と革新の融合をもたらしたこの作家は、若きツェラン・トンドゥプにも大きな影響を与える。この時代の中高生たちがみなそうだったように、トンドゥプジャの詩や小説を諳んじており、それらの作品に触発されて創作活動をはじめる。一九八二年に師範学校を卒業して、チベット語や漢語の教師として働く一方で、小説も書きはじめたツェラン・トンドゥプは、チベット語短編小説「タシの結婚」でデビューを飾る。この作品はラサ（チベットの古都でありチベット自治区の区都）の雑誌『チベット文芸』（一九八三年一号）に掲載され、その後立て続けに作品を発表していく。それらの作品はトンドゥプジャの目に止まったようで、一九八四年、西寧で開かれたとある文学賞の授賞式の会場で呼び止められた。その時のことを描いたエッセイ「一九八四」によると、トンドゥプジャは「君がツェラン・トンドゥプか。作品を読んだよ。すごく面白かった。これからも書き続けてほしい」と声をかけてくれたという。それだけに、この翌年の冬、トンドゥプジャの突然の訃報に接した際の衝撃と悲しみは想像するに余りある。

憧れの作家の言葉に励まされ、チベット語現代文学の黎明期から今に至るまで、三十年以上の長きにわたり、小説を書き続けている人、それがツェラン・トンドゥプなのだ。

なお、トンドゥプジャとチベットの現代文学の歴史的背景については『チベット文学の曙　ここにも激しく躍動する生きた心臓がある』所収の大川謙作氏による訳者解説に詳しいので、ぜひお読みいただきたい。

外国文学へのまなざし

チベット語現代文学の初期から創作活動をしていたツェラン・トンドゥプのような作家にとっては、手本となるような同時代の文学が極めて少なかった。チベットには古典文学はあっても、それは仏教文学であって、俗世に生きる庶民の生きざまを描く伝統はなかった。そのためチベット以外の文学から一つひとつ学びとっていく必要があった。その手本となったのが外国文学である。

ツェラン・トンドゥプはチベット文学界でも外国文学に最も親しんでいる作家の一人だが、最初のきっかけは学生時代に一九八〇年に刊行された『外国文学作品の鑑賞と分析』という漢語の本を熱中して読んだことだったという。ツンポ・トンドゥプ氏によれば、この本に収録された作品には批判的リアリズムの傾向が強く、この最初の出会いが作家ツェラン・トンドゥプに与えた影響は相当大きいものだという。それは彼が批判的リアリズムの代表格であるゴーゴリやチェーホフを好きな作家として挙げていることからもわかるし、何より、この作家自身が現実の様々な悪を暴露し、皮肉をこめて批判する作風を貫いていることからも明らかである。

この他に好きな作家としてソルジェニーツィンやカフカ、デュラス、ジョイス、オーウェル、ガルシア＝マルケス、魯迅、そしてキルギスの作家アイトマートフなどの名を挙げているが、これらはほんの一部にすぎない。特定の作品からの影響を取り沙汰されることもあるが（例えば、本書収録の「ラロ」と魯迅の『阿Q正伝』、そして処女長編『祖先』とガルシア＝マルケスの『百年の孤独』）、その幅広い読書傾向ゆえ、特定の作家や特定の作品からの影響を指摘するのは実際のところ困難である。なにしろ常に本を手放さず、ノーベル文学賞受賞作品もいち早く読むほどの読書家なのだ。ちなみに日本の作家で好きなのは芥川龍之介、特に気に入っている作品は「蜘蛛の糸」で、チベット語に翻訳したこともあるという。詳しくは『チベット文学と映画制作の現在　SERNYA』第二号掲載に寄稿された「芥川龍之介とチベット文学」をお読みいただきたい。

外国文学との付き合い方については、インタビューで「外国文学を読むとき主に注目しているのは技法。どんな作品を読むときも、素材ではなく技法を学びとろうとしている。そして自分が創作する場合には素材はローカルなものを使うが、技法はよそのもので構わない」と答えている。外から新しいものを取り入れることに貪欲で、そのことに極めて自覚的な作家だと言えるだろう。

兼業作家として

外国文学を好んで読み、自身でも小説を書きながらも、彼はずっと政府の仕事をしていた。師範学校を卒業してから西寧の青海民族学院（現・青海民族大学）、蘭州の西北民族学院（現・西北民族大学）でそれぞれ一、二年ずつ学んだ後、ソクゾンに呼び戻される。最初の職場は司法局法律顧問処だった。その後、郷政府に勤務した後、県誌編纂所に異動、県誌や年鑑の編纂に長く携わる。司法局や県誌編纂所などの役所で仕事をしていたことは、彼の小説の構想にも少なからず影響を及ぼしている。県誌編纂所所長と档案局局長を歴任した後、現在は退職して、西寧とソクゾンを行き来しながら創作活動に専念している。

チベットではほとんどの作家が兼業だが、役所に就職した人の多くは才能があっても書くのをやめてしまうという。ツェラン・トンドゥプのように役所で仕事をしながら、作品を発表し続け、作家としてトップランナーの地位を保っている人は希有な存在と言えよう。中でも特筆すべきは、発禁処分となった問題作も含め、四点もの長編小説を発表していることである。三十数年におよぶチベット語現代文学の歴史において長編小説は四十点ほど発表されているが、ほとんどの場合作家一人あたりの作品点数は一点か二点に留まっているのだから、四点という作品数は異例なのである。『祖先』(*mes po* 香港天馬図書、二〇〇一年)、『霧』(*smug pa* 香港天馬図書、二〇〇二年)を相次いで出版した後、二〇〇二年から二〇〇八年にかけて断続的に『青海チベット語新聞』や『民間文芸』に長編小説の断章を発表していく。その作品『赤い嵐』(*rlung dmar 'ur 'ur*)は、一九五〇年代の中国共産党の「解放」政策に対するチベット人の抵抗とその後の文革期も含めての悲惨な運命を描いた歴史小説である。綿密かつ徹底的な取材と資料の読み込みにもとづいて描き出された狂気の世界は多くのチベット人に衝撃を与えた。政府への強い批判が含まれているとしてどの出版社も引き受けなかったため、二〇〇九年に私家版を出したが、店頭販売は禁止されているので著者から直接手に入れるしかない。こうした状況にもかかわらず、『赤い嵐』は極めて多くの人に読まれており、この作品を最も好きな作品として挙げる人は多い。最近刊行された『僕の二人の父さん』（*nga yi a pha gnyis*　青海民族出版社、二〇一五年）は出版社の企画した五人の実力派作家による書き下ろし長編叢書のうちの一冊である。半世紀の間の教育事情の変化を活写し、人びとの郷愁を誘う秀作として人気を誇り、増刷を重ねている。ツェラン・トンドゥプの長編小説はいずれも徹底した資料の読み込みに基づいているが、県誌編纂所で日頃から歴史資料を扱っていたことが大きく影響していることは作家自身も認めているところである。なお、『祖先』と『霧』は絶版となっていたが、二〇一六年に青海民族出版社から新装版が出版されている。

短編、中編小説を集めた作品集はこれまでに三冊が出版されている。初版の早い順に挙げる。

『ツェラン・トンドゥプ短編小説選』（*tshe ring don grub kyi sgrung thung bdams bsgrigs*　青海民族出版社、一九九六年、新装版、青海民族出版社、二〇一二年）

『ツェラン・トンドゥプ中編小説選』（*tshe ring don grub kyi sgrung 'bring phyogs bsgrigs*、甘粛民族出版社、一九九七年、新装版、青海民族出版社、二〇一六年）

『ツェラン・トンドゥプ新作短編小説選』（*tshe ring don grub kyi sgrung thung gsar ba bdams sgrig*　甘粛民族出版社、二〇一〇年）

その人と作風

少年時代はいたずら好きで喧嘩っ早く、他人に欠点があればすぐさま追及するタイプだったそうだが、学生時代に読書をするようになって、ずいぶん落ち着いたという。しかし持って生まれた性格は、創作活動をはじめるとペン先からにじみ出てくるようになる。この作家の特徴といえば、誰もが批判精神に富んでいる点を挙げるだろう。

高僧であれ、政府役人であれ、一般の民衆であれ、彼の鋭い批判を免れることはできない。よく取り上げられるテーマの一つに仏教界の腐敗があり、これについて彼はインタビューでこんなふうに答えている。「仏教の思想自体は優れていても、実践する人間が腐っていることはよくある。私はそれを批判しているのであって、私が高僧を批判的に描いたからといって仏教そのものを批判しているわけではない。同様にいくら仏教が素晴らしいからといって盲信するのはおかしい。私が批判しているのはその点であって、仏教思想そのものではない」非常にまっとうな意見だが、こうした発言の背景には、彼の創作意図を曲解し、仏教への冒瀆行為であると批判する者が多いことがうかがわれる。もっとも彼はそうした外野の声には動じずに作品を書き続けているのだが。

ツェラン・トンドゥプの作品は単に他者への痛烈な批判にはとどまらない。批判の矛先が向かった人物とて決して特別な人間ではなく、われわれと同じ人間である、そう諭されてしまうのだ。そのことを読者が理解するのは、人間の本質的な弱さや苦悩、そして葛藤をリアルに描いているからこそと言えるだろう。彼は本書収録の中編「黒い疾風」の中でこうも言っている。「この世に欠点が何一つないない人間がいないのと同様、この世にはよいところが一つもない人間もいない」こうした偏りのないものの見方が隅々まで行きわたっているからこそ、彼の物語は読む者の心に突き刺さるのだ。

ツェラン・トンドゥプ作品を貫くもう一つの特徴は、毒を含んだ笑いだ。物語には常にブラックユーモアが効かせてあり、悲惨な出来事であればあるほど、まじめな人物であればあるほど、笑いを誘うようなフレーズが仕込まれている。そうした笑いを支えているのは抜群のセンスで配置された諺や比喩などの巧妙なレトリックである。先にチベットでは巧みな語り手であることは立派な男の証とみなされると述べたが、中でも冗談で場を沸かせる能力は極めて高く評価される。そうした社会の中で揉まれたことも多分に影響しているであろう。ともかくあちこちに毒を含んだ笑いが仕掛けられているので、読んでいる方はついつい釣られて笑ってしまうが、その笑いが自分に返ってきてぞっとする。なんだかちょっと怖い笑いである。

さらに忘れてはならないのが、毒を含んだ笑いを誘発するキャラクターの創造である。彼の描く作品の中で最も際立っているキャラクターといえば、多くの作品に登場する高僧のアラク・ドンである。この高僧は地元の人びとに崇め奉られている化身ラマなのだが、一方で小賢しく、ずるい、いざというときには迷わず遁走する、どうしようもない人間としても描かれている。アラク・ドンのダメ指導者ぶりは読者の笑いを誘う一方で、身の回りの誰かにも思えてきてどうにも薄ら寒くなる。ちなみにアラクとは化身ラマをはじめとする高僧に対する尊称で、ドンとは「野生ヤク」を指す。特定の人物を誹謗中傷しているように受け取られるのを避けて、僧の名前としてはあり得ないこんな名前を付けたのだそうだ。アラク・ドンは（甥のアラク・ヤクも含め）一人の人物として設定されているわけではなく、チベットの化身ラマや転生制度のあり方を凝縮したような存在なのである。

複数の作品に登場するのはアラク・ドンのみだが、他にもキャラクターの際立った登場人物といえば、牧畜民の様々な特徴を一身に背負い込み、数々のドジを踏んで笑わせてくれるラロを忘れてはならない。同名の小説の主人公であるラロは、青っ洟を垂らしてぶらぶら揺らし、時代に取り残されて右往左往する牧畜民の象徴として描かれている。ラロは多くの読者に強い印象を残したようで、ペマ・ツェテンの短編小説で映画にもなった「タルロ」（『チベット文学の現在　ティメー・クンデンを探して』所収）や、ラシャムジャの長編小説『チベット文学の新世代　雪を待つ』、タクブンジャの短編小説「キャプロとその長い髪」（未邦訳）などに、ラロへのオマージュが読み取れる。アラク・ドンにしてもラロにしても、世間から蔑まれるような人物であると同時に愛すべき特性を持ったキャラクターとして描かれており、厳しい現実を描き出すハードボイルドな文章に加えられた絶妙なスパイスとなっている。

チベット内外での評価

ツェラン・トンドゥプはデビュー時からチベットの文学界で高い評価を受けており、処女作

「タシの結婚」はいくつもの賞を受賞している。またチベット文学界の最高賞の一つ、ダンチャル文学賞を二度受賞しているほか、『ツェラン・トンドゥプ新作短編小説選』は青海省の文学賞であるドン文学賞（ドンとは野生ヤク、アラク・ドンのドンである）を受賞している。デビュー当初からラサの『チベット文芸』に掲載され続けていたこともあり、ラサで開催される文学会議に呼ばれることも多く、チベットの東西の作家をつなぐ貴重な役割を担ってきた。さらに漢語でも作品を発表するバイリンガル作家であり、漢語チベット文学の作家たちとの親交も深い。本書の表題作「黒狐の谷」の漢語版は中国全土で発表された作品を対象とする文学賞を受賞している。

また、国際的にも高く評価され、これまでに英語、フランス語、ドイツ語、スウェーデン語、ハンガリー語、ポルトガル語、漢語、モンゴル語、日本語などに翻訳されている。本書収録の「D村騒動記」は本人の知らぬうちにモンゴル語に訳され、モンゴル語ネット文学賞を受賞したという。二〇〇三年にオックスフォードで開催された国際チベット学会にはツェラン・トンドゥプ自身も参加して、モンゴル人のチベット語作家たちの活動について報告した経験があり、海外でもその名を広く知られている。ヘザー・ストダールやフランソワーズ・ロバンら、海外の著名なチベット文学研究者とも親しくつきあい、人と人をつなぐ役割を積極的に担っている。われわれのような外国人翻訳者にとってはありがたい作家である。

二、収録作品について

本書は、一九八八年から二〇一六年までに発表された選りすぐりの短編十五点、中編二点を収録したオリジナル選集である。以下では本書の収録作品を掲載順にごく簡単に紹介しよう。チベット語原題を転写で示したほか、発表年代と初出誌、担当した訳者名も記した。共訳とある場合は本書の訳者全員による。

「地獄堕ち」（*dmangs rabs tu dga' ba'i zlos gar* 『民間文芸』一九九五年、共訳）役人の汚職と閻魔の裁定を面白おかしく描く。英雄叙事詩『ケサル王物語』中の「地獄に堕ちた妃アタク・ラモの救出」篇のパロディで、著者が古典をふまえて新境地を開拓した記念碑的な作品である。対話を韻文で歌い上げるスタイルも『ケサル王物語』をなぞっている。原題は「民衆が大いに喜ぶ劇」で、劇中劇（いわゆる劇オチ）の形式をとった作品である。閻魔大王の前で暴かれる役人の悪事の数々には二十世紀のチベット激動の歴史が織り込まれているが、その筆致は見事なまでに小気味よく軽やかである。『民間文芸』二十周年記念文学賞受賞。

「ツェチュ河は密かに微笑む」（*rtse chus khrel dgod byed bzhin* 『青海民間文芸』一九八八年、三浦順子訳）アラク・ドンの不義密通とその後始末のつけ方を皮肉たっぷりに描く。

「黒い疾風」（*rlung nag 'tshub ma*『チベット文芸』一九九七年、星泉訳）千戸長に恋人を奪われた青年の復讐劇であり、熱血漢だが身の回りのことしか知らなかった家畜追いが、千戸長やアラク・ドンらの悪行や不誠実に接し、むこうみずに闘ううちに世の中を理解していく冒険活劇でもある。孤独なガンマンとなった主人公が黒づくめの出で立ちで荒野を馬で駆け回り、次々と敵をなぎ倒していく様は、さながら西部劇のよう。しかし登場人物はそれぞれに複雑な性格を持つ人物として描かれており、読み応えがある。二十世紀前半のアムド地方の歴史を踏まえており、またラブランの僧兵の実態など、当時の世相をよく映し出した中編小説である。

「月の話」（*zla ba'i gtam rgyud*『青海チベット語新聞』一九九六年、海老原志穂訳）人間の奢りによる環境破壊をテーマとしたSF的な小品。

「世の習い」（*spyi 'gros shig*『ダンチャル』二〇〇〇年、大川謙作訳）牧畜民の淡々と繰り返される日常を一生になぞらえて描く。原題は「公式」。タクブンジャの「一日のまぼろし」（『ハバ犬を育てる話』所収）と同じアイディアの作品で、比べて読むと興味深い。

「ラロ」（*ra lo*『ダンチャル』一九九一年、十一章まで共訳、十二章以降三浦順子訳）社会の急激な変化についていけない牧畜民の滑稽で悲哀に満ちた姿を愛すべきダメ男、ラロに託してリアルに描き出す。当初十一章で完結した作品として雑誌に発表されたが、十二章の冒頭にあるように、『ダンチャル』編集部からのたっての要望で続きを書いたといういわくつきの中編小説。本文に触れられている通り、実は前編が雑誌に掲載された翌年に、著者は濡れ衣を着せられて塀の中でしばらく過ごした経験があり、獄中の様子はその時の参与観察にもとづくものである。とりわけ獄中で虱と格闘する描写にはカフカの「変身」にも似た鬼気迫るものがある。三浦順子氏による「虱から見たチベット現代文学」（『チベット文学と映画制作の現在　SERNYA』第四号所収）を併せてお読みいただきたい。本作品以降、歴史を作品の中に取り入れる傾向のほか、時間軸を交錯させて現実と妄想をないまぜにして物語を展開させる傾向が強まっていく（それは後の長編小説において見事に結実している）。第三回ダンチャル文学賞受賞。

「復讐」（*dgra sha len pa*『民間文芸』二〇〇五年、星泉訳）父親を殺した相手に復讐するためについに立ち上がった若者の一日から、復讐が連鎖していくさまを浮かび上がらせていく。短いながらも迫力のある作品。

「兄弟」（*gcen gcung*『青海チベット語新聞』二〇〇八年、星泉訳）結婚を機に兄弟関係が壊れていく悲劇を描く。次の「美僧」とともに草地争いの実態が描きこまれている。

「美僧」（*btsun yag*『ダンチャル』二〇〇三年、海老原志穂訳）心中の葛藤に対処しきれず、酒と女に溺れて破滅寸前となった美貌の僧の妄想と現実、そして驚くべき顚末を描く。著者が人間の複雑で分裂気味の心理を描く転機となった作品。第五回ダンチャル文学賞受賞。

「一回の真言」（*ma Ni gcig*『青海チベット語新聞』一九九六年、共訳）義兄弟の契りを結んだ男同士の冥土での再会の様子と閻魔大王の裁定の妙をユーモアたっぷりに描く。

「D村騒動記」（*D sde ba'i klan ka*『ダンチャル』一九八八年、共訳）文化大革命で徹底的に破壊された僧院が、一九七九年の改革開放以後、再建される。その宗教復興、僧院再建の時代に陰で搾取されて苦しんだ一般民衆の姿を描く。一九九〇年には自身の翻訳による漢語版が雑誌『青海湖』に発表された。

「河曲馬」（*rma khug gvi ling*『西藏文学』二〇一三年、星泉訳）競馬を題材に、牧畜民らしく生きるとはどういうことかを追究した作品。世代による考え方の違いを浮き彫りにしているのも特徴。キャリアウーマンが活躍する数少ない小説の一つであり、そこには都会で高等教育を受けた若者の悲哀も織り込まれている。本作品は同名のテレビ映画のために書き下ろした脚本を自身で小説化したもので、漢語版がラサの老舗漢語文芸誌『西蔵文学』に掲載された後、二〇一四年に著者自身の翻訳によるチベット語版が『チベット文芸』に掲載された。邦訳には両方の版を参照した。

「鼻輪」（*sna gcu*『ダンチャル』二〇〇八年、星泉訳）ギャンブル依存症に陥った青年が更生するきっかけとなった出来事を描く。いざという時には必ず助け合うチベットの人びとの姿も印象深い。

「親の介護をした最後の人」（*ches mjug mha' i pha ma snyor skyong byed mkhan*『青海チベット語新聞』二〇〇九年、海老原志穂訳）グローバル化の進んだ社会の現実と、仏教にもとづくチベット式の考え方の齟齬を皮肉たっぷりに描く。

「あるエイズ・ボランティアの手記」（*e 'gog rang 'dun pa zhig gi zin thun*『ダンチャル』二〇一六年、大川謙作訳）エイズがひろまりつつあるチベット社会に警鐘を鳴らすため、病院関係者に綿密な取材をして書き上げた作品。朗読版がインターネット上で公開されている。

「ブムキャプ」（*'bum skyabs*『ダンチャル』二〇〇九年、三浦順子訳）政治腐敗をコミカルに描いた作品。チベット語と漢語を混ぜた役人たちの会話が極めてリアルである。冒頭に、著者の敬愛する作家ゴーゴリによる戯曲「検察官」のエピグラフと同じことわざを引用してオマージュを捧げている。

「黒狐の谷」(*wa nag lung ba* 『ダンチャル』二〇一二年、共訳)生態移民政策により移民村に移住した人びとの厳しい現実と彼らを襲った悲劇をつぶさに描いた衝撃の記録文学的作品。二〇一四年には北京の文芸誌『民族文学』(チベット語版)にも掲載された。刊行されてすぐに話題になり、英語、フランス語、ドイツ語、漢語、モンゴル語などにも翻訳されている。第二十三回東麗杯全国梁斌小説賞において短編小説部門最優秀賞。

以上、収録作品を紹介した。初期の作品では牧畜の村落社会での暮らしが中心に描かれているが、徐々に舞台を都市部に移し、故郷は帰れない場所として描かれるようになる。扱う題材も時代が新しくなるにつれ、生態移民政策やエイズ、介護、政界の汚職といった今まさに起きている最先端の問題を積極的に取り上げるようになる。それらを真に迫る物語に仕立て上げていくのがこの作家の真骨頂である。文芸誌のみならず新聞掲載の小説が目立つことにも注目していただきたい。

三、現代という荒野で

様々な表現技法や題材に次々とチャレンジして人びとの話題をさらうツェラン・トンドゥプ

は、チベット文学に常に新風を吹き込んでいる。今やチベット文学界の重鎮となったツェラン・トンドゥプだが、民族籍がモンゴル人であることについては、まだ不思議に思う読者がいるかもしれない。歴史的な経緯は先に述べた通りであるが、故郷のソクゾンは古くからチベット仏教への信仰の篤さも相俟って、チベット語教育が極めて盛んな地域であった。モンゴル人の学生が九割以上を占めるソクゾンの中学はチベット語教育のレベルが高いことで知られ、著名な作家や詩人、学者を何人も輩出している。例えば現在フランス在住で詩人、小説家、映像作家として八面六臂の活躍をしているジャンブはツェラン・トンドゥプの中学の同級生であり、また有名な女性作家デキ・ドルマも同じ中学の出身である（ツェラン・トンドゥプの教え子でもある）。自ら「私の骨はモンゴル人。しかし、この人生で私が話してきたのはチベット語であり、得てきた知識もチベット文化のものである」と語っていることからもわかるように、ツェラン・トンドゥプはモンゴルとチベットという二つの出自を持った作家なのである。

「チベット人でない」という出自のせいか、彼の作品からは、特定の民族に縛られない視野の広さが顕著に感じられる。例えば、チベット人の作家はチベットの伝統的な暮らしを描くことにこだわったり、登場人物をチベット人のみにしたり、登場人物にチベット語しか話させない（あるいはチベット語のみを話すことをよしとする）など、チベットらしさを強調する傾向がある。彼はそうした傾向を「もう存在しないユートピアを描く理想主義」と批判し、自身はリアリズムを貫く。実際、彼の作品にはチベット社会の変わりゆく様がありありと捉えられているし、漢語・チベット語混じりで話すチベット人の役人や学生、そして漢人や回人も頻繁に登場する。本書に収録した「ブムキャプ」や「河曲馬」、「黒狐の谷」などの作品を読めば、漢語の支配が進行しているチベットの現実が如実に見てとれるだろう。宗教者への批判を辞さない態度も、こうした出自と無関係ではないだろう。

チベットの現代文学にはその時代の世相が映し出されているが、徹底したリアリズムに貫かれたツェラン・トンドゥプの作品を読むことで一層はっきりと理解できることがある。その象徴的なものが「父の不在」である。今回の作品集でも、「ツェチュ河は密かに微笑む」「ラロ」「黒い疾風」「美僧」「復讐」「兄弟」の六作品は母子家庭か孤児の話である。作家によれば、牧畜民の間では昔から私生児が多いという現実の現れであると同時に、一九五八年、人民解放軍による「解放」に抵抗した多数の男たちが命を落としたという歴史の悲劇も反映している。しかしそれだけではない。「父の不在」は男らしさ、家父長らしさの失墜を象徴するものであり（実際、社会の急激な変化と生活の現代化にともなって牧畜の仕事が縮小し、牧畜民の男の仕事の多くは失われてしまった）、それはまたアラク・ドンの無力さに象徴される宗教的権威の失墜、汚職と虚偽にまみれた役人に象徴される政治不信とも重なり合って、従来の価値観が崩壊した不安定な時代を模索しながら生きているという現実を、読者にまざまざと見せつける。

頼れるものもなく荒野に放り出されたわれわれはいかに生きるべきか。ツェラン・トンドゥプはいたずらっぽい笑みを浮かべながら、そんな同時代的な問題をわれわれに投げかけてくる作家なのだ。

さて、本作品集の翻訳にあたっては、著者をはじめたくさんの方にお世話になった。ツェラン・トンドゥプ氏本人には掲載作品の選定の段階から大変お世話になった。翻訳の過程で分からないことがあればいつも気軽に相談に乗ってくれ（時には絵を描いたり写真を調達したりして、熱心に教えてくれた）、チベット文学研究会のメンバーが西寧を訪れた際にはいつも、洒落たインテリアの自宅で温かくもてなしてくれた。容赦のないハードボイルドな文章からは想像できないほど声が小さいのだが、いったん話しはじめると、作品同様、独特の切り口のユーモアでわれわれを笑わせてくれる。作家たちとの交友関係も広く、これまでにも何人もの作家をわれわれに紹介してくれ、チベット文学の多様性と未来を感じさせてくれた。そうしたこれまでのあらゆることに感謝を捧げつつ、本書の出版をともに喜びたい。

ツェラン・トンドゥプ研究の第一人者である中央民族大学のツンポ・トンドゥプ氏は、研究書を通じて作家の様々な顔を教えてくれた。チベット文学研究会の編集している雑誌『チベット文学と映画制作の現在　SERNYA』第四号には「ツェラン・トンドゥプとその短編小説がもたらす影響」というエッセイを寄稿してくれたので、ぜひ本書とあわせてお読みいただきたい。

装丁画として迫力ある雌雄のドン（しつこいようだがアラク・ドンのドンだ）の油絵を提供してくれたツェラン・トンドゥプ氏（たまたま作家と同名である）は映画監督のソンタルジャ氏のもとで美術を担当している新進気鋭のアーティストだ。デザイナーの萩原睦氏は装丁画を活かして本作品のイメージを伝える素敵な装丁をほどこしてくださった。

本書は東京外国語大学アジア・アフリカ言語文化研究所で実施されている大型プロジェクト「多言語・多文化共生に向けた循環型の言語研究体制の構築」の成果の一部であり、出版のためにプロジェクトから財政的な支援を受けた。

勉誠出版には、二〇一二年のトンドゥプジャ作品集、二〇一三年のペマ・ツェテン作品集、二〇一五年のラシャムジャ長編小説に続いて、ありがたくも四作目となるチベット文学作品の出版を快諾していただいた。特に編集部の堀郁夫さんと森貝聡恵さんには大変お世話になった。

一人ずつお名前を記すことはできないが、応援してくださった全ての方々に感謝したい。

そして最後に、この本を手にとってくださった読者のみなさんに、心からの感謝を捧げたい。

二〇一七年三月三日

訳者を代表して　星　泉

【訳者略歴】

海老原志穂（えびはら・しほ）
東京外国語大学アジア・アフリカ言語文化研究所ジュニア・フェロー。専門はチベット語の方言研究、チベット現代文学。著書に『アムド・チベット語の発音と会話』（東京外国語大学アジア・アフリカ言語文化研究所、2010年）、「ヤクの名は。」（『FIELDPLUS』17号、2017年）などがある。

大川謙作（おおかわ・けんさく）
日本大学文理学部准教授。専門はチベット社会史、チベット現代政治、社会人類学。近年の著作にA Study on *Nang zan*: On the Reality of the "Servant Worker" in Traditional Tibetan Society (*Revue d'Etudes Tibétaines*, vol. 37, 2016) や「包摂の語りとその新展開——チベットをめぐる国民統合の諸問題」（『史潮』第79号、2016年）などがある。

星　泉（ほし・いずみ）
東京外国語大学アジア・アフリカ言語文化研究所教授。専門はチベット語、チベット文学。著書に『古典チベット語文法——『王統明鏡史』（14世紀）に基づいて』（東京外国語大学アジア・アフリカ言語文化研究所、2016年）、訳書にラシャムジャ『チベット文学の新世代　雪を待つ』（勉誠出版、2015年）などがある。

三浦順子（みうら・じゅんこ）
チベット関連の翻訳家。主な訳書にリンチェン・ドルマ・タリン『チベットの娘』（中央公論新社、2003年）、ダライ・ラマ14世テンジン・ギャツォ『ダライ・ラマ　宗教を語る』（春秋社、2011年）、『ダライ・ラマ　宗教を超えて』（サンガ、2012年）などがある。

※訳者の四名はチベット文学研究会を結成し、チベット現代文学を翻訳・紹介する活動を行っている。共訳書にトンドゥプジャ『チベット文学の曙　ここにも激しく躍動する生きた心臓がある』（勉誠出版、2012年）、ペマ・ツェテン『チベット文学の現在　ティメー・クンデンを探して』（勉誠出版、2013年）、タクブンジャ『ハバ犬を育てる話』（東京外国語大学出版会、2015年）がある。2013年より年1冊のペースで『チベット文学と映画制作の現在　SERNYA』（東京外国語大学アジア・アフリカ言語文化研究所）を刊行中。
ウェブサイト http://tibetanliterature.blogspot.jp

【著者略歴】

ツェラン・トンドゥプ（ཚེ་རིང་དོན་གྲུབ། 次仁頓珠　Tsering Döndrub）

1961年、チベット・アムド地方ソクゾン（中国青海省黄南チベット族自治州河南モンゴル族自治県）の牧畜民家庭に生まれる。黄南民族師範学校を卒業後、1983年に短編小説「タシの結婚」（未邦訳）で作家デビュー。青海民族学院、西北民族学院で文学について学んだ後、1986年に故郷に戻り、司法局に勤務しながら創作活動を続ける。その後、県誌編纂所に異動し、県誌や年鑑の編纂業務に従事するかたわら数多くの小説を発表する。県誌編纂所所長、档案局局長を経て退職、現在は創作に専念している。チベットの現代文学を代表する作家の一人。作品は様々な言語に翻訳され、国際的にも名高い。代表作に長編小説『赤い嵐』、『僕の二人の父さん』（いずれも未邦訳）など。

闘《たたか》うチベット文学《ぶんがく》
黒狐《くろぎつね》の谷《たに》

2017年3月31日　初版発行

著　者　ツェラン・トンドゥプ
訳　者　海老原志穂・大川謙作・星泉・三浦順子
発行者　池嶋洋次
発行所　勉誠出版 株式会社
〒101-0051　東京都千代田区神田神保町 3-10-2
TEL：(03)5215-9021(代)　FAX：(03)5215-9025

〈出版詳細情報〉http://bensei.jp

印刷　太平印刷社
製本　若林製本工場
装丁　萩原睦（志岐デザイン事務所）

ISBN978-4-585-29142-8　C0097